abc
LA COLLECTION

Réussite

Le BAC efficace
et un bon dossier pour Parcoursup

SES 1re

Delphine de Chouly

Fabienne Lepage

Fanny Le Gonidec

Nathan

Nathan live

L'appli Nathan live, c'est un environnement **sécurisé** pour accéder gratuitement **sans inscription**, sans publicité et d'un **simple scan** aux **contenus numériques** de ton ouvrage.

L'appli garde en mémoire les ressources déjà scannées, te permettant ainsi de les consulter n'importe où et n'importe quand, même sans ton ouvrage.

1 Télécharge l'appli gratuitement

DISPONIBLE SUR Google Play — Disponible sur App Store

2 Lance l'appli et scanne les pages de ton ouvrage pour faire apparaître les ressources* (audio, vidéo, liens...)

+ D'INFOS ET TUTOS
sur **nathan.fr/nathan-live**
ou en scannant cette page
avec Nathan live

OU

QR CODE

Scanner le QR code associé à la ressource*.

Vidéo

* Les éditions Nathan ne sont pas garantes de la pérénité des liens.

Direction éditoriale : Raphaëlle Mourey
Édition : Julie Langlais, Nicolas Waszak
Intérieur : Clémentine Largant
Couverture : Élise Launay
Schémas : Coredoc
Cartes mentales : Coline Girard
Compositeur : Fabienne Grain
Fabrication : Kévin Magar

ISBN : 978-2-09-157122-5

Mode d'emploi

Un ouvrage synthétique pour réviser et progresser avec méthode !

Cours

- Le cours est structuré en doubles-pages, pour faciliter les révisions. La page de gauche présente un **cours précis et concis**.
- La page de droite présente les **documents** associés au cours, ainsi que le **vocabulaire**.
- Une double page ***Révision Express*** résume les **points importants** à retenir, les **mots-clés** et présente une **carte mentale**.
- La rubrique « **apprendre autrement** » propose un lien vers **une ressource** qui complète le cours.

Méthode

- Cette rubrique présente de manière simple la **résolution de questions classiques** qu'il est indispensable de maîtriser en SES.
- Ces **fiches-méthodes** s'appuient sur des **cas concrets** et présentent la démarche à suivre de manière très détaillée grâce à un exercice corrigé.

Exercices

- Un **Quiz** permet de se tester rapidement.
- Des questions de **vérification des connaissances** vous permettent de voir si le cours est bien acquis.
- Variés, les **exercices d'entraînement** ont pour but de manipuler les notions du chapitre et de **s'exercer à la méthode**.

Corrigés

- Les corrigés sont accompagnés de petites « bulles » présentant des **conseils**, des **remarques**, des **astuces pour gagner des points**…

Sommaire

CARTE
ÉLECTORALE

Partie 3 • Regards croisés

CHAPITRE 11 La gestion des risques par l'assurance et la protection sociale dans les sociétés développées

CHAPITRE 12 L'organisation et la gouvernance des entreprises

Le nouveau Bac

Le calendrier

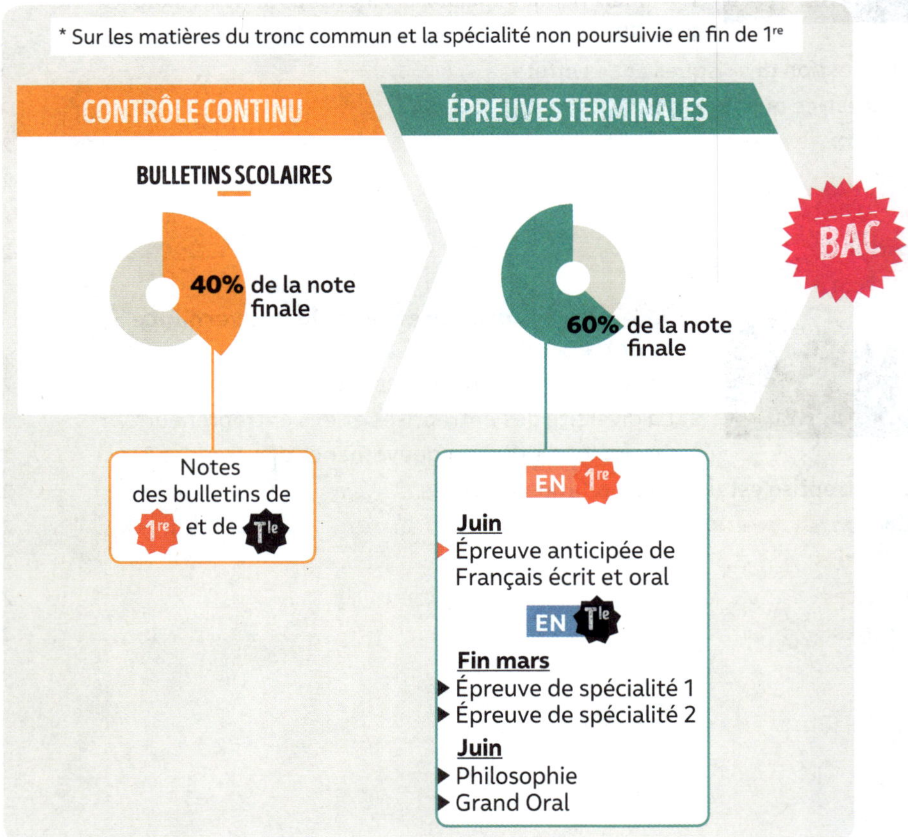

3 spécialités en Première, 2 spécialités en Tle

- À la fin de l'année, les élèves de Première **sélectionnent parmi les trois spécialités** choisies en début d'année **celle qu'ils ne poursuivront pas** en terminale.
- Les deux spécialités conservées en Terminale sont évaluées par une **épreuve finale** en Terminale (60 % de la note finale). Cette épreuve se déroule en mars.
- Par ailleurs, toutes les notes des **bulletins scolaires** comptent pour 40 % de la note finale.

*Toutes ces informations correspondent aux instructions officielles d'avril 2022.

Partie 1

Science économique

Chapitre 1 Le fonctionnement d'un marché concurrentiel

Le marché du pétrole : la loi de l'offre et de la demande explique la variation des prix.

FICHE 1

Quelles sont les structures de marché ?

De quoi s'agit-il ?

Les échanges de biens et services se réalisent sur des marchés, à un certain prix. Un marché se caractérise par des règles qui encadrent son fonctionnement et par la diversité de ses structures.

1 Qu'est-ce qu'un marché ?

- Le **marché** désigne un **lieu concret** ou **virtuel** sur lequel se confrontent une offre et une demande. Un marché revêt des formes très différentes par sa taille, la nature de ses échanges, ou encore ses formes (marché local, foires). Le prix étant un régulateur des échanges, le marché permet de **coordonner** les intérêts divergents des offreurs et des demandeurs.
- Un marché ne peut fonctionner sans l'existence préalable de **droits de propriétés** (droits dont dispose le propriétaire d'un bien de l'utiliser comme il le souhaite, d'en tirer un bénéfice, d'en disposer librement, par exemple en le vendant). Un **brevet** est un titre de propriété industrielle qui confère à son détenteur l'exclusivité de l'exploitation de son invention (produit ou procédé). Un brevet a une durée de vie limitée dans le temps (20 ans maximum).
- On distingue **trois catégories de marchés** : le **marché des biens et services** (marché de l'automobile), le **marché du travail** (échange d'une offre et d'une demande de travail en fonction du salaire réel) et le **marché des capitaux** (sur lequel s'échangent des titres financiers, de la monnaie).

2 Le marché nécessite des règles

- Le marché est une **construction sociale**. L'activité marchande est encadrée par un ensemble de **règles**, formelles (lois, règlements) ou informelles (codes de langage, conventions), qui organisent les interactions. Les **institutions marchandes** (Code du travail, Autorité de la concurrence…) contribuent au bon fonctionnement des marchés (**Doc. 1**).

3 La diversité des structures de marché

- On distingue une grande variété de **structures de marché**, selon la configuration de l'offre et de la demande. La **concurrence pure et parfaite** n'est qu'une structure parmi d'autres (**Doc. 2**). Les hypothèses de ce modèle de concurrence sont l'atomicité, l'homogénéité, la libre entrée, la transparence et la libre circulation des facteurs de production.
- Les formes les plus courantes de **marchés imparfaits** (non-respect des conditions de concurrence pure et parfaite) sont le **monopole** ou l'**oligopole** (absence d'atomicité) et la **concurrence monopolistique** (absence d'homogénéité).

LA BOÎTE À DOCS

Doc. 1 Abus de position dominante : l'Europe sanctionne Google d'une troisième amende

La Commission européenne a infligé, ce mercredi 20 mars, une nouvelle amende de 1,49 milliard d'euros à Google, l'accusant, une fois de plus, d'abuser de sa position dominante au détriment de la concurrence. [...] Le dossier concerne cette fois-ci sa régie publicitaire AdSense. Suite à une enquête lancée en juillet 2016, le gendarme de la concurrence en Europe reproche au géant américain d'avoir imposé un certain nombre de clauses restrictives dans les contrats passés avec des sites web tiers (tels des détaillants en lignes ou des journaux) empêchant ainsi ses concurrents de placer leurs publicités contextuelles sur ces sites. [...] Cette amende est la troisième décidée en moins de deux ans par l'exécutif européen à l'encontre de Google. En juillet 2018, le groupe de Mountain View avait été sommé de payer 4,34 milliards d'euros pour avoir abusé de la position dominante d'Android, son système gratuit d'exploitation pour smartphone, afin d'asseoir la suprématie de son service de recherche en ligne. [...] Un an auparavant, le 27 juin 2017, c'était une amende de 2,42 milliards d'euros pour avoir abusé de sa position dominante dans la recherche en ligne. Google a fait appel de ces deux décisions devant la Cour européenne de justice à Luxembourg, tout en réglant les sommes exigées.

AFP, « Abus de position dominante : l'Europe sanctionne Google d'une troisième amende », *www.latribune.fr*, 20 mars 2019.

Doc. 2 Tableau de Stackelberg

Exemple : le marché de l'armement en France

PRODUCTEUR / DEMANDEUR	UN SEUL	UN PETIT NOMBRE	UN TRÈS GRAND NOMBRE
Un seul	Monopole bilatéral	Monopsone contrarié	Monopsone
Un petit nombre	Monopole contrarié	Oligopole bilatéral	Oligopsone
Un très grand nombre	Monopole	Oligopole	Concurrence parfaite

La concurrence parfaite se rencontre rarement, la concurrence monopolistique est le cas le plus fréquent.

Vocabulaire

- **Marché :** lieu où les offres des vendeurs et les demandes des acheteurs se rencontrent pour échanger des biens ou des services à un certain prix.
- **Droits de propriété :** ensemble des règles juridiques permettant de détenir et d'utiliser un bien sous certaines contraintes et restrictions.
- **Institutions marchandes :** institutions constituées par les conventions, les règles et les organismes qui régulent les activités marchandes.
- **Structure de marché :** manière dont l'offre et la demande sont composées sur un marché et qui en détermine le degré de concurrence.

FICHE 2

Comment fonctionne la régulation marchande ?

De quoi s'agit-il ?

Sur un marché concurrentiel, la confrontation de l'offre et de la demande détermine une situation d'équilibre et permet la réalisation d'un surplus.

1 L'offre et la demande

• La fonction d'offre (de demande) représente la quantité offerte (demandée) par les producteurs (consommateurs), en fonction du prix du marché. C'est une **fonction croissante (décroissante)** du prix. À un prix trop faible, les entreprises les moins efficaces ne couvrent pas leur **coût de production** et n'ont pas intérêt à produire. Le consommateur, pour maximiser sa satisfaction, exprimera une demande plus forte si le prix est faible.

• La **pente** de la courbe d'offre indique la sensibilité de l'offre au prix (vitesse avec laquelle l'offre augmente quand le prix augmente = élasticité de l'offre par rapport au prix). La courbe de demande est une **droite à pente négative**, d'autant plus forte que l'**élasticité de la demande par rapport au prix** est élevée (**Doc. 1**).

2 La formation de l'équilibre

• Lorsque le prix est flexible et que l'entrée sur le marché est libre, le jeu de « l'offre et de la demande » permet d'atteindre l'**équilibre** : un prix se forme, qui permet d'égaliser l'offre et la demande. La variation du prix permet l'ajustement de l'offre et de la demande et garantit une **allocation optimale** (la meilleure utilisation possible) des ressources.

• Le processus d'ajustement se fait par « tâtonnement » : si l'offre est supérieure à la demande, la baisse du prix encouragera la demande mais découragera l'offre, jusqu'à la réalisation de l'équilibre. Le prix agit comme un **signal** et oriente les choix des agents, motivés par la recherche du profit (offreurs) ou de l'utilité (demandeurs).

3 Les gains à l'échange et le surplus

• À l'équilibre du marché, offreurs et demandeurs, qui participent à l'échange, réalisent des **gains à l'échange** (ou « **surplus** ») (**Doc. 2**). Le **surplus des consommateurs** est égal à la différence entre le prix qu'ils sont prêts à payer et le prix qu'ils payent réellement (prix du marché). Le **surplus des producteurs** est égal à la différence entre la somme minimum pour laquelle les producteurs sont prêts à vendre leur production et le prix effectif auquel ils la vendent.

• Au point d'équilibre, la satisfaction des offreurs et demandeurs ne peut plus progresser. La somme des surplus est maximisée.

LA BOÎTE À DOCS

Doc. 1 Tabac : la hausse des prix fait-elle vraiment diminuer le nombre de fumeurs ?

L'exemple de l'Australie est frappant : en faisant passer le prix du paquet au-dessus de 20 dollars, le pays a divisé par deux le nombre de fumeurs. [...] Mécaniquement, lorsque les prix augmentent, les fumeurs intermittents achètent moins souvent de paquets, ceux qui fument quotidiennement vont davantage se restreindre tandis que les personnes qui ont arrêté sont moins tentées de s'y remettre. Quant aux jeunes, ils sont évidemment moins nombreux à commencer à fumer. [...] [En France,] après avoir augmenté de 6 % en octobre 2012, les prix du tabac ont été relevés de 4,5 % en juillet 2013, puis de 3 % en moyenne en janvier 2014. [...] Comment ont évolué les ventes ? Selon la Direction générale des douanes et des droits indirects, la quantité totale de cigarettes vendues est passée d'environ 97 000 tonnes à 40 000 entre 2000 et 2018, soit une diminution de 41 %. [...] En Australie, où le paquet de Winfield est par exemple passé de 5 dollars en 1990 à 22 dollars en 2015 (augmentation de 440 % !), la part de fumeurs dans la population a été divisée par deux entre 1980 et 2016 pour atteindre 14 %.

C. Thibert, « Tabac : la hausse des prix fait-elle vraiment diminuer le nombre de fumeurs ? », *sante.lefigaro.fr*, 31 oct. 2019.

Doc. 2 Les surplus

Par exemple, les consommateurs disposés à payer le prix P_1 pour se procurer une certaine quantité de bien Q_1, réalisent un gain à l'échange (= $P_1 - P^*$) en achetant cette quantité au prix d'équilibre P^*.

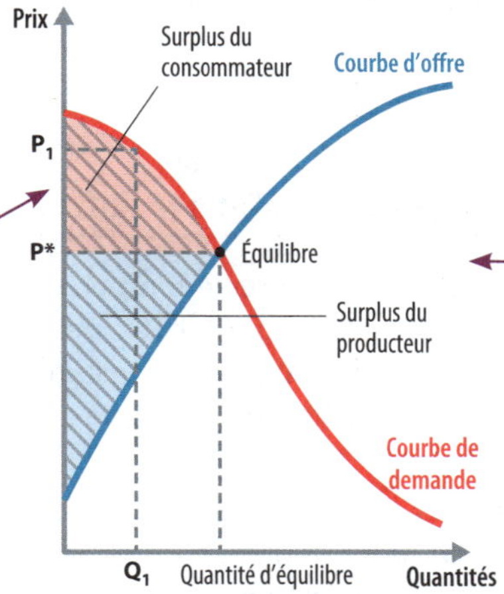

L'échange sur le marché génère des gains pour les consommateurs et les producteurs. La situation d'équilibre maximise la somme des deux surplus (zone hachurée = surplus total).

Vocabulaire

- **Offre/Demande :** quantité produite et désirée être vendue/achetée pour un prix donné.
- **Élasticité :** rapport du taux de variation d'une grandeur (quantité offerte, demandée) au taux de variation de l'une des variables susceptibles de l'influencer (prix, revenu).
- **Équilibre :** situation caractérisée par l'égalité de l'offre et de la demande pour un prix donné.
- **Surplus :** gain obtenu par le consommateur (ou le producteur) lorsque le prix payé (ou perçu) est inférieur (ou supérieur) au prix qu'il aurait accepté de payer (ou de vendre).

FICHE 3

Les changements dans l'équilibre du marché

De quoi s'agit-il ?

Des événements peuvent faire varier la situation d'équilibre, en modifiant l'offre et la demande.

1 L'existence de chocs sur l'offre et sur la demande

- La demande d'un bien est déterminée par les préférences (goûts, effet de mode) d'un individu, son revenu et le prix du bien, celui des biens comparables et le nombre de consommateurs. La modification des variables autres que le prix du bien implique un déplacement de la courbe de demande. On parle de **choc sur la demande**. Par exemple, une canicule affectera la courbe de demande de glaces en modifiant les goûts des consommateurs, qui vont augmenter leur demande de glaces à un prix donné. À court terme, la courbe d'offre est inchangée, mais la courbe de demande se déplace vers la droite (**Doc. 1a**).
- Certains événements peuvent affecter l'offre d'un bien ou d'un service. Une variation du prix des facteurs de production, une évolution de la productivité constituent des **chocs sur l'offre**, induisant un déplacement de la courbe d'offre et donc de la situation d'équilibre. Une baisse du prix des matières premières réduit le coût de production, entraînant une augmentation de l'offre et un déplacement de la courbe d'offre vers la droite (**Doc. 1b**).

2 L'incidence d'une taxe forfaitaire sur l'offre ou sur la demande

- Pour obtenir des recettes fiscales ou orienter le comportement des consommateurs et/ou des producteurs, l'État peut décider d'instaurer une **taxe** supportée soit par les consommateurs (TVA), soit par les producteurs (taxe « soda »), ce qui affecte alors le coût de production.
- Dans le cas d'une taxe supportée par les acheteurs, l'offre reste inchangée, mais la demande se déplace vers le bas, d'une distance égale au montant de la taxe, car pour un même prix de marché, la taxe rend le prix du bien concerné plus élevé. **La taxe réduit la taille du marché, augmente le prix payé par les consommateurs et réduit le prix perçu par les producteurs.**

> **Remarque**
> Une taxe soda est une taxe imposée par les pouvoirs publics sur les boissons sucrées dans le but d'inciter les consommateurs à réduire leur consommation.

- L'instauration d'une taxe va affecter l'**équilibre du marché** (prix et quantité d'équilibre). En effet, que la taxe soit supportée par le producteur ou le consommateur, le prix va être plus élevé. Par conséquent, cela implique une diminution des quantités demandées pour chaque niveau de prix. La situation d'équilibre est donc modifiée (**Doc. 2**).

LA BOÎTE À DOCS

Doc. 1 Les effets d'un choc sur l'offre et sur la demande

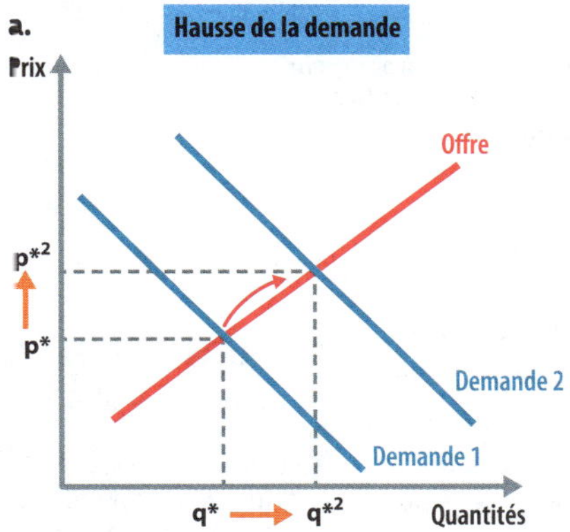

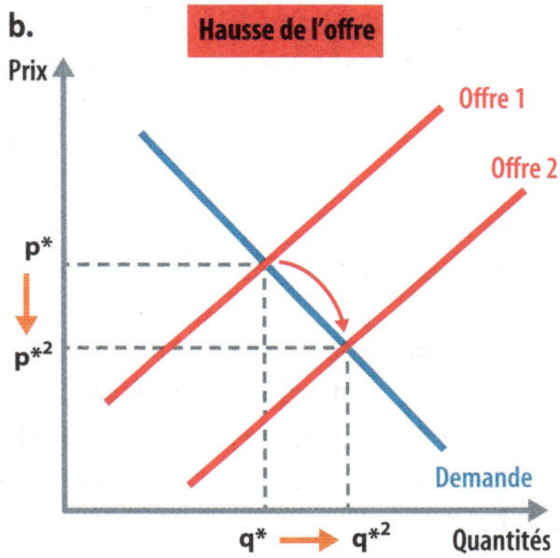

Le déplacement des courbes d'offre et/ou de demande suite à un « choc » entraîne la formation d'un nouvel équilibre.

Doc. 2 Les effets d'une taxe forfaitaire sur l'équilibre

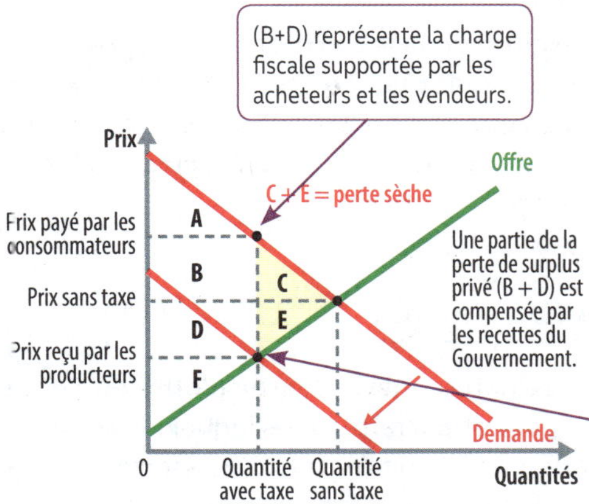

	Sans taxe	Avec taxe
Surplus du consommateur	A+B+C	A
Surplus du producteur	D+E+F	F
Revenu de la taxe	///	B+D
Surplus total	A+B+C+D+F	A+B+D+F

Vocabulaire

- **Choc sur la demande :** un choc de demande est une variation, positive ou négative, imprévue de la demande globale adressée aux producteurs (variation des dépenses publiques, du revenu des ménages…).
- **Choc sur l'offre :** un choc d'offre est une variation, positive ou négative, imprévue des conditions de production qui affecte les producteurs (évolution des gains de productivité, des quantités de facteurs de production).

FICHE 4

Le calcul du producteur et la fonction d'offre

De quoi s'agit-il ?

Le calcul du producteur désigne le comportement du producteur qui cherche à maximiser son profit, en définissant la quantité optimale à produire en fonction du prix du marché.

1 Comment le producteur maximise-t-il son profit ?

- Pour produire, l'entreprise effectue des dépenses. Certaines sont indépendantes du niveau de la production, les **coûts fixes** (loyers), d'autres non, les **coûts variables** (achats de matières premières). Le **coût total** (CF + CV) est une fonction croissante de la quantité produite. La **recette totale** (= chiffre d'affaires) croît avec les quantités produites et le prix. En concurrence pure et parfaite, le marché impose le prix au producteur, donc son **profit** (RT – CT) dépend des quantités. Le producteur choisit le volume de production (Q) qui va maximiser son bénéfice, en tenant compte des dépenses et des recettes.

Remarque

Les coûts fixes sont constants quel que soit le volume de la production. Cependant, ils peuvent augmenter lorsque le producteur réalise de nouveaux investissements par exemple.

- Pour déterminer la quantité (Q) à produire qui maximise son profit, l'entreprise détermine d'abord son seuil de rentabilité, elle ne produit que si RT > CT, donc si sa **recette moyenne** (le prix de vente) est supérieure au **coût moyen** (CT/Q). Ensuite, elle produit tant que la **recette marginale** (prix de vente) est supérieure au **coût marginal** (coût d'une unité supplémentaire), car son profit total augmente (**Doc. 1**).

2 Comment se détermine la courbe d'offre ?

- Le comportement du producteur permet de déterminer la **courbe d'offre** du producteur. Le modèle est celui de la concurrence pure et parfaite, dans lequel les agents, ici les offreurs, sont **preneurs de prix**. La fonction d'offre de l'entreprise associe, à chaque niveau de prix du marché, la quantité à produire qui va maximiser son profit.
- La courbe d'**offre de l'entreprise** dépend du coût marginal. Ainsi, pour tout prix supérieur à p*, l'entreprise produit une quantité qui égalise le prix et son coût marginal (maximisation du profit). La courbe d'offre de l'entreprise est donc la partie croissante de son coût marginal situé au-dessus du minimum du coût moyen (**Doc. 2**). L'**offre de marché** correspond alors à la somme de toutes les offres individuelles qui maximisent le profit de chaque entreprise sur le marché.

LA BOÎTE À DOCS

Doc. 1 La maximisation du profit du producteur

Dès que le Cm est supérieur au prix, le profit total diminue, puisque chaque unité supplémentaire coûte plus qu'elle ne rapporte. L'entreprise maximise donc son profit lorsque la courbe de Cm coupe celle du prix, autrement dit lorsque prix = Cm, ce qui détermine la quantité à produire (q*) pour maximiser le profit.

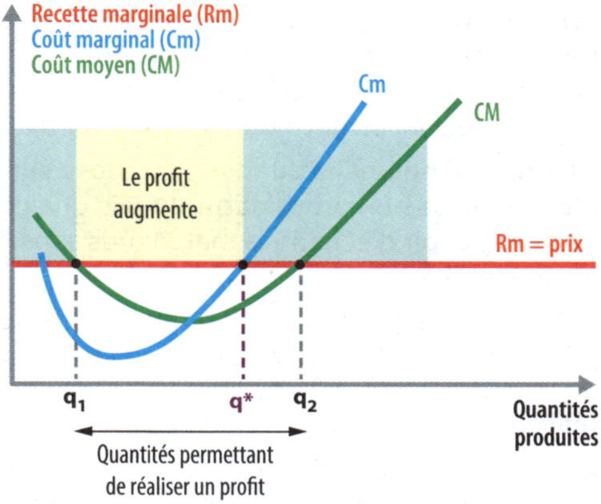

Doc. 2 La courbe d'offre de l'entreprise, en situation de concurrence pure et parfaite

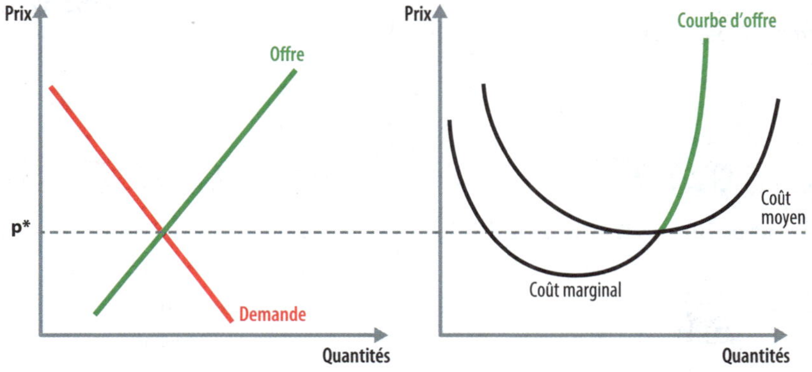

Pour maximiser son profit, le producteur produit la quantité qui égalise le coût marginal au prix. La courbe d'offre correspond donc à la courbe de coût marginal, puisque pour chaque niveau de prix (donné par le marché), la courbe de coût marginal permet de déterminer les quantités à produire.

Vocabulaire

- **Coût marginal :** supplément de coût résultant de la production d'une unité supplémentaire.
- **Courbe d'offre :** représentation graphique de la fonction d'offre, qui établit une relation entre le prix et les quantités offertes sur le marché.

Révision Express

LES POINTS IMPORTANTS À RETENIR

- Le marché constitue un lieu de rencontre entre une **offre** et une **demande**, qui aboutit à la formation d'un prix. Les marchés se distinguent par la **diversité** des produits échangés (biens, service, travail, capital). Les différentes **structures de marché** correspondent aux caractéristiques de l'offre et de la demande. L'analyse néo-classique distingue le modèle de concurrence pure et parfaite d'autres situations (monopole, oligopole...).
- Le fonctionnement du marché repose sur l'existence d'**institutions marchandes**, il n'est donc pas un ordre naturel mais une construction sociale et historique. Ainsi, il ne peut y avoir d'échanges marchands sans l'existence de **droits de propriété** (comme les brevets).
- Dans une économie de marché, l'ajustement de l'offre et de la demande se réalise par la flexibilité des prix. Il existe alors un prix, dit d'équilibre, qui assure l'égalité entre offre et demande. À l'équilibre, l'allocation des ressources est optimale, et l'échange réalisé génère un **surplus** pour les producteurs comme pour les acheteurs.
- La situation d'équilibre est instable et peut varier sous l'influence **de chocs sur l'offre** ou sur **la demande**, les forces du marché, en l'absence de l'intervention de l'État, déterminent un nouvel équilibre. En instaurant des taxes, l'État modifie le signal du prix et influence les décisions des offreurs et des demandeurs.
- La modélisation permet de comprendre le comportement des producteurs et de déterminer quelle quantité produire pour maximiser son profit. La **courbe d'offre** se détermine à partir du calcul du producteur.

APPRENDRE AUTREMENT

Maximisation du profit et courbe d'offre :

Vidéo

LE COURS EN 10 MOTS-CLÉS

- Choc sur la demande
- Choc sur l'offre
- Courbe d'offre
- Coût marginal
- Demande
- Offre
- Droits de propriété
- Élasticité
- Équilibre
- Institutions marchandes

CARTE MENTALE

> Le fonctionnement d'un marché concurrentiel

COMMENT FONCTIONNE UN MARCHÉ CONCURRENTIEL ?

- **L'offre et la demande**

  - Loi de l'offre, loi de la demande → Déplacements le long des courbes
  - Élasticité par rapport au prix → Pente des courbes
  - Déterminants de l'offre et de la demande →
    - Déplacements des courbes
    - Formation d'un nouvel équilibre (ex : mise en place d'une taxe forfaitaire)
- **Le calcul du producteur**

  - Les coûts de production
  - La quantité qui maximise le bénéfice → prix = Cm
- **L'équilibre sur un marché concurrentiel**
  - Les hypothèses
  - Processus de tâtonnement
  - La maximisation des gains à l'échange → Surplus du consommateur et du producteur
- **Le marché est une institution**
  - Des formes de marchés variées
  - Institutions marchandes
  - brevet déposé → Règles formelles ou informelles → Droits de propriété → Droits d'utiliser, de tirer un revenu et de disposer d'un bien
- **Les différentes structures de marché**
  - Un modèle majeur mais théorique : la concurrence pure et parfaite

N'hésite pas à construire ta propre carte mentale

1 Représenter graphiquement les courbes d'offre et de demande

MÉTHODE

- Les courbes d'offre et de demande permettent de visualiser une situation d'équilibre et de comprendre les effets d'un choc économique sur l'équilibre (induisant un déplacement des courbes).
- La **fonction de demande** est la formulation mathématique de la relation Quantité/Prix. Elle exprime les couples Q/p dès lors qu'il y a une variation du prix. La demande est une fonction décroissante du prix, constituée par les quantités que les consommateurs sont disposés à acheter pour chaque prix.
- Comme pour la fonction de demande, la **fonction d'offre** est la formulation mathématique de la relation Quantité/prix. Cette fois, la relation entre le prix et la quantité offerte est une relation positive. L'offre est constituée par les quantités que les producteurs sont disposés à vendre pour chaque prix : plus le prix est élevé, plus l'offre augmente.
- La situation d'équilibre s'observe à l'intersection des deux courbes. Offreurs et demandeurs satisfaits du prix (P*) réalisent l'échange. À ce prix, l'offre est égale à la demande (Figure 1)

Figure 1

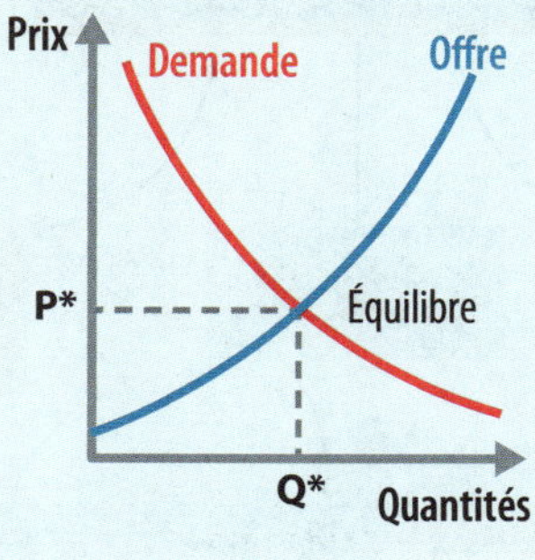

Remarque

Le prix d'équilibre sur un marché concurrentiel est le résultat de la confrontation entre l'offre et la demande. Sur la représentation graphique ci-contre, cela correspond au point d'intersection entre la courbe de demande et la courbe d'offre.

ÉNONCÉ

1. **Calculez l'offre globale pour chaque niveau de prix (Doc. 1).**
2. **Représentez graphiquement ce marché en choisissant l'échelle pertinente.**
3. **Déterminez l'équilibre de marché (prix d'équilibre, quantité d'équilibre).**

Doc. 1 **Offre de pains au chocolat**

Prix en euros	0,80	0,90	1,00	1,10	1,20	1,30	1,40
Boulangerie A	0	10	20	30	40	55	70
Boulangerie B	0	20	40	60	80	100	120
Boulangerie C	5	30	55	80	105	120	140
Boulangerie D	10	15	20	25	30	35	45
Offre globale (nombre de pains au chocolat)	15	75	135	195	255	310	375

Doc. 2 **Demande de pains au chocolat**

Prix en euros	0,80	0,90	1,00	1,10	1,20	1,30	1,40
Demande globale (pains au chocolat)	315	275	235	195	155	115	75

CORRIGÉ

1. **Doc. 1** **Offre de pains au chocolat**

Prix en euros	0,80	0,90	1,00	1,10	1,20	1,30	1,40
Boulangerie A	0	10	20	30	40	55	70
Boulangerie B	0	20	40	60	80	100	120
Boulangerie C	5	30	55	80	105	120	140
Boulangerie D	10	15	20	25	30	35	45
Offre globale (nombre de pains au chocolat)	**15**	**75**	**135**	**195**	**255**	**310**	**375**

2.

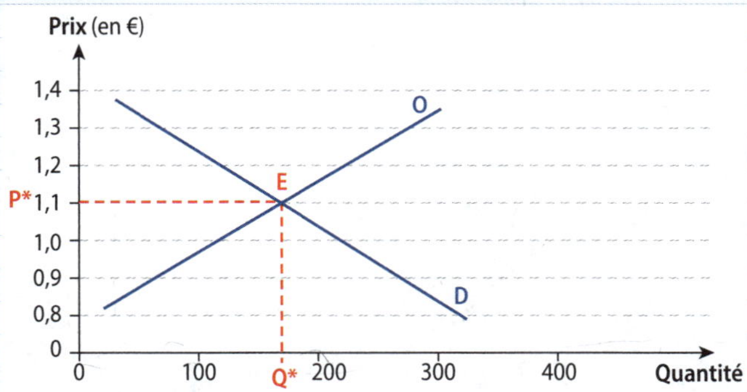

3. Le marché est en équilibre pour un prix de 1,10 euro : pour ce prix, les quantités offertes et demandées s'égalisent (195 pains au chocolat). Cela signifie que pour ce prix, chaque offreur disposé à vendre à ce prix trouve un acheteur. Inversement, chaque acheteur disposé à payer ce prix trouve un vendeur.

② Les déplacements de courbes de demande et d'offre

MÉTHODE

- Un évènement **qui augmente la demande** (variation du revenu, du nombre ou des goûts des consommateurs...), quel que soit le prix, déplace la courbe de demande vers la droite (et inversement en cas d'évènement réduisant la demande). Le déplacement de la courbe de demande occasionne la **formation d'un nouvel équilibre**. Dans le cas d'une hausse de la demande, la quantité échangée et le prix d'équilibre augmentent : Q^*_1 et P^*_1 (Figure 1).

Figure 1

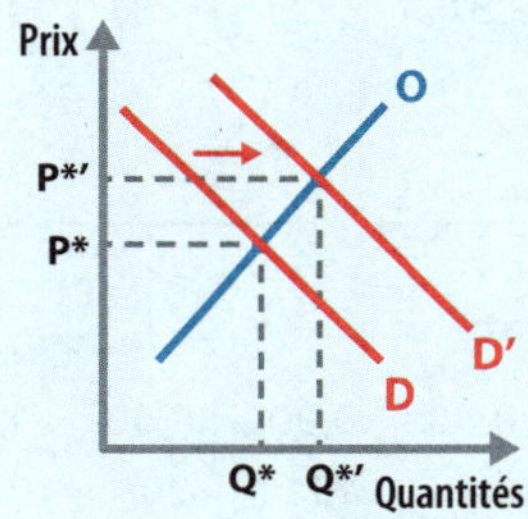

- Un évènement qui **augmente l'offre** (variation du coût des facteurs de production, tels que le travail ou les matières premières, du nombre et des producteurs...), quel que soit le prix, déplace la courbe d'offre vers la droite (et inversement en cas d'évènement réduisant l'offre). Le déplacement de la courbe d'offre occasionne la formation d'un nouvel équilibre. Dans le cas d'une hausse de l'offre, la quantité échangée augmente et le prix d'équilibre diminue : Q*' et P*' (Figure 2).

Figure 2

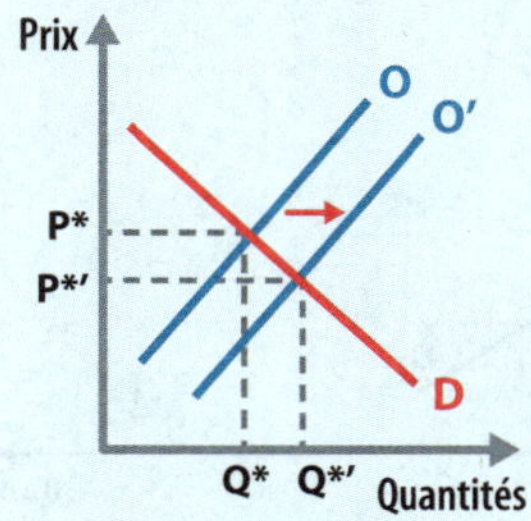

- Attention, il ne faut pas confondre déplacement le long des courbes d'offre ou de demande (variations des quantités offertes ou demandées quand le prix varie) et déplacements des courbes d'offre ou de demande (variation de l'offre ou de la demande).

ÉNONCÉ

Imaginons une petite station balnéaire bretonne, dans laquelle le marché des glaces durant l'été se compose de vendeurs de crèmes glacées et de touristes. On suppose que le marché est en situation de concurrence. La journée est plutôt fraîche. Dans le tableau ci-dessous sont présentées les quantités de glace demandées et offertes pour chaque niveau de prix, ce jour-là :

Prix en euros d'un pot de glace	0	0,5	1	1,5	2	2,5	3
Demande	20	16	13	10	7	4	1
Offre	0	4	5	6	7	10	13

1. Représentez la courbe d'offre et de demande sur un même graphique et déterminez le point d'équilibre (prix et quantité).

2. Le lendemain s'annonce être une journée caniculaire. Voici les nouvelles quantités demandées :

	0	0,5	1	1,5	2	2,5	3
Demande	25	22	19	16	13	10	7
Offre	0	4	5	6	7	10	13

Tracez, sur le même graphique, la nouvelle courbe de demande (D1).

3. Comment s'est modifié l'équilibre sur le marché ?

CORRIGÉ

1. et **2.**

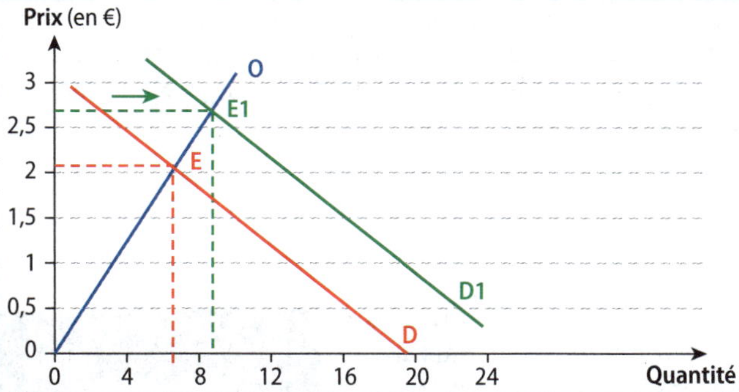

La situation d'équilibre s'observe pour un prix de 2 €, les quantités échangées sont alors de 7 pots de glaces.

3. La nouvelle situation d'équilibre s'observe en E1, la courbe de demande s'est déplacée vers la droite : les consommateurs ont acheté plus de glaces pour chaque niveau de prix. Le prix a augmenté (déplacement le long de la courbe d'offre), et les quantités échangées aussi (du fait de la hausse de la demande). Le prix d'équilibre se fixe donc à 2,50 euros, pour 10 pots échangés.

3 Représenter graphiquement les fonctions de coûts

MÉTHODE

- Une entreprise détermine ses coûts par une **fonction de coût total** (CT = f(q)) qui comprend, d'une part, les **coûts variables** et, d'autre part, les **coûts fixes**. L'objectif est de tracer les courbes de coûts de l'entreprise, de les interpréter, de déterminer graphiquement la zone de profit, et la quantité qui maximise le profit de l'entreprise.

  À partir de cette fonction, on peut calculer :

Le coût moyen (unitaire)	Le coût marginal (coût de la dernière unité produite)
$CM(q) = \frac{C(q)}{q}$	$Cm = \frac{CT(q+1) - CT(q)}{(q+1) - q}$

- Pour déterminer la rentabilité et le profit de l'entreprise, il faut calculer sa **recette totale** : q. Par exemple, si le prix de vente est de 20 €, la recette de l'entreprise sera de la forme : RT(q) = 20q.
- À partir de là, on peut déterminer :

La recette moyenne	La recette marginale (recette de la dernière unité produite et vendue)
$RM(q) = \frac{RT(q)}{q} = p$	$Rm(q) = \frac{RT(q+1) - RT(q)}{(q+1) - q} = p$
La recette moyenne est la recette marginale correspondant au prix, la courbe qui la représente est toujours une droite parallèle à l'axe des abscisses.	

- On peut alors tracer les courbes de coûts et les interpréter, et déterminer graphiquement la zone de profit de l'entreprise. Pour cela, il faut d'abord compléter un tableau de valeurs reprenant les différents coûts en fonction des quantités. Ensuite, on place les quantités en abscisses et les coûts et le prix en ordonnées. Puis on reporte point par point les valeurs du tableau.

ÉNONCÉ

Soit une entreprise qui fabrique des canapés, sur un marché de concurrence pure et parfaite. Les dépenses pour leur réalisation sont diverses : salaires, amortissement et utilisation du matériel, matières premières, stockage des produits. La somme de toutes ces dépenses constitue le coût total de production de l'entreprise. L'ensemble de ces coûts apparaissent dans le tableau qui suit. Le prix de vente s'établit à 350 €.

Méthode

Coûts, recette et bénéfice	Quantité de canapés produite									
	1	2	3	4	5	6	7	8	9	10
1. Coût total	1 526	1 568	1 632	1 724	1 850	2 016	2 228	2 492	2 842	3 200
2. Coût moyen	1 526	784	544	4312	370	336	318,3	311,5	315,8	320
3. Coût marginal	– – –	42	64	92	126	166	212	264	350	358
4. Recette totale	350	700	1 050	1 400	1750	2 100	2 450	2 800	3 150	3 500
5. Bénéfice total	–1 176	–868	–582	–324	–100	84	222	308	308	300
6. Bénéfice marginal	– – –	308	286	258	224	184	138	86	0	–8

1. Rappelez les définitions de recette totale, coût marginal et bénéfice total.

2. Représentez graphiquement les courbes de coût moyen et de coût marginal ainsi que la recette moyenne.

3. Déterminez graphiquement la zone de production pour laquelle l'entreprise réalise un profit ainsi que la quantité de canapés que l'entreprise doit produire pour maximiser son profit.

CORRIGÉ

1. • La recette totale correspond au résultat des ventes (c'est le chiffre d'affaires réalisé, selon la quantité produite et vendue). Elle se calcule en multipliant la quantité par le prix de vente unitaire : RT(q) = q × p.

• Le coût marginal est le supplément de coût induit par la production d'une unité supplémentaire, il va permettre de déterminer la quantité qui maximise le bénéfice de l'entreprise, puisque dès lors qu'il devient supérieur au prix de vente, le bénéfice total va diminuer.

Cm = CT(q + 1) – CT(q) / (q + 1) – q

• Le bénéfice total correspond à la différence entre la recette totale et le coût total

BT(q) = RT(q) – CT(q)

2. et 3.

L'entreprise fait du profit pour une quantité produite comprise entre 5 et 12 objets. En dehors de cet intervalle, l'entreprise fait des pertes.

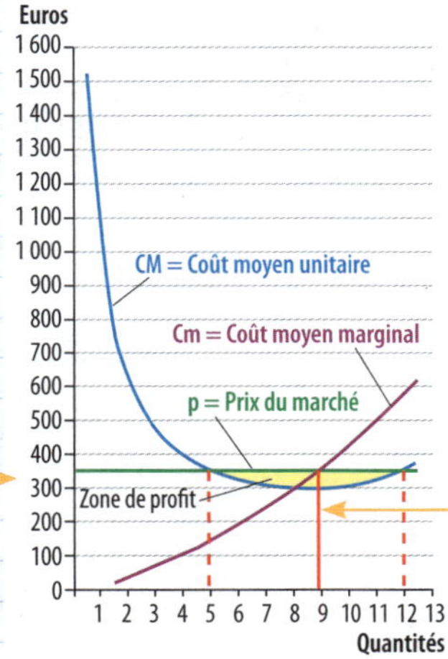

Le profit de l'entreprise est maximal lorsqu'elle produit 9 objets. Au-delà, le profit rapporté par chaque unité produite supplémentaire diminue. Le profit est donc maximal lorsque p = Cm.

Fiche test *Ce que je sais*

QCM

15 min

☐ À revoir
☐ Acquis

1 Cochez la bonne réponse.

1 Le marché est un lieu de rencontre entre :
- ☐ a. des biens et des services.
- ☐ b. des biens et de la monnaie.
- ☐ c. des acheteurs et des vendeurs.

2 Le marché est un lieu :
- ☐ a. où règne la loi du plus fort.
- ☐ b. où des institutions organisent les activités marchandes.
- ☐ c. où il n'y a pas de règles.

3 Sur un marché d'oligopole, il y a :
- ☐ a. quelques acheteurs et beaucoup de vendeurs.
- ☐ b. un acheteur et quelques vendeurs.
- ☐ c. un vendeur et quelques acheteurs.
- ☐ d. quelques vendeurs et beaucoup d'acheteurs.

4 Selon la loi de l'offre et de la demande, quand le prix augmente :
- ☐ a. l'offre et la demande diminuent.
- ☐ b. l'offre diminue et la demande augmente.
- ☐ c. l'offre augmente et la demande diminue.

5 Sur un marché concurrentiel, il y a surplus du producteur lorsque :
- ☐ a. le prix du marché est supérieur au prix auquel il était disposé à vendre son bien.
- ☐ b. le prix du marché est inférieur au prix auquel il était disposé à vendre son bien.
- ☐ c. le prix du marché est égal au prix auquel il était disposé à vendre son bien.

6 L'équilibre sur un marché concurrentiel est obtenu :
- ☐ a. grâce à l'intervention de l'État.
- ☐ b. car les prix sont flexibles et s'ajustent à l'offre et à la demande.
- ☐ c. grâce à la mise en place de taxes.

7 Si le prix du marché est supérieur au prix d'équilibre :
- ☐ a. le surplus du consommateur augmentera au détriment de celui du producteur.
- ☐ b. le surplus du producteur sera supérieur à celui du consommateur.
- ☐ c. le surplus du consommateur et celui du producteur augmenteront.

8 La mise en place d'une taxe forfaitaire conduit les offreurs à :
- ☐ a. baisser les quantités offertes.
- ☐ b. augmenter les quantités offertes.
- ☐ c. ne pas changer les quantités offertes.

9 Une réduction des impôts pour les ménages constitue :
- ☐ a. un choc d'offre positif.
- ☐ b. un choc de demande positif.
- ☐ c. un choc de demande négatif.
- ☐ d. un choc d'offre négatif.

10 Pour maximiser son profit, le producteur égalise le prix et :
- ☐ a. la recette moyenne.
- ☐ b. le coût moyen.
- ☐ c. le coût marginal.

SCORE : ____ / 10

EXERCICES D'ENTRAÎNEMENT

2 Texte à trous

À l'aide de vos connaissances acquises en cours, complétez le texte suivant :

Le marché est le lieu de rencontre de l'offre....... et de la demande où se fixent les prix...... . En général, plus le prix est bas, plus la quantité demandée d'un bien ou d'un service est élevée.... . On dit que la demande est une fonction décroissante du prix. Inversement, l'offre est une fonction croissante du prix : plus le prix est élevé...... plus la quantité offerte est importante. La situation d'............... désigne l'égalité entre quantités offertes et demandées, pour un certain .... Certains événements peuvent affecter l'offre et/ou la demande, et modifier l'équilibre initial, on parle de .... économiques.

3 Illustrer les chocs économiques

Voici différents chocs économiques sur l'offre et sur la demande, placez-les dans le tableau ci-dessous :

a. L'État décide de la suppression de la taxe d'habitation pour l'ensemble des ménages.
b. L'État décide d'instaurer une taxe payée par les consommateurs sur la viande.
c. Un tsunami détruit une grande partie des industries du littoral au Japon.
d. Un ouragan détruit les récoltes de riz en Asie.
e. Certains pays décident d'exploiter le gaz de schiste, provoquant une baisse du prix de cette matière première.
f. De nouvelles techniques agricoles améliorent considérablement les rendements céréaliers.

	Positif	Négatif
Choc sur l'offre		
Choc sur la demande		

4 Représenter des courbes de coûts

On a demandé à une entreprise d'indiquer le coût total associé à différents niveaux de production. Ces informations sont résumées dans le tableau suivant :

Q	1	2	3	4	5	6	7	8	9	10
CT	58	88	92	94	100	120	154	205	280	400

Q indique le niveau de production et CT le coût total associé à cette production. L'entreprise, indépendamment de son niveau de production, fait face à des coûts fixes égaux à 20 €.

Répondez aux questions suivantes en vous aidant d'un tableau.

1. À partir des informations dont vous disposez, calculez les coûts moyens (CM) associés à chacun des niveaux de production.
2. Calculez le coût variable (CV) ainsi que les coûts fixes moyens (CFM) et coûts variables moyens (CVM).

3. Calculez les coûts marginaux (Cm) associés à chacun des niveaux de production.
4. Représentez ces coûts moyens et marginaux sur un graphique (en abscisse les niveaux de production, en ordonnée les coûts moyens et marginaux).
5. Indiquez la recette totale (RT) réalisée par l'entreprise si le prix était égal à 20 €.
6. Calculez, pour chacun des niveaux de production, le profit que réaliserait l'entreprise si le prix du bien reste égal à 20 €.
7. Quel niveau de production vous semble optimal si le prix est égal à 20 € ?
8. Calculez, pour chacun des niveaux de production, la recette totale et le profit que réaliserait l'entreprise si le prix du bien produit était égal à 34 €. Quel niveau de production vous semble optimal ?
9. Calculez la recette moyenne (RM) et tracez-la sur votre graphique.
10. Déterminez graphiquement la zone de production pour laquelle l'entreprise réalise un profit. Vérifiez graphiquement votre réponse à la question 8.

5 Représenter l'effet d'une taxe

Afin de lutter contre la pollution liée à la production d'un bien, l'État décide d'instaurer une taxe forfaitaire de 20 € aux producteurs de ce bien.

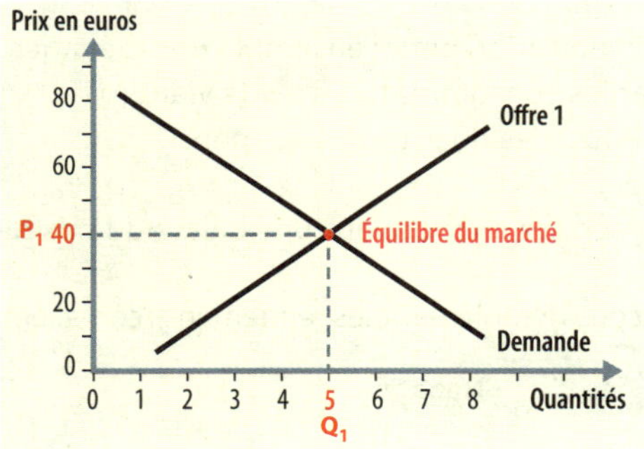

Remarque
La 2e courbe d'offre va se déplacer parallèlement à la première et vers la gauche, puisque le prix va augmenter, d'une distance égale au montant de la taxe.

1. Sur le graphique ci-dessus, représentez la nouvelle courbe d'offre suite à l'imposition de cette taxe.
2. Déterminez graphiquement la quantité de biens désormais échangés, ainsi que le prix perçu par le vendeur et le prix payé par l'acheteur.

Corrigés

Fiche test Ce que je sais

1 1. c. 2. b. 3. d. 4. c. 5. a. 6. b. 7. b. 8. a. 9. b. 10. c.

EXERCICES D'ENTRAÎNEMENT

2 Texte à trous

Le marché est le lieu de rencontre de l'**offre** et de la **demande** où se fixent les **prix**. En général, plus le prix est bas, plus la quantité demandée d'un bien ou d'un service est **élevée**. On dit que la demande est une fonction **décroissante** du prix. Inversement, l'offre est une fonction **croissante** du prix : plus le prix est **élevé** plus la quantité offerte est importante. La situation d'**équilibre** désigne l'égalité entre quantités offertes et demandées, pour un certain **prix**. Certains événements peuvent affecter l'offre et/ou la demande, et modifier l'équilibre initial, on parle de **chocs** économiques.

3 Illustrer les chocs économiques

	Positif	Négatif
Choc sur l'offre	e. f.	c. d.
Choc sur la demande	a.	b.

4 Représenter des courbes de coûts

1. CM = CT/Q, ainsi le coût moyen lorsque Q = 5 s'élève à $\frac{100}{5}$ = 20 €.
2. CV = CT – 20 donc le CV pour Q = 4 est de 74 € ; CFM = $\frac{20}{Q}$; le coût fixe moyen pour Q = 4 est donc de 5 € ; CVM = $\frac{CV}{Q}$; pour Q = 4 le coût variable moyen est de 18,5 €.
3. Cm = C(Q + 1) – C(Q). Ainsi le coût marginal de la deuxième unité produite est de 88 – 58 = 30 €.
4. Voir page suivante.
5. RT = 20 × Q. Lorsque l'entreprise produit 10 unités, sa recette totale est de 200 €.
6. BT = RT – CT. Pour 4 unités produites et vendues au prix de 20 €, l'entreprise réalise une perte de 14 €.
7. Si le prix est égal à 20 €, l'entreprise doit produire 6 unités de production. C'est la quantité qui égalise le prix de vente et le coût marginal. À ce niveau de production, elle ne perd pas d'argent. Mais elle n'en gagne pas non plus !
8. Lorsque le prix du marché est de 34 €, l'entreprise fait un profit maximum pour une production de 7 unités. Au-delà de cette quantité, le bénéfice marginal diminue.
9. RM = $\frac{RT}{Q}$ = 34 €.
10. Voir graphique page suivante pour la zone de profit. Le profit de l'entreprise est maximal lorsqu'elle produit 7 objets.

Tableau des coûts

Q	CT	CM	CV	CFM	CVM	Cm	RT (p = 20 €)	Profit (p = 20 €)	RT (p = 34 €)	Profit (p = 34 €)
1	58	58	38	20	38	----	20	-38	34	-24
2	88	44	68	10	34	30	40	-48	68	-20
3	92	30,7	72	6,6	24	4	60	-32	102	10
4	94	23,5	74	5	18,5	2	80	-14	136	42
5	100	20	80	4	16	6	100	0	170	70
6	120	20	100	3,3	16,7	20	120	0	204	84
7	154	22	134	2,8	19,1	34	140	-14	238	84
8	205	25,6	185	2,5	23,1	51	160	-45	272	67
9	280	31,1	260	2,2	28,8	75	180	-100	306	26
10	400	40	380	2	38	120	200	-200	340	-60

Représentation graphique des courbes de coûts moyens et marginaux, et de la recette moyenne.

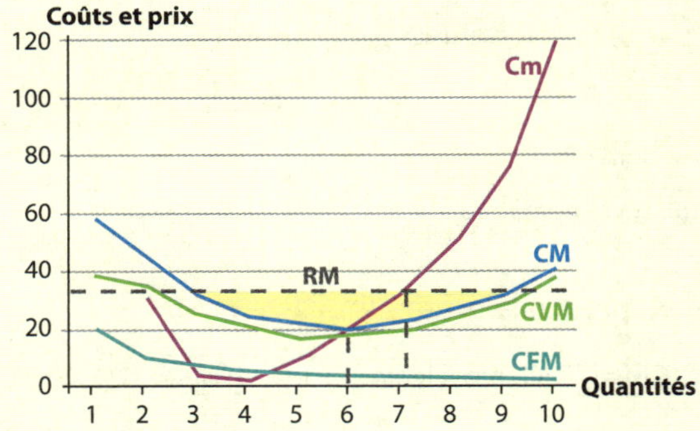

⑤ Représenter l'effet d'une taxe

1. Sur le graphique, on observe que la courbe d'offre (O_2) se déplace vers la gauche, car pour chaque quantité produite, l'instauration de la taxe induit une hausse du coût de production.

2. Graphiquement, on détermine qu'à l'équilibre, le consommateur paiera 10 € de plus (50 € au lieu de 40 €) et le producteur percevra 10 € de moins (30 € au lieu de 40 €). Ici, la taxe, et donc la perte de surplus, est supportée de manière similaire par les consommateurs et les producteurs. Si la demande avait été peu élastique, la perte aurait été davantage supportée par les consommateurs. L'État empochera les 20 € de la taxe.

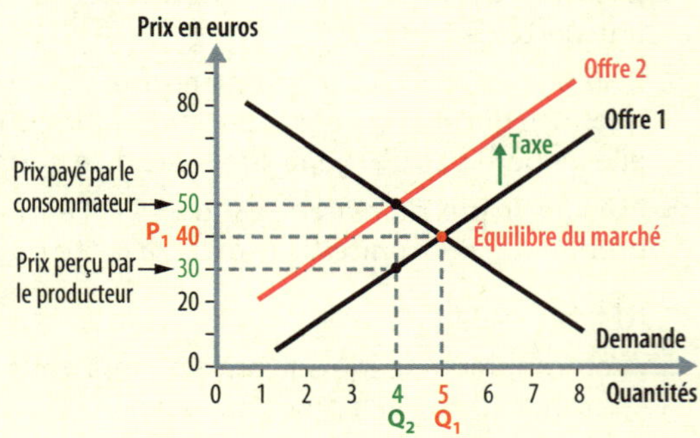

Chapitre 2 Le fonctionnement des marchés imparfaitement concurrentiels

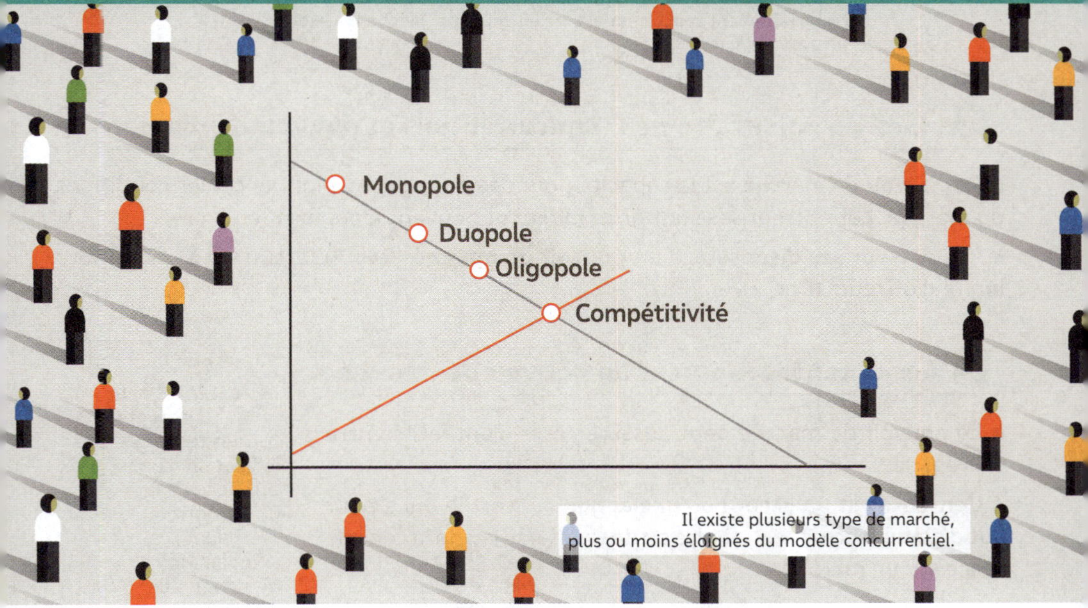

Il existe plusieurs type de marché, plus ou moins éloignés du modèle concurrentiel.

FICHE 1

Comment les entreprises peuvent-elles exercer un pouvoir de marché ?

De quoi s'agit-il ?

Les économistes néo-classiques ont distingué différents types de marchés qui s'éloignent du modèle concurrentiel. Sur ces marchés, imparfaitement concurrentiels, les entreprises cherchent à exercer un pouvoir de marché.

1 Marchés imparfaitement concurrentiels et pouvoir de marché

- Le **pouvoir de marché** est la capacité pour des entreprises à influencer les conditions du marché. Les entreprises sont ***price maker*** et peuvent alors fixer leurs prix.
- Les entreprises disposent d'un **pouvoir de marché** (**Doc. 1**) lorsqu'il y a un nombre limité d'offreurs (**Doc. 2**).

2 Les ententes : sources de pouvoir de marché

- Le pouvoir de marché peut aussi résulter d'ententes entre entreprises.
- L'**entente** est un accord ou une action concertée qui a pour but d'empêcher, de restreindre ou de fausser le jeu de la concurrence sur un marché.
- Les entreprises qui s'entendent **de manière anti-concurrentielle**, en s'accordant pour fixer les prix ou les quantités à produire, forment un cartel. **Ces pratiques sont interdites dans l'Union européenne.**

Remarque

Les ententes peuvent revêtir différentes formes telles que la fixation d'un prix, la limitation ou le contrôle des quantités, la répartition géographique des marchés ou des sources d'approvisionnement ou des clients, etc.

3 Le marché nécessite des règles

- Pour disposer d'un pouvoir de marché, les entreprises dressent des **barrières à l'entrée**.
- Afin de baisser leurs coûts de production et être plus compétitives que leurs concurrents, les entreprises peuvent réaliser des **économies d'échelles** en effectuant des opérations de concentration (rachat, fusion-acquisition).
- Grâce à des innovations, les entreprises peuvent différencier leurs biens et être en situation de monopole, ce qui sera source de profits supplémentaires.
- Les **droits de propriété** (par exemple des brevets qui protègent les innovations) constituent des barrières **légales** (ou réglementaires). Le dépôt de multiples brevets est aussi une barrière **stratégique**.

Remarque

Un brevet est un droit de propriété qui accorde un monopole temporaire d'une durée de 20 ans.

LA BOÎTE À DOCS

Doc. 1 Le pouvoir de marché

L'idée essentielle de la concurrence imparfaite est de relâcher l'hypothèse d'atomicité des producteurs ; en réalité les producteurs vendent sur le marché avec un contrôle partiel sur leur prix, contrairement à la concurrence pure et parfaite où ce contrôle est nul. On appelle ceci le pouvoir de marché qui caractérise une situation dans laquelle l'entreprise peut avoir une influence sur le niveau de prix. On va donc passer d'un monde où les producteurs sont *price taker* à un monde où ils sont *price maker*.

En concurrence imparfaite, l'entreprise ne fait plus face à une demande infiniment élastique. Elle peut donc légèrement jouer sur ses prix sans perdre tous ses clients. C'est de là qu'elle tire son pouvoir de marché.

E. Wasmer, *Principes de microéconomie. Méthodes empiriques et théories modernes*, Person, 2020.

Doc. 2 La concurrence imparfaite ou la remise en cause des hypothèses de CPP

CONCURRENCE PURE ET PARFAITE		CONCURRENCE IMPARFAITE
Hypothèses	**Conséquences en CPP**	**Conséquence de la remise en cause de l'hypothèse**
Atomicité	*Price taker*	*Price maker*
Libre entrée et sortie du marché	Les concurrents peuvent entrer/sortir du marché	Existence de barrières à l'entrée
Homogénéité des produits	Biens et services ayant les mêmes caractéristiques	Biens et services ayant des caractéristiques différentes
Transparence de l'information	Connaissances des prix présents, passés et futurs	L'information n'est pas instantanément et gratuitement disponible
Mobilité des facteurs de production	Rééquilibrage en cas de surproduction/sous-production dans un secteur	La surproduction/sous-production peut être durable

Vocabulaire

- **Pouvoir de marché :** capacité pour une entreprise d'augmenter le prix de son produit tout en continuant à vendre – en d'autres termes, elle n'est plus preneuse de prix (*price taker*), mais faiseuse de prix (*price maker*).
- **Cartel :** entente anticoncurrentielle entre entreprises.
- **Innovation :** application industrielle et commerciale d'une invention.

FICHE 2 Que sont les monopoles ?

De quoi s'agit-il ?

Le monopole est un marché non concurrentiel. Plusieurs situations expliquent ou justifient l'existence de monopoles.

1 Le monopole est faiseur de prix

- Un **monopole** est une forme de marché sur lequel il y a un offreur unique et un nombre important de demandeurs. Le monopole est *price maker*, c'est-à-dire **faiseur de prix**.

2 Les différents types de monopoles

Il existe plusieurs raisons pour lesquelles une firme peut être seule sur le marché.

- Le **monopole lié au contrôle d'une ressource rare** : par exemple, l'entreprise De Beers contrôlait environ 90 % de la production de diamants dans les années 1980.
- Le **monopole naturel** : sur un grand marché avec d'importants coûts fixes liés notamment aux infrastructures, le niveau de production pour lequel le **coût moyen** augmente est très élevé. Plusieurs entreprises sur le marché ne pourraient rentabiliser le coût des infrastructures, il est alors « naturel » que la production soit assurée par une seule entreprise qui pourra réaliser des économies d'échelle. C'est généralement le cas dans des activités de réseau (de distribution d'eau, d'électricité, de chemin de fer…) où une seule entreprise est plus performante que plusieurs. Les coûts et les prix sont plus bas même s'il n'y a pas de compétition entre plusieurs producteurs.

> **Remarque**
> On dit d'un monopole qu'il est discriminant quand il peut faire payer des prix différents à ses clients pour un même service.

- Le **monopole institutionnel (ou légal)** (**Doc. 1**) est fondé sur les **droits de propriété**. L'État peut décider de confier la production ou la vente d'un bien ou service à une seule entreprise (par exemple les pharmacies dans la vente de médicaments) à qui il assigne des missions et/ou des contraintes particulières. L'État peut aussi créer des **monopoles publics** afin de fournir certains biens ou services (par exemple l'eau, l'électricité…) à la collectivité à des prix inférieurs à ceux pratiqués par un monopole privé. Les monopoles publics sont très souvent des monopoles naturels.
- Le **monopole d'innovation (ou technologique)** est fondé sur une avance technologique. Il permet à l'entreprise qui en est l'auteur d'être temporairement en monopole, jusqu'à ce que ses concurrents l'imitent (**Doc. 2**).

LA BOÎTE À DOCS

Doc. 1 Monopole légal et monopole naturel

Sur la côte ouest des États-Unis, une seule école de ski est présente dans les stations, qu'elles soient de grande étendue comme Vail ou de taille plus modeste comme Beaver Creek. L'enseignement du ski ou du snowboard bénéficie d'un monopole local. Étonnant pour le pays qui a inventé le droit de la concurrence ! [...]

La situation américaine s'explique par une raison géographique et juridique. L'usage des pistes sur les terres forestières fédérales ainsi que d'autres services associés est attribué à des concessions exclusives. C'est une anomalie économique, car l'enseignement de la glisse n'est pas un monopole naturel. Expliquons-nous. Rien de plus normal de compter une seule entreprise de remontées mécaniques dans les stations, par exemple la STVI à Val-d'Isère. Pourquoi ? Parce qu'une seule entreprise captant toute la demande produit à moindre coût que plusieurs entreprises – du fait de fortes économies d'échelle, par exemple. Cette propriété, dite dans le jargon économique de sous-additivité des coûts, est caractéristique des industries de réseau. [...] En revanche, un monopole de l'enseignement de la glisse n'a rien de naturel. En enrôlant tous les élèves de la station, une école ne bénéficiera pas d'un coût unitaire de la leçon plus faible que s'il y avait plusieurs écoles. Les économies d'échelle sont vite atteintes, car les coûts fixes (guichet d'accueil, équipement du parc pour tout-petits, etc.) sont très modestes.

F. Lévêque, *Trois leçons de ski pour économistes débutants*, 2016.

Doc. 2 Innovation et concurrence

L'introduction de nouvelles méthodes de production et de nouvelles marchandises est difficilement concevable si, dès l'origine, les innovateurs doivent compter avec des conditions de concurrence parfaite et parfaitement rapide. Or, ceci veut dire que le progrès économique, au sens où nous entendons ce terme, est en majeure partie incompatible avec de telles conditions. Effectivement, la concurrence parfaite est et a toujours été temporairement suspendue – automatiquement ou au moyen de mesures *ad hoc* – chaque fois qu'une nouveauté a été introduite, même si les conditions étaient, à tous autres égards, parfaitement concurrentielles. [...] Nous sommes obligés de reconnaître que l'entreprise géante est finalement devenue le moteur le plus puissant [du] progrès [économique] et, en particulier, de l'expansion à long terme de la production totale.

J. Aloïs Schumpeter, *Capitalisme, socialisme et démocratie*, Payot, 1942.

Vocabulaire

- **Faiseur de prix :** situation dans laquelle un agent a la capacité d'influencer le prix du marché.
- **Coût moyen :** coût unitaire, il se calcule en faisant le coût total divisé par la quantité produite.
- **Droits de propriété :** ensemble des règles juridiques permettant de détenir et d'utiliser un bien sous certaines contraintes et restrictions.

FICHE 3

Le monopole vise à maximiser le surplus

De quoi s'agit-il ?

Pour le producteur, la situation de monopole est désirable puisqu'elle lui permet de maximiser son surplus. Mais cela se fait au détriment des consommateurs.

1 L'équilibre du monopole

- En situation de concurrence, à l'équilibre, il n'y a pas de profit. La situation de monopole permet à l'entreprise de maximiser son profit (**Doc. 1**).
- Sur un marché concurrentiel, l'entreprise ne peut agir sur le prix de vente qui est égal au **coût marginal** de production, c'est-à-dire le coût de la dernière unité produite. Le profit est donc nul.
- Le monopole étant *price maker*, il peut vendre ses produits au-dessus du coût marginal, obtenant ainsi des profits plus élevés. Il existe une **rente de monopole** qui se fait au détriment des demandeurs. Néanmoins, s'il vend trop cher, il pourrait n'y avoir aucun acheteur, le monopole est donc contraint par la demande.
- La demande est une fonction décroissante du prix. Ainsi, plus le monopole produit, plus son prix de vente sera faible. Le monopole doit déterminer le niveau de production qui maximise son **profit** afin de fixer le prix.
- Il le fera au point où sa **recette marginale** (Rm) est égale à son coût marginal (Cm). La courbe de recette marginale est une courbe décroissante située au-dessous de la courbe de demande (recette moyenne). En effet, en produisant une unité supplémentaire, le monopoleur fait baisser son prix.

2 Le surplus du monopole

- Par rapport à une situation de concurrence, les consommateurs paient un prix supérieur, ce qui réduit le **surplus du consommateur**. Ils obtiennent aussi une quantité plus faible. Le monopole produit moins à un prix plus élevé.
- Une part du surplus est transférée au producteur mais une autre partie est totalement perdue pour la société (**Doc. 2a** : ABE). De plus, une partie du **surplus du producteur** qui existait en situation de concurrence est perdue pour la collectivité (BEC).
- Ainsi, en situation de monopole, le surplus total, qui est la somme du **surplus du consommateur** et du **surplus du producteur**, n'est pas maximum, il est plus faible qu'en concurrence pure et parfaite (**Doc. 2b** : perte du triangle AEC). La situation n'est donc pas optimale pour la société : les consommateurs pourraient consommer plus et moins cher et les producteurs pourraient produire plus.

LA BOÎTE À DOCS

Doc. 1 L'inefficacité de l'équilibre du monopole

Une entreprise est en monopole si elle est seule sur son marché. [...] Le prix n'est plus une donnée, comme c'était le cas en concurrence parfaite : la hausse des ventes nécessite une baisse du prix nuisible au bénéfice. [...]

L'entreprise produit moins qu'en situation de concurrence parfaite afin de maintenir des prix plus élevés, qui permettent de maximiser le bénéfice. Ce bénéfice supplémentaire est une rente de monopole. [...]

Le monopole augmente sa production tant que sa recette marginale est supérieure au coût marginal. On remarque que le prix est plus élevé et la quantité vendue moins élevée qu'en situation de concurrence, ce qui signale l'infériorité du monopole selon les économistes néoclassiques.

A. Parienty, *Précis d'économie*, La Découverte 2017.

Doc. 2 L'inefficacité du monopole

a. Concurrence parfaite

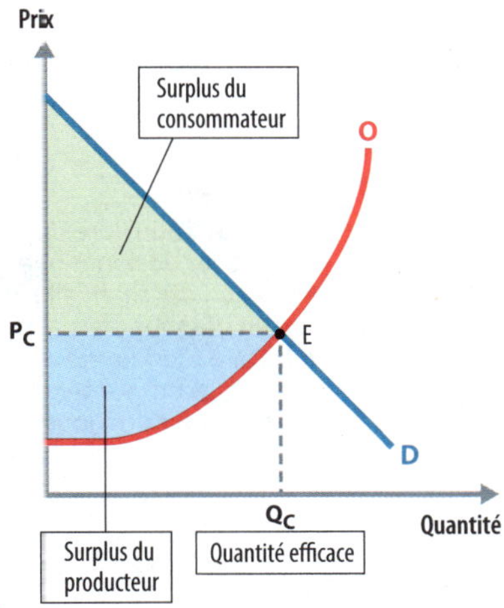

b. Monopole

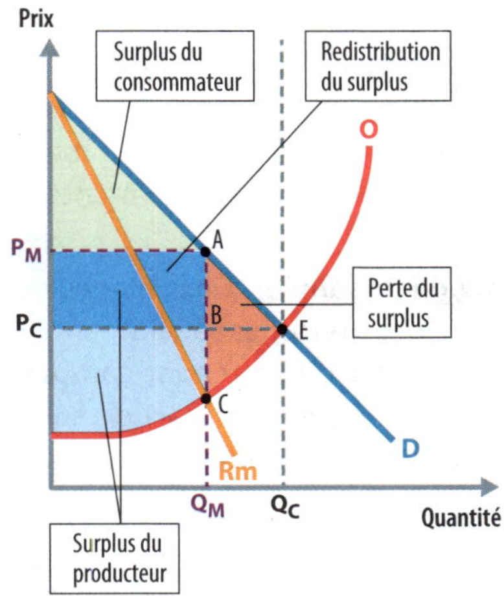

Vocabulaire

- **Coût marginal (Cm) :** coût supplémentaire généré par la dernière unité produite.
- **Profit = Recette totale – Coût total**
- **Recette marginale (Rm) :** effet sur la recette totale d'une unité supplémentaire vendue.
- **Surplus du consommateur :** différence entre le prix auquel le consommateur est prêt à payer le bien et le prix du marché.
- **Surplus du producteur :** différence entre le prix du marché et le coût marginal.

FICHE 4

Les entreprises en oligopole ont intérêt à s'entendre

De quoi s'agit-il ?

L'oligopole est une autre forme de marché non concurrentiel.
Ce type de structure de marché est à l'origine d'ententes.

1 L'oligopole

• L'**oligopole** désigne une situation de marché dans laquelle quelques entreprises font face à un grand nombre d'acheteurs.

• Comme il y a peu d'entreprises sur le marché, toute décision de l'une d'elles a des conséquences sur les autres. Elles vont en tenir compte dans leurs stratégies. Elles peuvent se livrer à une **guerre des prix** pour conquérir le marché ou coopérer voire s'entendre entre elles et former un **cartel**.

Remarque
Un exemple de marché oligopolistique est celui du marché aéronautique, où airbus et Boeing sont les deux offreurs principaux. On parle alors de **duopole**.

2 Le dilemme du prisonnier

• La théorie des jeux, à travers le dilemme du prisonnier, a montré que les firmes en oligopole ont intérêt à former des ententes.

• Le **dilemme du prisonnier** (**Doc. 1**) : deux complices d'un délit sont arrêtés et interrogés séparément. Ne pouvant pas coopérer, chacun décide en tenant compte des décisions possibles de l'autre prisonnier. Chacun peut soit avouer soit nier le délit afin de réduire sa peine de prison.

Remarque
On parle d'équilibre de Nash pour désigner une situation dans laquelle aucun des joueurs n'a intérêt à modifier sa stratégie compte tenu de l'action de l'autre joueur.

3 Exemple de dilemme du prisonnier en oligopole

• Un oligopole de deux entreprises (**duopole**) a le choix entre deux stratégies (**Doc. 2**) :
– faire une publicité comparative qui coûterait 10 et rapporterait 30 en provenance de clients qui se détournent du concurrent ;
– ne pas faire de publicité.

• Individuellement, la stratégie « faire une publicité » est la meilleure puisque le gain serait de 20, mais toutes deux feront de même et elles seront perdantes (-10,-10). En s'entendant pour « ne pas faire de publicité », il y aura un meilleur résultat (0,0).

LA BOÎTE À DOCS

Doc. 1 Le dilemme du prisonnier

		PRISONNIER B	
		AVOUE	NIE
PRISONNIER A	AVOUE	(peine de A=10, peine de B=10) Les deux avouent et ont une peine de 10 ans de prison.	(peine de A=0, peine de B=20) A : avoue et n'a aucune peine pour avoir dénoncé B. B : a une peine plus lourde.
	NIE	(gain de A=20, gain de B=0) A : a une peine plus lourde. B : avoue et n'a aucune peine pour avoir dénoncé A.	(peine de A=1, peine de B=1) Aucun n'avoue, ils ont une peine de 1 an de prison.

Doc. 2 Matrice de gain des stratégies des entreprises A et B

		ENTREPRISE B	
		FAIT UNE PUBLICITÉ	NE FAIT PAS DE PUBLICITÉ
ENTREPRISE A	FAIT UNE PUBLICITÉ	(gain de A=-10, gain de B=-10) Les deux font une publicité en même temps donc cela n'attire pas de nouveaux clients.	(gain de A=20, gain de B=-30) A : coût de 10 mais bénéfice de 30. B : coût de 30 car des clients vont chez A.
	NE FAIT PAS DE PUBLICITÉ	(gain de A=-30, gain de B=20) A : coût de 30 car des clients vont chez B. B : coût de 10 mais bénéfice de 30.	(gain de A=0, gain de B=0) Aucun ne fait de publicité donc ni coût, ni bénéfice.

Vocabulaire

- **Oligopole :** situation de marché dans laquelle quelques entreprises font face à une multitude d'acheteurs.
- **Guerre des prix :** politique de prix ou situation dans laquelle des entreprises s'adonnent à des réductions mutuelles de prix pour affaiblir ou éliminer leurs concurrents.
- **Dilemme du prisonnier :** situation où deux joueurs auraient intérêt à coopérer, mais où, en l'absence de communication entre les deux joueurs, chacun choisira de trahir l'autre.
- **Duopole :** forme d'oligopole dans laquelle deux entreprises font face à une multitude d'acheteurs.

FICHE 5

Comment s'exerce la politique de la concurrence ?

De quoi s'agit-il ?

Les marchés non concurrentiels peuvent adopter des stratégies qui pénalisent les consommateurs, ce qui justifie l'existence de la politique de la concurrence.

1 Le cadre de la politique de la concurrence

- Des institutions nationales (Autorité de la concurrence) ou européennes (Commission européenne) veillent au fonctionnement concurrentiel des marchés au profit des consommateurs à travers la **politique de la concurrence**. Elles contrôlent les opérations de concentration et les pratiques anti-concurrentielles.

2 Le contrôle des opérations de concentration

- Une opération de **concentration** est réalisée lorsque deux entreprises indépendantes fusionnent, créant une entreprise commune, ou lorsqu'une entreprise prend le contrôle d'une ou plusieurs autres.
- Par exemple, la Commission européenne a refusé à trois reprises la fusion entre deux compagnies aériennes irlandaises : Ryanair et Aer Lingus.
- Avec le contrôle des opérations de concentration, la politique de la concurrence s'exerce en amont.

3 Le contrôle et la sanction des pratiques anticoncurrentielles

- Avec le contrôle et la sanction des pratiques anticoncurrentielles, la politique de la concurrence s'exerce aussi en aval.
- Les **ententes** illicites sont des pratiques anticoncurrentielles qui sont sanctionnées par la politique de la concurrence (**Doc. 1**). Cela permet aux consommateurs de bénéficier de prix plus attractifs, ce qui augmente leur surplus.
- La politique de la concurrence sanctionne aussi les **abus de position dominante.** Ce sont des pratiques anticoncurrentielles unilatérales d'une entreprise en position dominante pour conserver ou renforcer sa position sur le marché. Ces pratiques peuvent concerner la fixation des prix, un partage de marché, des imitations de production...
- Par exemple, en juillet 2018, la Commission européenne a infligé une amende historique de 4,34 milliards d'euros à Google pour abus de position dominante car son système d'exploitation pour smartphones lui permet de favoriser ses propres applications et son moteur de recherche (**Doc. 2**).

LA BOÎTE À DOCS

Doc. 1 Un exemple de sanction

1,1 milliard d'euros. C'est la sanction la plus importante jamais infligée à une entreprise par l'Autorité française de la concurrence. Le régulateur a condamné, lundi 16 mars, Apple à payer une amende inédite pour des pratiques anticoncurrentielles vis-à-vis de certains revendeurs de ses équipements informatiques (hors iPhone) en France. [...]

Le groupe de Cupertino (Californie) est accusé d'avoir conclu une « entente illicite » avec les grossistes qui revendent ses produits en France. [...]

L'entente a empêché ces acteurs de pouvoir négocier librement avec les grossistes les prix et les quantités, ce qui a « stérilisé le marché », dénonce l'Autorité de la concurrence. En outre, Apple est puni pour avoir imposé aux boutiques « premium » des prix de vente similaires à ceux pratiqués par Apple dans ses propres magasins et sur son site de vente en ligne. Cela a maintenu les prix artificiellement hauts et limité les rabais ou les promotions, selon le raisonnement de l'Autorité. [...]

A. Piquard, « Apple condamné à une amende inédite en France de 1,1 milliard d'euros pour pratiques anticoncurrentielles », *lemonde.fr*, 16 mars 2020.

Doc. 2 Les 10 plus fortes amendes européennes (2008-2017)

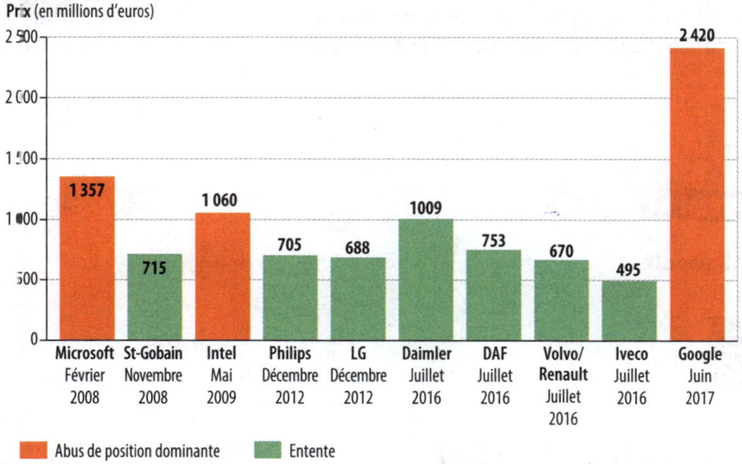

Vocabulaire

- **Politique de la concurrence :** politique cherchant à assurer les conditions d'une libre concurrence entre entreprises sur les marchés afin de protéger les intérêts des consommateurs.
- **Concentration :** regroupement de deux ou plusieurs entreprises sous l'autorité d'un même centre de décision.

Révision Express

LES POINTS IMPORTANTS À RETENIR

- Pour exercer un **pouvoir de marché,** les entreprises peuvent réaliser des **ententes** afin de former un **cartel**. Elles peuvent aussi adopter des stratégies visant à dresser des **barrières à l'entrée** : en se concentrant afin de réaliser des **économies d'échelle** pour baisser leurs coûts unitaires ou en adoptant des stratégies de **prix prédateurs** afin d'éliminer leurs concurrents. Une stratégie d'**innovation** peut aussi leur permettre de se différencier, d'autant plus que les **droits de propriété** leur accordent un monopole temporaire.
- Le monopole peut exister si l'entreprise détient une ressource rare ou si elle se place sur un marché avec des coûts fixes élevés. Dans ce cas, l'entreprise est la seule à pouvoir rentabiliser le coût des infrastructures. On parle alors de **monopole naturel**. Le monopole peut aussi être qualifié de **légal** lorsqu'il est fondé sur les droits de propriété. Enfin, une avance technologique donne lieu à un **monopole d'innovation**. Une situation de monopole permet à l'entreprise de dégager une rente de monopole au détriment des consommateurs qui pourraient consommer plus et moins cher.
- En situation d'**oligopole**, les entreprises vont avoir, selon le dilemme du prisonnier, intérêt à s'entendre. Mener des stratégies (augmentation de tarif, publicité...) individuellement conduira chacune à faire des pertes alors qu'en coopérant elles obtiendront de meilleurs résultats.
- La **politique de la concurrence** s'exerce dans le cadre national mais aussi européen, à la fois en amont en contrôlant les opérations de **concentration**, et en aval en sanctionnant les pratiques anti concurrentielles comme les **ententes** illicites et les **abus de position dominante**.

APPRENDRE AUTREMENT

Monopoles et oligopoles :

Vidéo

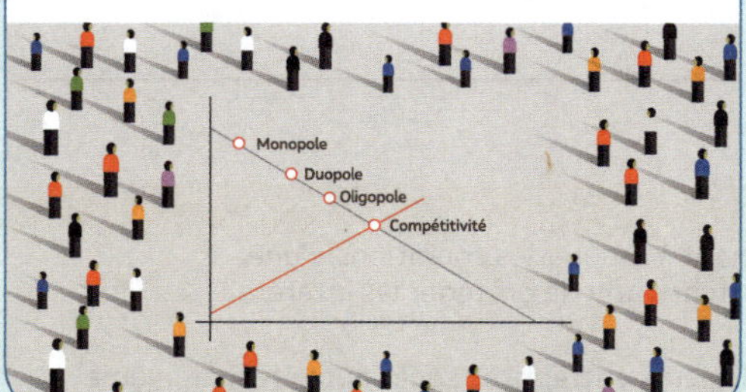

LE COURS EN 10 MOTS-CLÉS

- Pouvoir de marché
- Entente
- Barrière à l'entrée
- Monopole
- Droits de propriété
- Coût marginal
- Surplus du consommateur
- Surplus du producteur
- Politique de la concurrence
- Abus de position dominante

> Le fonctionnement des marchés imparfaitement concurrentiels

CARTE MENTALE

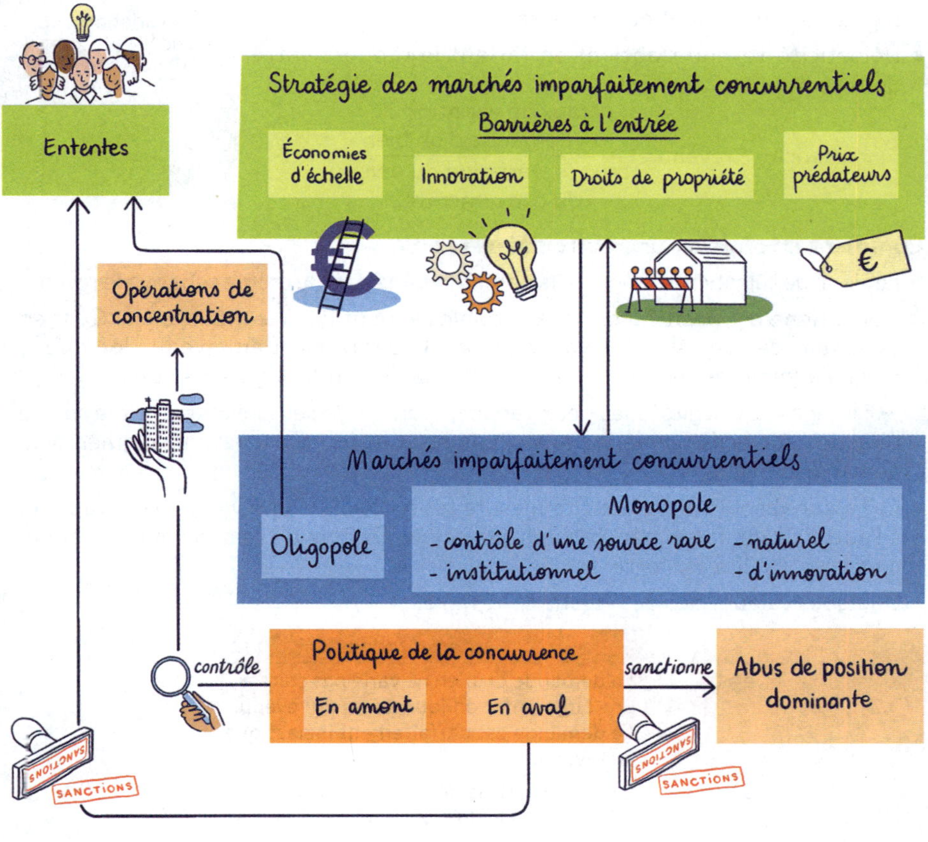

N'hésite pas à construire ta propre carte mentale

1 Calculer l'élasticité-revenu

MÉTHODE

- L'élasticité-revenu de la demande d'un bien est une mesure de la sensibilité de la demande des consommateurs pour un bien suite à une variation de leur revenu.
- L'élasticité-revenu s'obtient en faisant le rapport entre deux taux de variation.

$$\text{élasticité - revenu} = \frac{\text{taux de variation de la demande d'un bien}}{\text{taux de variation du revenu du consommateur}}$$

Remarque
Pour réviser la mesure des variations, voir fiche méthode p. 88.

Comment interpréter une élasticité-revenu ?

- Le signe de l'élasticité désigne si la demande varie dans le même sens que le revenu.

  – Si le signe est **positif** : les deux variables varient dans le même sens. C'est en général le cas de l'élasticité de la demande par rapport au revenu : lorsque le revenu augmente, dans la plupart des cas, la demande augmente aussi.

  – Si le signe est **négatif** : les deux variables varient en sens inverse. C'est le cas de l'élasticité de la demande par rapport au revenu : lorsque le revenu augmente, la demande diminue.
- La valeur absolue de l'élasticité mesure la sensibilité d'une variable par rapport à l'autre. D'une façon générale, plus la valeur absolue de l'élasticité est grande, plus la sensibilité est forte.
- Quelques valeurs clés de l'élasticité-revenu :

	Interprétation
e = 0	La demande du bien ne varie pas suite à une augmentation (ou baisse) du revenu. La demande est parfaitement inélastique au revenu.
0 < |e| < 1	La variation de la demande du bien est plus faible que celle du revenu. C'est le cas des biens dits « normaux ». La demande est peu élastique au revenu.
1 < |e| < ∞	La demande du bien augmente plus rapidement que le revenu. C'est le cas des biens dits « supérieurs » ou « de luxe ». La demande est élastique au revenu.
|e| < 0	La demande de ce bien diminue quand le revenu augmente. C'est le cas des biens dits « inférieurs ». Lorsque le revenu augmente, on les remplace par des bien de meilleure qualité.

Méthode

ÉNONCÉ

Dans un pays, une étude est faite sur les musées nationaux. Cette étude estime que l'élasticité-revenu de la demande pour les tickets d'entrée dans les musées nationaux est de 0,4.

1. **Que mesure l'élasticité de la demande par rapport au revenu ?**
2. **Complétez le texte ci-dessous :**

   Si le revenu augmente de 1 %, la demande pour les tickets de métro augmente seulement de .... %. Si le revenu augmente de 10 %, la demande pour les tickets de métro augmente seulement de .... %. Si le revenu augmente de 100 %, la demande pour les tickets de métro augmente seulement de .... %.
3. **D'après ces données, une action sur les revenus serait-elle efficace pour accroître la fréquentation des musées ?**
4. **Quelle autre action serait envisageable ? Sur quel calcul d'élasticité cela pourrait-il prendre appui ?**

CORRIGÉ

1. L'élasticité revenu de la demande permet de mesurer la sensibilité des consommateurs aux variations de revenus. Si elle est fortement positive, une hausse des revenus conduit à une forte augmentation de la consommation du produit.
2. Si le revenu augmente de 1 %, la demande pour les tickets de métro augmente seulement de 0,4 %. Si le revenu augmente de 10 %, la demande pour les tickets de métro augmente seulement de 4 %. Si le revenu augmente de 100 %, la demande pour les tickets de métro augmente seulement de 40 %.
3. Une variation des revenus a un faible impact sur la demande.
4. Une étude sur l'élasticité-prix permettrait de savoir si, en baissant les prix d'entrée, la fréquentation augmenterait.

② Calculer les élasticités-prix de la demande

MÉTHODE

- L'élasticité-prix de la demande d'un bien est une mesure de la sensibilité de la demande des consommateurs pour un bien suite à une variation du prix de ce bien.
- L'élasticité-revenu s'obtient en faisant le rapport entre deux taux de variation.

$$\text{élasticité prix} = \frac{\text{taux de variation de la demande d'un bien}}{\text{taux de variation du prix de ce bien}}$$

1. Comment interpréter une élasticité-prix de la demande ?

- L'interprétation de l'élasticité-prix est similaire à celle de l'élasticité-revenu (voir p. 46).

	Interprétation
$-1 < e < 0$	La variation de la demande du bien est plus faible que celle du prix. C'est le cas des biens pour lesquels il existe peu de substituts. La demande est peu élastique au prix.
$e > 0$	La demande de ce bien augmente quand le prix augmente. Il s'agit de biens de première nécessite (biens Giffen) ou de biens de luxe (bien Veblen), c'est-à-dire des biens dont la consommation est ostentatoire.
$e < -1$	Une faible variation du prix du bien entraîne une forte variation de sa demande. On dit que la demande est très élastique au prix. C'est le cas des produits substituables (on les remplace par d'autres) mais aussi des produits de luxe (pour lesquels la demande augmente avec le prix).

2. Le cas de l'élasticité-prix croisée

- On appelle élasticité croisée l'élasticité de la demande d'un bien par rapport à la variation du prix d'un autre bien.
  – Dans le cas de biens substituables, la variation du prix de l'un des biens peut se répercuter sur la demande de l'autre bien. Une augmentation de la consommation de la viande peut ainsi provenir d'une élévation du prix du poisson.
  – Dans le cas de biens complémentaires, la variation du prix d'un bien entraîne une variation de la demande du bien complémentaire.
- On mesure le degré de substituabilité d'un bien X par rapport à un bien Y en calculant l'élasticité-prix croisée :

$$\text{élasticité-prix croisée} = \frac{\text{taux de variation de la demande d'un bien X}}{\text{taux de variation du prix d'un bien Y}}$$

- Calcul du coefficient d'élasticité-prix croisée :
  – Si l'élasticité croisée est positive, les biens X et Y sont substituables, ils le sont d'autant plus que leur élasticité est forte. La variation de la demande du bien X et la variation du prix du bien Y vont dans le même sens. Lorsque le prix de Y diminue, la demande de X diminue, ou quand le prix de Y augmente, la demande de X augmente.
  – Si l'élasticité croisée est négative, les biens X et Y sont sans doute des biens complémentaires. Lorsque le prix de Y augmente, la demande de X diminue, ou quand le prix de Y diminue, la consommation de X augmente.
  – Une élasticité croisée nulle concerne des biens indépendants.

Méthode

ÉNONCÉ

Selon une étude, la demande quotidienne de billets d'avion entre Boston et New York est différente en classe « affaires » et en classe « tourisme ».

Prix en $	Nombre de billets en classe « affaires »	Nombre de billets en classe « tourisme »
150	2 100	1 000
200	2 000	800
250	1 900	600
300	1 800	400

1. **Calculez l'élasticité de la demande de billets d'avion pour les deux classes.**
2. **Comment peut-on qualifier ces élasticités ?**
3. **Dans un village, un seul garage répare et vend des automobiles. Un marchand de pneumatiques se trouve également situé dans ce village. Entre 2009 et 2010, le prix moyen des véhicules vendus est passé de 15 000 € à 20 000 €. Le marchand de pneumatiques réalise qu'il vendait 3 000 unités quand le prix moyen était de 15 000 €, alors qu'il n'en vend plus que 2 850 unités avec un prix moyen des véhicules de 20 000 €. Calculez l'élasticité-prix croisée de la demande de pneus.**
4. **Comment peut-on qualifier ces deux biens (les pneus et les automobiles) ?**

CORRIGÉ

1. • Coefficient d'élasticité de la demande de billets en classe « affaires » :

$$e = \frac{\dfrac{(1\,800 - 2\,100)}{2\,100}}{\dfrac{(300 - 150)}{150}} = -0{,}14.$$

• Coefficient d'élasticité de la demande de billets en classe « tourisme » :

$$e = \frac{\dfrac{(400 - 1\,000)}{1\,000}}{\dfrac{(300 - 150)}{150}} = -0{,}28.$$

2. La valeur absolue de l'élasticité mesure ici la sensibilité de la demande de billets d'avion par rapport à une variation du prix. Lorsque le prix augmente de 1 %, la demande de billets en classe affaires diminue de 0,14 % et la demande de billets en classe « tourisme » de 0,28%. Dans les deux cas, la valeur absolue de l'élasticité est inférieure à 1, la demande de billets d'avion est donc inélastique par rapport au prix. Cependant, la demande est deux fois plus inélastique dans le cas des billets classe « affaires ». Cela peut sans doute s'expliquer par le fait que ces billets concernent des voyageurs « professionnels » qui sont contraints de se déplacer quel que soit le prix des billets.

3. Calculer l'élasticité-prix de la demande d'un bien X par rapport au prix d'un autre bien Y, c'est comparer le taux de variation de la demande de ce produit à celui du prix de Y.

$$e = \frac{\dfrac{(2\,850 - 3\,000)}{3\,000}}{\dfrac{(20\,000 - 15\,000)}{15\,000}} = -0{,}14.$$

4. Quand le prix moyen des véhicules augmente de 1 %, la demande de pneumatiques baisse de 0,15 %. L'élasticité croisée de la demande de pneumatiques par rapport au prix des véhicules est négative : les deux biens sont complémentaires.

③ Interpréter les pentes des courbes d'offre et de demande

MÉTHODE

- L'impact d'une variation des prix sur les quantités demandées et/ou offertes dépend des pentes des courbes qui indiquent l'importance avec laquelle les quantité offertes ou demandées changent avec les variations de prix.
La pente des courbes est liée à l'élasticité.

1. L'élasticité prix de la demande et pente de la courbe de demande

- La pente de la courbe de demande nous renseigne sur l'élasticité de la demande par rapport au prix :
– plus la courbe de demande est verticale et moins la demande est élastique, c'est-à-dire que la demande est peu sensible à une variation des prix ;
– plus la courbe de demande est horizontale et plus la demande est élastique, c'est-à-dire que la demande est très sensible à une variation des prix.

2. L'élasticité prix de l'offre et pente de la courbe d'offre

- La pente de la courbe d'offre nous renseigne sur l'élasticité de l'offre par rapport au prix :
– plus la courbe d'offre est verticale et moins l'offre est élastique, c'est-à-dire que l'offre est peu sensible à une variation des prix ;
– plus la courbe d'offre est horizontale et plus l'offre est élastique, c'est-à-dire que l'offre est très sensible à une variation des prix.

ÉNONCÉ

Cas 1

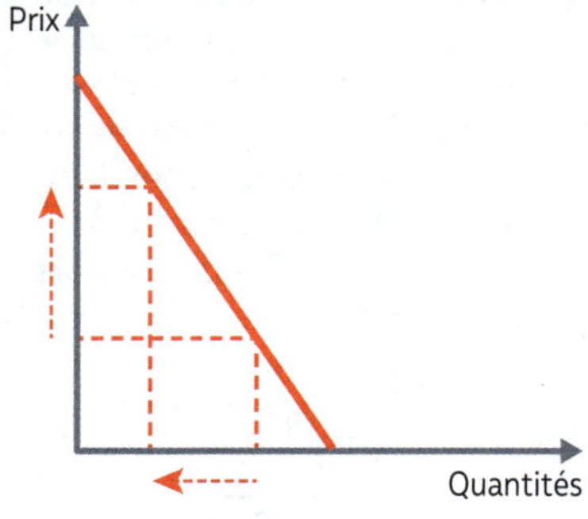

Cas 2

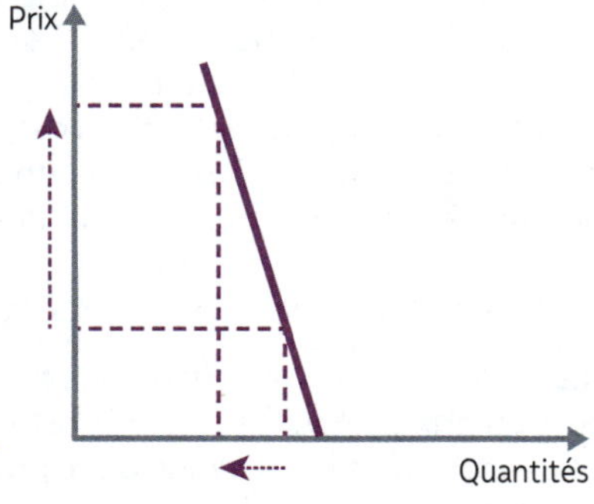

Cas 3

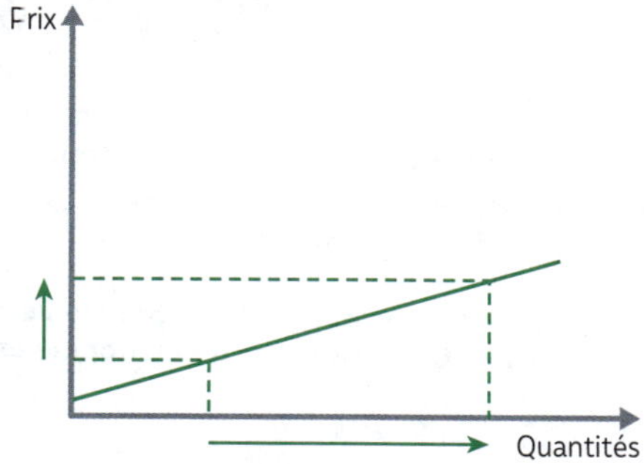

Cas 4

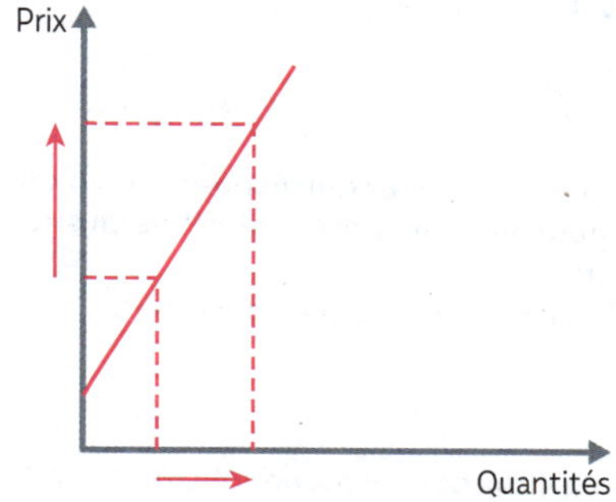

1. Pour chacun des graphiques, indiquez s'il s'agit d'une courbe de demande ou d'une courbe d'offre.

2. Associez chaque graphique à une élasticité forte ou faible.

CORRIGÉ

1. Les graphiques 1 et 2 sont des courbes de demande ; les 3 et 4 des courbes d'offre.

2. **Graphiques 2 et 3 : élasticité forte**
   - Graphique 2. La pente de la courbe de demande est faible, une faible augmentation de prix entraîne une forte baisse de la demande. L'élasticité est forte et supérieure à 1.
   Les consommateurs vont se détourner du produit si le prix augmente. Ex : si le prix des pommes augmente fortement, les consommateurs achèteront des poires.
   - Graphique 3. La pente de la courbe d'offre est faible, une faible augmentation de prix entraîne une forte hausse de l'offre.

   Graphiques 1 et 4 : élasticité faible
   - Graphique 1. La pente de la courbe de demande est forte : une forte hausse des prix n'entraîne qu'une **faible** baisse de la demande. L'élasticité est faible, comprise entre 0 et 1. Les consommateurs peuvent difficilement se passer du produit même si les prix augmentent (Ex : le pétrole qui est peu **substituable**).
   - Graphique 4. La pente de la courbe d'offre est forte : une forte hausse des prix n'entraîne qu'une faible hausse de l'offre.

Fiche test *Ce que je sais*

QCM

15 min

☐ À revoir
☐ Acquis

1 Cochez la bonne réponse.

1 Les entreprises qui disposent du plus fort pouvoir de marché sont celles en situation de :

☐ **a.** concurrence pure et parfaite.
☐ **b.** monopole.
☐ **c.** oligopole.

2 En situation de monopole, le surplus du consommateur est :

☐ **a.** maximum.
☐ **b.** réduit.

3 En situation d'oligopole, les entreprises ont intérêt à :

☐ **a.** mener une stratégie individuelle.
☐ **b.** se livrer une guerre des prix.
☐ **c.** s'entendre.

4 La politique de la concurrence vise à :

☐ **a.** augmenter les prix pour les consommateurs.
☐ **b.** favoriser les conditions de la concurrence.
☐ **c.** supprimer les oligopoles.

5 Quelle pratique est anticoncurrentielle ?

☐ **a.** Bénéficier de droits de propriété.
☐ **b.** Réaliser des économies d'échelle.
☐ **c.** Abuser de sa position dominante.

6 Le monopole qui s'explique par des coûts fixes très élevés est :

☐ **a.** le monopole naturel.
☐ **b.** le monopole institutionnel ou légal.
☐ **c.** le monopole d'innovation.
☐ **d.** le monopole lié au contrôle d'une ressource rare.

7 Dans le cas d'un monopole, l'entreprise est :

☐ **a.** preneur de prix *(price taker)*.
☐ **b.** faiseur de prix *(price maker)*.

8 La condition qui n'est pas principalement respectée dans le cas du monopole est :

☐ **a.** la mobilité.
☐ **b.** l'atomicité.
☐ **c.** la libre-entrée.
☐ **d.** la transparence.
☐ **e.** l'homogénéité.

9 La concurrence monopolistique est une situation de marché dans laquelle :

☐ **a.** il existe une multitude d'offreurs et de demandeurs mais avec une forte différenciation de produits selon les offreurs.
☐ **b.** il existe une multitude d'offreurs et de demandeurs mais avec une faible différenciation de produits selon les offreurs.
☐ **c.** il existe une multitude d'offreurs et de demandeurs mais avec une forte différenciation de produits selon les demandeurs.
☐ **d.** il existe une faible quantité d'offreurs et de demandeurs mais avec une forte différenciation de produits selon les offreurs.

10 Lorsqu'une entreprise est seule sur un marché du fait de lois empêchant l'entrée d'un concurrent, on parle de :

☐ **a.** monopole légal ou institutionnel.
☐ **b.** monopole d'innovation.
☐ **c.** monopole naturel.
☐ **d.** monopole illégal.

SCORE : ____ / 10

EXERCICES D'ENTRAÎNEMENT

2 Texte à trous

À l'aide de vos connaissances, complétez le texte avec les termes suivants :
entendre, surplus, abus de position dominante, ententes, pouvoir, concentration, barrières, dominante, oligopole, concurrentiel, concurrence, aval, monopole.

Les .... et les .... sont des marchés imparfaitement concurrentiels. Dans ces situations, les entreprises disposent d'un .... de marché.

Pour parvenir à ces situations, les entreprises peuvent mener des stratégies et chercher à dresser des .... à l'entrée pour empêcher l'arrivée de nouveaux concurrents.

Les entreprises en situation d'oligopole peuvent chercher à s'.............. afin de former un cartel. Une entreprise en situation de monopole peut, quant à elle, abuser de sa position ....

Ces situations sont défavorables pour les consommateurs qui verront leur .... diminuer. Afin de l'éviter et de favoriser le fonctionnement .... des marchés, des institutions mènent une politique de la .... Cette dernière s'exerce en amont à travers le contrôle des opérations de .... et en .... Elle sanctionne alors les .... et les ....

3 Relier chaque terme à sa définition

1. Pouvoir de marché
2. Cartel
3. Barrière à l'entrée
4. Coût moyen
5. Surplus du consommateur

a. Entente anticoncurrentielle entre entreprises.
b. Coût unitaire, se calcule en faisant le coût total divisé par la quantité produite.
c. Différence entre le prix auquel le consommateur est prêt à payer le bien et le prix du marché.
d. Capacité à influencer les conditions du marché, c'est-à-dire les actions des autres agents et le prix de marché.
e. Obstacle rendant difficile ou impossible l'entrée sur un marché d'un nouvel arrivant.

4 Le marché des titres restaurants

Doc. Parts de marché des titres-restaurants en 2016 (en volume)

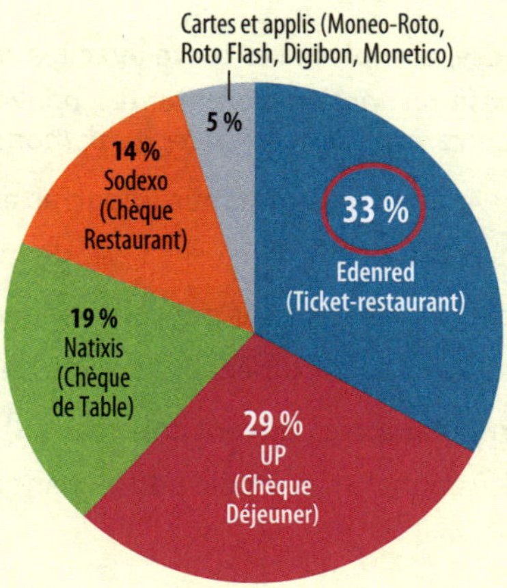

Il existe de forts soupçons de pratiques anticoncurrentielles et abus de position dominante dans ce marché très lucratif que se partagent une poignée d'opérateurs historiques).
Le nouveau venu, Resto Flash, spécialiste du paiement via smartphones, a produit des documents censés prouver la manœuvre concertée entre les géants du secteur pour lui barrer la route.

J.-F. Arnaud, « Titres-restaurants : Resto Flash s'attaque aux géants du secteur », *www.challenges.fr*, 2016.

1. Présentez le document des parts de marchés de titres-restaurants.
2. Faites une phrase avec la donnée entourée.
3. Pourquoi peut-on affirmer que le marché des titres restaurant est oligopolistique ?
4. Pourquoi l'Autorité de la concurrence a-t-elle été saisie par l'entreprise Resto flash ?

Corrigés

Fiche test Ce que je sais

1 **1. b.** Une seule entreprise sur un marché est à même de fixer le prix comme elle le souhaite. Elle dispose d'un pouvoir de marché.

2. b. En situation de monopole, le prix est généralement plus élevé, ce qui diminue le surplus du consommateur au profit du profit du producteur.

3. c. En situation d'oligopole, il n'y a que quelques entreprises. Plutôt que de se livrer une concurrence faisant baisser leur surplus, elles ont intérêt à s'entendre.

4. b. La politique de la concurrence vise à améliorer ou rétablir les conditions de la concurrence. Cette situation est supposée être bénéfique pour les consommateurs, puisque les prix seront plus faibles, et pour les entreprises qui seront incitées à innover.

5. c. Si une entreprise est en situation de position dominante, elle peut en abuser et fixer des prix jugés trop élevés. Elle est alors sanctionnée.

6. a. C'est l'existence des coûts fixes importants qui justifie qu'un seul opérateur peut être efficace. Cela a souvent été le cas lors de la construction de réseaux (eau, téléphone) par les pouvoirs publics.

7. b. L'existence d'un seul offreur lui permet d'être faiseur de prix.

8. b. Dans le cas du monopole, il n'y a qu'un seul offreur et une multitude de demandeurs.

9. a. La concurrence monopolistique se rapproche de la concurrence par la multitude d'offreurs et de demandeurs mais aussi par le monopole, car les produits sont différenciés.

10. a. Un monopole légal ou institutionnel désigne une situation de monopole dans laquelle il existe des barrières légales à l'entrée.

EXERCICES D'ENTRAÎNEMENT

2 **Texte à trous**

Les **monopoles** et les **oligopoles** sont des marchés imparfaitement concurrentiels. Dans ces situations, les entreprises disposent d'un **pouvoir** de marché.

Pour parvenir à ces situations, les entreprises peuvent mener des stratégies et chercher à dresser des **barrières** à l'entrée pour empêcher l'arrivée de nouveaux concurrents.

Les entreprises en situation d'oligopole peuvent chercher à s'**entendre** afin de former un cartel. Une entreprise en situation de monopole peut, quant à elle, abuser de sa position **dominante**.

Ces situations sont défavorables pour les consommateurs qui verront leur **surplus** diminuer. Afin de l'éviter et de favoriser le fonctionnement **concurrentiel** des marchés, des institutions mènent une politique de la **concurrence**. Cette dernière s'exerce en amont à travers le contrôle des opérations de **concentration** et en **aval**. Elle sanctionne alors les **ententes** et les **abus de position dominante**.

3 Relier chaque terme à sa définition

1. Pouvoir de marché	**a.** Entente anticoncurrentielle entre entreprises.
2. Cartel	**b.** Coût unitaire, se calcule en faisant le coût total divisé par la quantité produite.
3. Barrière à l'entrée	**c.** Différence entre le prix auquel le consommateur est prêt à payer le bien et le prix du marché.
4. Coût moyen	**d.** Capacité à influencer les conditions du marché, c'est-à-dire les actions des autres agents et le prix de marché.
5. Surplus du consommateur	**e.** Obstacle rendant difficile ou impossible l'entrée sur un marché d'un nouvel arrivant.

4 Le marché des titres restaurants

1. Ce document est un diagramme circulaire publié en novembre 2016 sur le site *Challenges.fr*. Il nous présente, pour l'année, les parts de marchés, en %, détenues par différentes entreprises dans le domaine des titres restaurant.

2. En 2016, 33 % des titres restaurants utilisés étaient ceux de l'entreprise Edenred.

3. Le marché des titres restaurants est oligopolistique puisque seules quelques entreprises sont présentes sur ce marché, alors même qu'il y a une multitude de demandeurs.

4. L'entreprise Resto flash accuse les acteurs historiques du secteur des titres restaurant de dresser des barrières à l'entrée en s'entendant afin de l'empêcher d'accéder à ce marché. De plus, ces entreprises abuseraient aussi de leur position dominante.

Chapitre

3 Les défaillances du marché

Pollution des mers et impact sur la faune.

FICHE 1

Comment les externalités conduisent-elles à une défaillance du marché ?

De quoi s'agit-il ?

À partir du XIXe siècle, certains économistes élargissent le champ des imperfections du marché aux externalités. Ces dernières peuvent être positives ou négatives.

1 Des défaillances liées aux externalités négatives

- Au sens économique, une **externalité** désigne le fait que l'activité d'un agent économique affecte les autres sans leur consentement et sans que cet effet externe fasse l'objet d'une compensation monétaire.
- L'externalité est négative lorsqu'elle engendre un coût – une désutilité – pour un autre agent sans compensation. Cette externalité n'est donc pas prise en compte par le marché et éloigne l'économie de **l'optimum au sens de Pareto**.
- L'entreprise rationnelle égalise sa recette marginale avec son coût marginal mais elle ne tient pas compte des effets externes engendrés par son activité (pollution, nuisance sonore...). Son coût privé est inférieur au **coût social** (**Doc. 1**). L'information fournie par le prix de marché est donc fausse. Comme l'entreprise ne doit pas payer les dommages causés, elle produira une quantité Q supérieure à la quantité correspondant à l'optimum social.
- En présence d'**externalités négatives**, le marché a tendance à **surproduire par rapport à l'optimum social.**

2 Les défaillances liées aux externalités positives

- **L'externalité peut être positive** et, dans ce cas, l'activité de l'agent procure un gain – une **utilité** – à un autre agent sans récompense monétaire. Par exemple, une invention immédiatement connue est disponible pour tous.
- En effet, lorsqu'une société réalise de la recherche et développement, elle n'est généralement pas la seule à en profiter. Le bénéfice privé qu'obtient l'entreprise en vendant les produits issus de ses propres activités de R&D ne tient pas compte, en général, du gain qu'en tirent indirectement d'autres personnes.
- Son activité crée un **avantage social** qu'il faudrait prendre en compte. Ainsi, en cas d'externalité positive, le coût privé est très souvent supérieur au coût social (**Doc. 2**). L'information fournie par le prix du marché est erronée.
- Sans intervention des pouvoirs publics, en présence d'**externalités positives**, le marché a tendance à **sous-produire par rapport à l'optimum social**.

LA BOÎTE À DOCS

Doc. 1 Effet externe négatif

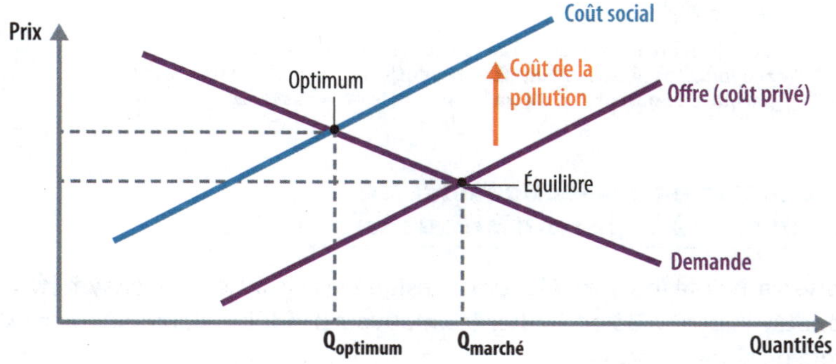

Doc. 2 Effet externe positif

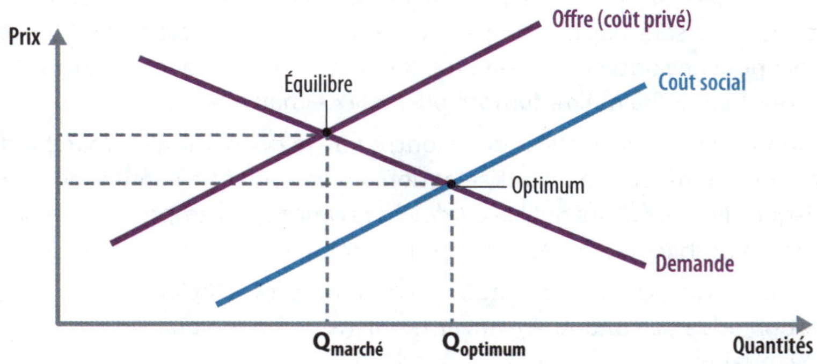

Vocabulaire

- **Externalité :** effet créé par un agent économique lorsqu'il procure à autrui, par son activité, une utilité, un avantage gratuit ou une désutilité, un dommage sans compensation monétaire.
- **Optimum au sens de Pareto :** situation dans laquelle la situation d'un agent ne peut être améliorée sans dégradation de celle d'un autre.
- **Coût social :** somme du coût privé et du coût externe. Coût qui tient compte des externalités.

FICHE 2

Les défaillances liées à l'asymétrie informationnelle

De quoi s'agit-il ?

Dans le cadre du modèle de concurrence pure et parfaite, les économistes néoclassiques font l'hypothèse que l'information est parfaite, ce qui est loin d'être le cas sur les marchés réels.

1 Le mécanisme de sélection adverse peut amener à la disparition du marché

- La **sélection adverse** (ou **antisélection**) désigne les situations où **l'asymétrie d'information** conduit l'agent à sélectionner les mauvais produits, parce que le prix ne joue plus son rôle de signal (**Doc. 1**).
- **George Akerlof** montre que, sur le marché des voitures d'occasion, il existe une asymétrie d'information entre le vendeur, qui connaît la **qualité intrinsèque** du bien, et l'acheteur, qui l'ignore. Par exemple, les acheteurs sont incapables de distinguer les bonnes voitures des mauvaises et ne sont pas prêts à payer plus que le prix correspondant à une qualité moyenne. Ne pouvant obtenir un bon prix, les vendeurs de bonnes voitures d'occasion vont se retirer du marché qui ne compte plus que de mauvais produits.
- **Joseph Stiglitz** et **Andrew Weiss** ont montré que la disparition du marché du crédit peut provenir d'un mécanisme d'antisélection. Le banquier ne connaît qu'imparfaitement les risques liés aux prêts qu'il accorde. En revanche, les emprunteurs connaissent parfaitement la probabilité de réussite de leur projet.
- En situation d'asymétrie d'information, le marché est inefficient et peut disparaître car la sélection adverse conduit à évincer les biens de bonne qualité au profit de ceux de mauvaise qualité.

2 Asymétrie d'information et aléa moral

- **L'aléa moral** apparaît quand un agent économique **(« l'agent »)** modifie son comportement en intégrant le fait qu'il est assuré par un autre agent **(« le principal »)** (**Doc. 2**).
- Dans le cadre de l'assurance, le comportement réel de l'assuré peut s'éloigner des objectifs du principal **(« l'assureur »)**. Le principal ne pouvant connaître ou contrôler le degré de prudence de l'agent, les assureurs vont demander une prime de risque homogène répartie de manière égalitaire sur tous les agents.
- En situation d'aléa moral, l'asymétrie d'information conduit à une défaillance du marché car les agents présentant le moins de risque sont évincés au profit des agents présentant le plus de risque.

Cours

LA BOÎTE À DOCS

Doc. 1 Une application au marché du travail

La qualité est une information complexe. Obtenir cette information est un processus complexe et coûteux.

La sélection adverse : au moment de réaliser l'embauche d'un futur salarié, l'employeur ne peut parfaitement connaître son niveau d'efficacité et l'ensemble de ses caractéristiques productives. Il peut tenter de limiter l'incertitude en mettant en place des procédures fines de sélection des dossiers avec entretien d'embauche, mais cette incertitude ne saurait être réduite à zéro. [...]

Dans le cadre de la sélection adverse, c'est le demandeur qui est pénalisé par l'asymétrie d'information alors que dans l'aléa moral c'est l'offreur.

L'aléa moral : une fois le salarié embauché, quel degré d'effort va-t-il fournir ? L'asymétrie informationnelle porte bien alors sur une action, celle du salarié qui est seul en mesure de connaître le degré d'effort qu'il réalise par rapport à ses capacités. On se retrouve alors dans un cas typique de relation principal-agent : cette relation désigne un ensemble de problèmes rencontrés lorsque la situation d'un acteur, nommé le « principal » (ici l'employeur), dépend de l'action ou de la nature d'un autre acteur, « l'agent » (ici le salarié), sur lequel le principal est imparfaitement informé.

R. Chartoire, « Les asymétries informationnelles », *Ecoflash*, n° 270, septembre 2012.

Doc. 2 L'aléa moral

"Now we just have to sit back and wait for the Fed to bail us out."

« Maintenant, nous n'avons plus qu'à nous asseoir et attendre que la FED nous renfloue. »

La question de l'aléa moral se pose lorsqu'une banque systémique est en difficulté : faut-il la laisser faire faillite ou la renflouer (*bail out*) ? L'existence d'un prêteur en dernier ressort (ici la Fed, la Réserve fédérale des États-Unis) peut entraîner une prise de risque excessive de la part de la banque.

© Christopher Weyant, *New Yorker*, 29 sep 2008.

Vocabulaire

- **Sélection adverse :** situation où l'asymétrie d'information ne permet pas de conclure des contrats en ayant au préalable connaissance de tous les éléments nécessaires à leur bon déroulement.
- **Asymétrie d'information :** situation dans laquelle deux agents économiques, dans le cadre d'un rapport d'échange, disposent d'une inégalité d'information.
- **Aléa moral :** risque provenant d'un comportement non anticipé de la part d'un des contractants.

FICHE 3 Certains types de bien entraînent l'inefficience du marché

De quoi s'agit-il ?
Le marché semble efficient pour la production et l'échange de biens privés mais en présence de biens publics ou de biens communs, il devient inefficient.

1 La nature des biens

- Le modèle microéconomique traditionnel repose sur l'hypothèse que les biens sont des **biens privés, microéconomique, rivaux et exclusifs**. La **rivalité** signifie que la consommation d'un bien par un agent réduit ou empêche celle d'un autre agent. L'**exclusion** signifie que le propriétaire d'un bien peut empêcher un utilisateur potentiel de le consommer (**Doc. 1**).

2 Les défaillances de marché liées aux biens collectifs

- Les **biens collectifs** sont non rivaux et non exclusifs (éclairage public et phares). Ces biens bénéficient à la collectivité sans que leur producteur puisse être complètement récompensé.
- La stratégie dominante qui apparaît est alors celle du **passager clandestin** : les agents souhaitent bénéficier des biens publics sans avoir à en payer les coûts de production. L'absence de rivalité fait qu'il est impossible de priver un agent de l'usage du bien. La non-exclusion rend le contrôle par le prix difficile voire impossible. Les entreprises privées ne sont pas incitées à produire les biens publics.
- Le marché est donc **défaillant** : il ne peut pas produire des biens qui sont pourtant utiles à la collectivité. Aucun agent rationnel ne peut accepter de supporter les coûts de production des biens publics.

3 La tragédie des biens communs

- Un **bien commun** appartient à tous et à personne, sa propriété n'est pas déterminée. Il s'agit, par exemple, des ressources naturelles telles que les ressources halieutiques (bancs de poissons). Il est donc rival mais non excluable.
- Compte tenu de cette caractéristique, les biens communs ont tendance à être sur-consommés. C'est ce que montre **Garett Hardin** dans « The tragedy of the commons », article dans lequel il explique qu'une ressource en accès libre est vouée à disparaître du fait d'une surexploitation de cette richesse par les hommes (**Doc. 2**).
- Le marché n'est pas efficient pour ce type de bien car il conduit à la surexploitation.

LA BOÎTE À DOCS

Doc. 1 Typologie des biens

	EXCLUSION	NON-EXCLUSION
RIVALITÉ	Bien privé	Bien commun
NON-RIVALITÉ	Bien de club	Bien collectif

- Bien privé – Exemple : un pain au chocolat
- Bien commun – Exemple : une réserve forestière
- Bien de club – Exemple : un abonnement à une plateforme de streaming
- Bien collectif – Exemple : la Défense nationale

Doc. 2 Évolution des ressources halieutiques dans le golfe de Gascogne

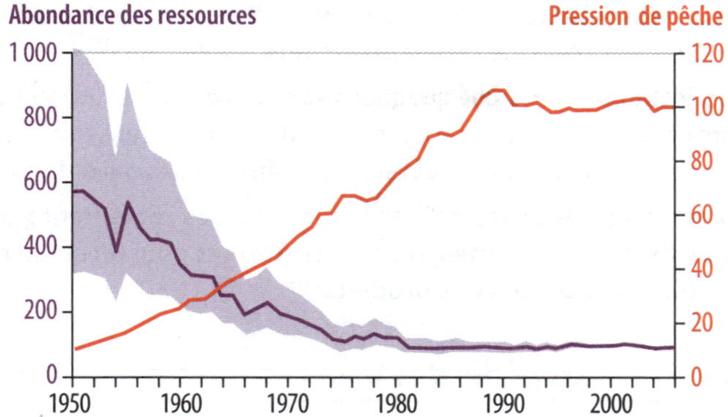

Depuis la Seconde Guerre mondiale, l'abondance des ressources a été divisée par six, tandis que la pression de pêche, c'est-à-dire le nombre, la puissance et l'efficacité des bateaux, a été multipliée par dix.

Vocabulaire

- **Biens collectifs :** biens ou services non rivaux et non excluables, c'est-à-dire pouvant être consommés par les uns sans réduire la quantité disponible pour les autres et sans que l'on puisse exclure quelqu'un de leur consommation (pour non-participation au financement, par exemple).
- **Biens communs :** biens dont le stock est limité mais en accès libre, ce qui entraîne un gaspillage.

FICHE 4

Comment l'État peut-il agir face aux défaillances du marché ?

De quoi s'agit-il ?

Pour faire face aux défaillances du marché, l'État est amené à intervenir en utilisant notamment la taxation et la régulation ou en menant des politiques d'incitation.

1 Lutter contre les externalités négatives

- Pour lutter contre les externalités négatives, **Arthur Cecil Pigou** considère que le recours à l'État, sous la forme d'une taxe, est le meilleur moyen. L'État doit taxer les agents émetteurs des effets externes d'un montant égal au coût externe généré par leur activité. La **taxe pigouvienne** permet d'égaliser coût privé et coût social. L'intervention de l'État permet **d'internaliser l'externalité**. Si l'externalité négative est la pollution, la taxe pigouvienne réalise le **principe du pollueur-payeur**. Elle oblige à réduire le niveau de pollution et procure des recettes supplémentaires à l'État. En cas d'externalité positive, la solution pigouvienne s'applique sous forme d'une **subvention**.
- L'État peut aussi instaurer un **marché des quotas d'émission**. Les autorités publiques fixent un seuil maximum de CO_2. Les entrepreneurs qui n'utilisent pas l'ensemble de leurs quotas peuvent les **revendre aux enchères** (et réaliser un profit) à celles qui ont utilisé les leurs.
- L'État peut lutter contre les externalités par le biais des **réglementations**. Ainsi, les **normes d'émission** fixent les quantités maximales rejetées pour un polluant. L'État peut aussi **interdire l'utilisation de certains produits**.

2 Lutter contre la tragédie des biens communs

- Pour lutter contre la surexploitation, plusieurs possibilités existent. L'État peut tout d'abord décider de **privatiser** les biens communs en distribuant des droits de propriété et en laissant faire le marché. La **nationalisation** permet ensuite à l'État de devenir propriétaire de la ressource surexploitée. Enfin, par la réglementation, l'État limite l'accès à la ressource en édictant des normes (**Doc. 1**).

3 Lutter contre les asymétries d'information

- Pour lutter contre la sélection adverse, l'État peut obliger les vendeurs à envoyer un **signal de qualité** qui rééquilibre le niveau d'information détenu par les agents économiques. Il peut aussi mettre en place une **politique d'étiquetage**.
- En ce qui concerne l'aléa moral, le principal doit pousser les agents à adopter le comportement attendu. Ainsi, les **franchises** dans les contrats d'assurance automobile incitent les conducteurs à la prudence (**Doc. 2**).

LA BOÎTE À DOCS

Doc. 1 Les effets du quota sur un marché

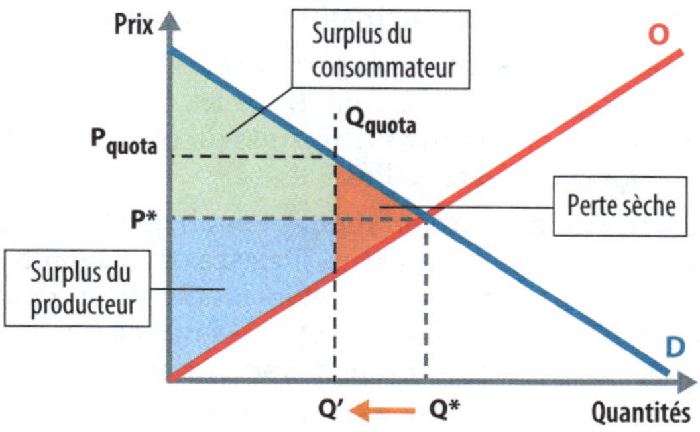

Si $Q_{Quota} < Q$, cela génère une perte sèche correspondant à la baisse du surplus total suite à la réduction des quantités échangées.

Doc. 2 La maîtrise de l'aléa moral

Une maîtrise suffisante de l'aléa moral est nécessaire. En effet, tout mécanisme d'assurance ou de transfert peut conduire à une modification des comportements des agents qui, se sachant couverts, peuvent accroître la probabilité d'occurrence du risque (risque moral ex ante), ou le coût de la prise en charge après la survenance du risque (risque moral ex post) [...].

L'assurance sociale dispose globalement des mêmes outils que l'assurance privée pour maîtriser l'aléa moral. Ses principaux mécanismes en sont la modulation de l'indemnisation par le contrôle de la responsabilité (par exemple, la cause du chômage) et les incitations ou pénalités financières (intéressement, franchises, ticket modérateur, bonus-malus, etc.).

C. Pollack, « Essai d'approche positive des nouveaux risques sociaux », *Travail et emploi*, n°125, janv.-mars 2011.

Dans le domaine de l'assurance santé, le ticket modérateur (partie des frais de consultations qui reste à la charge du patient) doit inciter le patient à ne pas adopter de comportement opportuniste.

Vocabulaire

- **Taxe pigouvienne :** taxe payée par le pollueur par unité de pollution produite, égale au coût du dommage environnemental provoqué.
- **Marché des quotas d'émission :** marché mondial de « permis d'émissions négociables » qui permet aux États ou entreprises d'échanger entre eux des droits d'émission.

Révision Express

LES POINTS IMPORTANTS À RETENIR

- Les **défaillances de marché** sont des situations dans lesquelles le marché échoue dans l'allocation optimale des ressources économiques et des biens et services.
- Parmi ces défaillances se trouvent les **externalités**. Certaines externalités sont positives, d'autres sont négatives (pollution). Dans les deux cas, certains coûts ou bénéfices ne sont pas pris en compte dans la fixation du prix parce qu'ils affectent un tiers et non l'agent à l'origine de l'externalité.
- Dans le cadre du marché, la production repose sur l'hypothèse d'une information parfaite. Mais dans de nombreuses situations, il existe une **asymétrie d'information** entre le vendeur et l'acheteur. Le marché est alors inefficient et peut disparaître : la **sélection adverse** conduit à son déséquilibre et l'aléa moral conduit à l'éviction des agents présentant le moins de risques au profit des agents présentant le plus de risques.
- Les qualités des biens **non rivaux et/ou non excluables** empêchent leur production efficace sur le marché. Les **biens communs** sont accessibles à tous mais il est impossible d'obliger le consommateur à en payer le prix. Cela empêche leur production et conduit au gaspillage des ressources. Les **biens collectifs** sont non rivaux et non exclusifs. Du fait des stratégies de **passager clandestin**, le marché ne peut produire ces biens qui sont pourtant utiles à la collectivité.
- Ces défaillances peuvent justifier **l'intervention des pouvoirs publics**. L'État peut internaliser les externalités. Contre les asymétries d'information, l'État cherche à améliorer la qualité de l'information par la réglementation ou à rendre obligatoire la souscription à une assurance. Pour éviter le gaspillage des biens communs, il peut nationaliser, privatiser la ressource ou en contrôler son accès.

APPRENDRE AUTREMENT

Qu'entend-on par « externalités négatives » ?

Podcast

LE COURS EN 10 MOTS-CLÉS

- Défaillance du marché
- Externalité
- Biens communs/collectifs
- Asymétrie d'information
- Optimum de Pareto
- Coût social
- Aléa moral
- Sélection adverse
- Marché des quotas d'émission
- Passager clandestin

> Les défaillances du marché

CARTE MENTALE

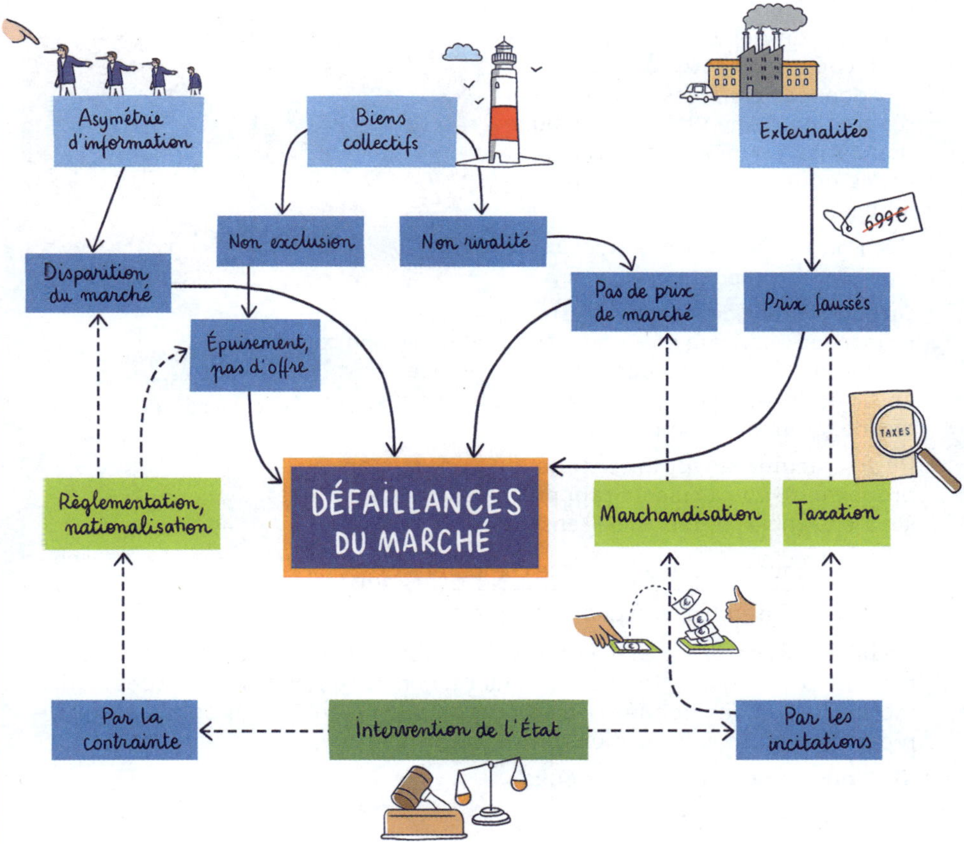

N'hésite pas à construire ta propre carte mentale

1 Calculer des pourcentages de répartition

MÉTHODE

- L'utilisation des outils statistiques doit vous permettre de comparer des données chiffrées, d'analyser la répartition d'une variable dans une population donnée. Ces calculs sont utiles pour justifier ou étayer une argumentation.

1. Comment effectuer des calculs de répartition ou de proportion ?

- Un pourcentage de répartition est une proportion exprimée en « pour cent » (noté %). Son calcul permet de transformer des données exprimées en valeurs absolues (litres, milliers de produits, d'habitants, euros...) afin de faciliter les comparaisons.
- Pour calculer un pourcentage de répartition (une proportion), on calcule un rapport (ce que représente le sous-ensemble par rapport à l'ensemble).

$$\frac{\text{Sous ensemble (ce que je compare)}}{\text{Ensemble (ce à quoi je compare)}} \times 100$$

Remarque
Un pourcentage de répartition ne peut jamais être supérieur à 100 %. En effet, la valeur du sous-ensemble ne peut pas être supérieure à la valeur de l'ensemble !

- On fait donc passer des données en valeurs absolues (et qui ont du sens en elles-mêmes : production automobile en France, nombre de jeunes dans la population mondiale...) à des données en valeurs relatives (en %). Un pourcentage de répartition est toujours compris entre 0 et 100 %.

2. Quelques équivalences pratiques

1/10	1/5	1/4	1/3	1/2	3/4
10 %	20 %	25 %	≈ 33 %	50 %	75 %

ÉNONCÉ

Doc. Nombre d'entreprises en forte croissance de 10 salariés ou plus en 2015, selon le secteur d'activité

	Nombre d'entreprises de 10 salariés ou plus	Nombre d'entreprises en forte croissance
Industrie	32 420	2 160
Construction	23 190	1 630
Commerce, réparation d'automobiles et de motocycles	35 510	2 560
Transports et entreposage	10 490	1 090
Hébergement et restauration	14 250	630
Information et communication	7 030	1 170
Activités financières et d'assurance, activités immobilières	6 930	710
Activité spécialisées, scientifiques et techniques	15 720	1 760
Activités de services administratifs et de soutien	12 220	1 680
Enseignement, santé humaine et action sociale	13 830	1 310
Autres services aux ménages	4 660	380
Ensemble	176 250	15 080

Insee Première, n° 1 718, 14 nov. 2018.

1. Quelle est la proportion d'entreprises industrielles parmi les entreprises de plus de 10 salariés ?

2. Parmi les entreprises de 10 salariés ou plus, quelle est la part des entreprises en forte croissance ?

CORRIGÉ

1. Ici le sous-ensemble est constitué par les entreprises de 10 salariés ou plus du secteur industriel et l'ensemble des entreprises de 10 salariés ou plus.

$$\frac{32\,420}{176\,250} \times 100 = 18{,}4\ \%$$

2. $$\frac{15\,080}{176\,250} \times 100 = 8{,}5\ \%$$

Ici le sous-ensemble est constitué par les entreprises de 10 salariés ou plus en forte croissance et l'ensemble par les entreprises de 10 salariés ou plus.

2 Lire et interpréter des pourcentages de répartition

MÉTHODE

1. Exprimer des pourcentages de répartition

Il existe différente façon d'exprimer des pourcentages de variations. Il faut penser à varier les formulations dans vos devoirs en fonction de ce que l'on veut exprimer :

- **Le sous-ensemble représente *x* % de l'ensemble :**
  Exemple : Les personnes âgées de plus de 18 ans totalement vaccinées contre la Covid-19 représentaient 91 % de la population française âgée de plus de 18 ans au 24 décembre 2021, selon les données du site *solidarites-sante.gouv.fr.*
- ***x* % de l'ensemble sont le sous-ensemble :**
  Exemple : En France, le 24 décembre 2021, 52 % des personnes totalement vaccinées contre la Covid-19 étaient des femmes.
- **Sur 100 éléments de l'ensemble, *x* sont le sous-ensemble :**
  Exemple : En France, sur 100 jeunes âgés de 12 à 17 ans, un peu moins de 78 étaient totalement vaccinés le 12 décembre 2021.
- **Lorsque le pourcentage de répartition varie entre deux dates**, on exprime cette évolution par une différence en points de pourcentage : la part des totalement vaccinés contre la Covid-19 chez les jeunes âgés de 12 à 17 ans est passée de 1,6 % au 14 juin 2021 à 78 % le 24 décembre 2021. Elle a donc augmenté de 76,4 points de pourcentage sur cette période.

Remarque
Lorsqu'il s'agit de personnes, on peut arrondir le chiffre du sous-ensemble en précisant « environ », « un peu moins » ou « un peu plus ».

2. Interpréter des pourcentages de répartition

- Lorsque vous êtes face à des pourcentages de répartition, il faut chercher la signification de ces pourcentages et les enseignements que l'on peut en tirer. Ainsi, dans les exemples précédents, il semblerait que les femmes soient un peu plus vaccinées que les hommes. Il faut ensuite aller chercher dans votre cours les éléments qui pourraient expliquer cette différence.

Remarque
Les pourcentages de répartition et, plus généralement, toutes les données statistiques fournies par les documents, doivent vous aider à illustrer votre argumentation.

Méthode

ÉNONCÉ

Doc. **Évolution du chômage en France entre 1976 et 2020**

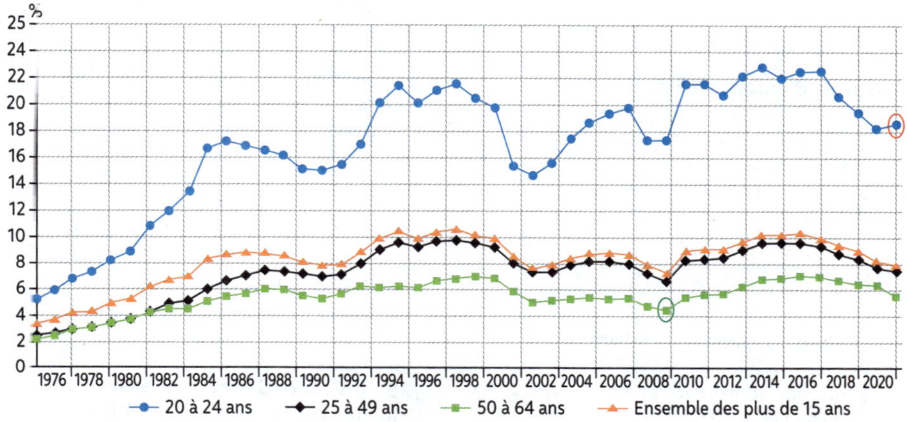

Insee, Observatoire des inégalités, « Chômage : les jeunes toujours aux premières loges », novembre 2021.

1. Faites une phrase pour exprimer la donnée entourée en rouge.

2. En choisissant une autre formulation, faites une phrase pour exprimer la donnée entourée en vert.

3. Calculez l'augmentation du taux de chômage des jeunes actifs âgés de 20 à 24 ans, entre 2001 et 2016. Exprimez votre résultat dans une phrase.

4. Quels enseignements pouvez-vous tirer de ces pourcentages de répartition ?

CORRIGÉ

1. En 2020, en France, sur 100 jeunes actifs âgés de 20 à 24 ans, un peu moins de 19 étaient au chômage selon les données de l'Insee et de l'Observatoire des inégalités.

2. En 2008, en France, 4,5% des actifs âgés de 50 à 64 ans étaient au chômage selon les données de l'Insee et de l'Observatoire des inégalités.

3. Évolution : 22,6 – 14,7 = 7,9 points de pourcentage. La part des jeunes actifs âgés de 20 à 24 ans au chômage a augmenté de 7,9 points de pourcentage entre 2001 et 2016 en France.

4. La part des jeunes actifs âgés de 20 à 24 ans au chômage est systématiquement plus élevée que celle des autres catégories d'âge, et ce quelle que soit la période observée. En 2008, elle était ainsi presque 4 fois plus élevée que celle des 50-64 ans. On remarque que les fluctuations du taux de chômage des jeunes sont de plus grande amplitude que celles des autres catégories. On peut penser que les jeunes actifs ayant peu d'expérience occupent plus souvent que les autres catégories des emplois précaires, et se retrouvent plus rapidement au chômage lorsque la situation économique se dégrade

Fiche test **Ce que je sais**

QCM

15 min

▢ À revoir
▢ Acquis

1 Cochez la bonne réponse.

1 On parle d'externalité dans le cas :

▢ a. d'un acte d'un agent ayant des conséquences uniquement négatives sur un autre agent.

▢ b. d'une entreprise ayant recours à l'externalisation et la sous-traitance.

▢ c. d'un acte d'un agent économique qui procure un avantage ou un désavantage sans compensation monétaire.

2 On définit l'asymétrie d'information comme :

▢ a. une situation où les prix sont plus élevés qu'en concurrence pure et parfaite.

▢ b. une situation de marché où les offreurs et les demandeurs ne disposent pas de la même information.

▢ c. un processus par lequel les vendeurs envoient des signaux aux acheteurs.

3 L'éclairages public est :

▢ a. un bien privé.

▢ b. un bien de club.

▢ c. un bien collectif.

▢ d. un bien commun.

4 Les pouvoirs publics cherchent à :

▢ a. limiter les externalités positives.

▢ b. réduire les situations d'asymétrie d'information.

▢ c. limiter les situations de passager clandestin.

5 Si l'assurance est au même prix pour tous, les « bons » risques ont peu intérêt à s'assurer.

▢ a. Vrai

▢ b. Faux

6 La présence d'externalité constitue nécessairement une défaillance du marché.

▢ a. Vrai

▢ b. Faux

7 En présence d'externalité négative :

▢ a. les coûts sociaux sont supérieurs aux coûts privés.

▢ b. les coûts privés sont supérieurs aux coûts sociaux.

8 En présence d'externalités négatives, le marché est défaillant car les quantités produites:

▢ a. sont inférieures aux quantités d'équilibre.

▢ b. sont supérieures aux quantités d'équilibre.

9 Un bien commun est un bien :

▢ a. rival.

▢ b. excluable.

▢ c. non rival et excluable.

▢ d. rival et non excluable.

10 L'exploitation d'un bien commun par des agents économiques agissant selon leur intérêt entraîne nécessairement :

▢ a. des dégradations et la surexploitation des ressources.

▢ b. la préservation des ressources.

SCORE : ____ / 10

EXERCICES D'ENTRAÎNEMENT

2 Relier chaque terme à sa définition

1. Bien collectif
2. Aléa moral
3. Externalité
4. Bien commun
5. Sélection adverse
6. Coût social

a. Conséquence positive ou négative de l'activité d'un agent économique sur d'autres agents sans qu'il y ait transaction sur un marché.
b. Coût qui prend en compte les externalités.
c. Bien qui peut être consommé par plusieurs personnes à la fois sans que l'une en soit privée par la consommation des autres.
d. Modification de comportement d'un agent qui fait qu'il prend plus de risques lorsqu'il est protégé contre ce risque.
e. Bien dont le stock est limité mais en accès libre, ce qui entraîne un gaspillage.
f. Situation où l'asymétrie d'information ne permet pas de conclure des contrats en ayant au préalable connaissance de tous les éléments nécessaires à leur bon déroulement.

3 Classer des biens et services en fonction de leur nature

a. Le salage préventif des routes en hiver
b. Le réseau de communication d'un opérateur de téléphonie mobile
c. Un cours de SES
d. Une série sur une plateforme de streaming
e. La gestion d'un compte bancaire
f. Un programme de radio
g. Des myrtilles en montagne
h. Une nappe phréatique
i. L'utilisation de la nationale 12
j. Un blouson
k. L'utilisation de la piscine municipale
l. Un court de tennis

4 Comment lutter contre l'aléa moral ?

Allianz Conduite connectée, comment ça marche ?

1 appli mobile

Votre Smartphone se suffit à lui-même pour enregistrer vos données de conduite et les restituer dans l'appli Allianz Conduite connectée.

1 réduction appliquée

Si ces données montrent que vous avez une conduite responsable, vous êtes récompensé ! Vous pouvez bénéficier d'une réduction jusqu'à 30%[1].

Des services pratiques

Grâce à Allianz Conduite connectée, vous bénéficiez également de services pratiques (assistance, conseils, localisation de son véhicule,...).

1. Pourquoi les assurances ne connaissent-elles pas exactement le risque qu'elles couvrent ?
2. Comment Allianz essaie-t-elle de réduire l'aléa moral ?

5 Réduire l'asymétrie d'information

1. Donnez un exemple montrant que, dans le domaine alimentaire, il existe une asymétrie d'information.
2. Quels sont les moyens dont disposent les consommateurs pour pallier l'insuffisance d'information lors d'un achat ?
3. Quel est le rôle de l'État dans la fourniture de cette information ?
4. L'information rendue disponible grâce à ces différents moyens peut-elle être parfaite ?

6 Le refus de la vaccination

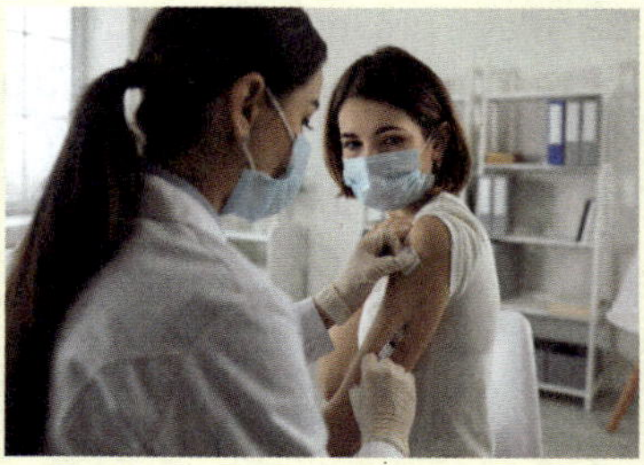

Chaque année, jusqu'à 500 000 personnes dans le monde meurent en raison des complications liées à la grippe. Environ 10 % des décès surviennent en Europe. Un grand nombre de vies pourraient être épargnées par la prise d'une simple mesure : la vaccination anti-grippale », affirme le docteur Caroline Brown, chef du programme de la grippe et des autres pathogènes respiratoires à l'OMS/Europe. « Au moins 30 millions de personnes dans la Région européenne de l'OMS décident annuellement de se faire vacciner contre la grippe. Toutes les personnes âgées de plus de 65 ans ou souffrant d'un problème de santé sous-jacent, ainsi que les femmes enceintes et les professionnels de santé devraient faire ce choix. S'il n'est jamais agréable d'attraper la grippe, elle peut être bénigne et disparaître rapidement dans la majorité des cas. Or, la grippe peut parfois provoquer une maladie grave, voire le décès du patient.

OMS, « Le refus de la vaccination contre la grippe coûte la vie à des milliers de personnes », 28 oct. 2015.

1. Pourquoi, d'un point de vue individuel, peut-il être rationnel de ne pas se faire vacciner ?
2. En quoi la non-vaccination constitue-t-elle une externalité négative ?
3. Que peut faire l'État pour inciter la population à se faire vacciner ?

✓ Corrigés

Fiche test *Ce que je sais*

1 1. c. 2. b. 3. d. 4. b. et c. 5. a. 6. a. 7. a. 8. b. 9. d. 10. a.

EXERCICES D'ENTRAÎNEMENT

2 Relier chaque terme à sa définition

1. Bien collectif
2. Aléa moral
3. Externalité
4. Bien commun
5. Sélection adverse
6. Coût social

a. Conséquence positive ou négative de l'activité d'un agent économique sur d'autres agents sans qu'il y ait transaction sur un marché.

b. Coût qui prend en compte les externalités.

c. Bien qui peut être consommé par plusieurs personnes à la fois sans que l'une en soit privée par la consommation des autres.

d. Modification de comportement d'un agent qui fait qu'il prend plus de risques lorsqu'il est protégé contre ce risque.

e. Bien dont le stock est limité mais en accès libre, ce qui entraîne un gaspillage.

f. Situation où l'asymétrie d'information ne permet pas de conclure des contrats en ayant au préalable connaissance de tous les éléments nécessaires à leur bon déroulement.

3 Classer des biens et services en fonction de leur nature

	Exclusion	Non-exclusion
Rivalité	**Bien privé** Blouson Gestion d'un compte bancaire	**Bien commun** Myrtilles en montage Nappe phréatique
Non-rivalité	**Bien de club** Court de tennis Série sur une plateforme de streaming Réseau de communication d'un opérateur téléphonique Utilisation de la piscine municipale	**Bien collectif** Salage des routes Cours de SES Utilisation de la nationale 12 Programme de radio

4 Comment lutter contre l'aléa moral ?

1. Dans le cas d'une assurance, c'est l'assuré qui détient des informations sur sa façon de conduire, sa santé, ses conduites à risque (fumeur, consommation d'alcool…). Il peut ne pas vouloir les communiquer à l'assureur ou n'en divulguer qu'une partie.
2. Une fois assuré, le conducteur peut adopter une conduite risquée puisqu'il sait que l'assurance couvrira les dommages qu'il pourrait occasionner à son véhicule, à d'autres véhicules ou encore à lui-même. Ici, l'assureur Allianz propose de réduire les primes d'assurance pour les bons conducteurs. Pour cela, les données de conduite de l'assuré sont enregistrées via une application sur son smartphone. Une fois les données vérifiées, l'assureur accorde un rabais au bon conducteur. Il s'agit d'une incitation à adopter un bon comportement sur la route. Allianz a donc réduit l'aléa moral.

5 Réduire l'asymétrie d'information

1. Les consommateurs ne sont pas toujours totalement informés sur la qualité des produits qu'ils consomment. L'impact sur la santé des composants qui rentrent dans l'alimentation n'est pas toujours bien connu (incertitude sur les conséquences de la consommation d'OGM, des édulcorants et des additifs alimentaires).
2. Les consommateurs vont pouvoir obtenir des informations sur les produits qu'ils achètent grâce aux labels, qui donnent des indications sur l'origine du produit ou sur sa qualité. Des mentions légales peuvent aussi être apposées sur les produits (composition du produit, présence d'OGM…). Les associations de consommateurs telles que l'UFC que choisir ou 60 millions de consommateurs fournissent des informations sur les produits, élaborent des comparatifs, vérifient la qualité des produits. De même, de nombreux sites internet permettent d'obtenir des informations.
3. L'État intervient de plusieurs façons : par des moyens législatifs, il va obliger les producteurs à fournir certaines informations sur leurs produits (loi sur la protection du consommateur tel que le règlement n° 1169/2011 concernant l'information du consommateur sur les denrées alimentaires). Les labels qui garantissent la qualité et l'origine des produits sont contrôlés par l'État.
4. L'information, fournie par ces différents moyens, ne peut être totalement parfaite mais permet de réduire fortement les incertitudes et de restaurer la confiance des consommateurs.

6 Le refus de la vaccination

1. D'un point de vue individuel, on peut considérer le fait de ne pas se faire vacciner comme rationnel car si tout le monde est vacciné, l'individu qui n'est pas vacciné profite de la protection contre la maladie sans prendre le risque des effets indésirables du vaccin, voire de complications qui peuvent être graves.
2. Pour les autorités, c'est une autre rationalité qui est prise en compte : si la couverture vaccinale est trop faible (moins de 95 % de la population immunisée), cela engendre une externalité négative : l'épidémie peut se répandre, le système social risque d'être désorganisé et il peut y avoir une surmortalité chez les personnes fragiles.
3. Pour inciter la population à se faire vacciner, l'État peut mener des campagnes de sensibilisation et d'information auprès des personnes à risque. Pour certaines maladies, telles que la rougeole, il peut aussi rendre la vaccination obligatoire pour l'entrée à l'école.

Chapitre 4

Le financement des agents économiques

La loi du marché et les cotations boursières.

FICHE 1

Les différents modes de financement de l'activité économique

De quoi s'agit-il ?

Les agents économiques peuvent disposer ou non de suffisamment de ressources pour se financer. Comment s'opère alors le financement de l'activité économique ?

1 Capacité et besoin de financement des différents secteurs institutionnels

- Les **secteurs institutionnels** sont les acteurs économiques ayant des comportements économiques similaires caractérisés par leur fonction principale et la nature de leur activité.
- On distingue six secteurs institutionnels dont 5 composant l'économie nationale : les Sociétés non financières (SNF), les Sociétés financières (SF), les Administrations publiques (APU), les Ménages, les Institutions sans but lucratif au service des ménages (ISBLSM). Le Reste du monde (6e secteur) représente les agents non-résidents dont l'activité a un lien avec celle des résidents (**Doc. 1**).
- Un agent économique est en **capacité de financement** (**Doc. 2**) lorsque ses recettes sont supérieures à ses dépenses. Un agent économique est en **besoin de financement**, lorsque ses recettes sont inférieures à ses dépenses.

2 Les différents modes de financement

- L'**autofinancement** ou **financement interne** : les agents économiques se financent par leurs propres ressources.
- Le **financement externe** peut être **direct** s'il est effectué sur les marchés des capitaux (émission de titres, actions ou obligations) ou **indirect** lorsqu'il y a recours au crédit bancaire.
- Le financement direct, qui s'effectue sur le marché financier, comporte deux compartiments : le marché primaire, correspond à l'émission de nouveaux titres financiers, et le **marché secondaire**, appelé la Bourse, où s'échangent les titres déjà émis.

3 Le rôle des taux d'intérêt

- Le recours au crédit bancaire se fait moyennant le paiement d'un **taux d'intérêt** qui est le **coût du crédit**, c'est-à-dire le prix payé par les emprunteurs de capitaux mais aussi la **rémunération du prêteur**.
- Le taux d'intérêt dépend généralement de la durée du crédit. Il dépend aussi du **risque de crédit** pris par le prêteur, qui est la probabilité qu'un emprunteur ne rembourse pas son crédit.

LA BOÎTE À DOCS

Doc. 1 Les secteurs institutionnels

SECTEUR INSTITUTIONNEL	FONCTION PRINCIPALE	RESSOURCES PRINCIPALES	EXEMPLES
Sociétés non financières (SNF)	Production de biens et services	Produit des ventes	Entreprises privées et publiques
Sociétés financières (SF)	Financer l'économie et/ou assurer les agents économiques contre des risques éventuels	Produit des ventes, primes d'assurance, dépôts collectés	Banques et assurances
Ménages	Consommer (et produire pour les entreprises individuelles)	Rémunération du travail et du capital	Toutes les personnes vivant sous en même toit
Administrations publiques (APU)	Produire des services non marchands et effectuer des opérations de redistribution	Prélèvements obligatoires	État, universités, organismes de Sécurité sociale
Institutions sans but lucratif au service des ménages (ISBLSM)	Production de services non marchands	Subventions publiques, versements volontaires des membres	Associations, partis, syndicats
Reste du monde (RDM)	–	–	Tous les agents non résidents dont l'activité a un lien avec celle des résidents

Doc. 2 Capacité/besoin de financement des secteurs institutionnels (en milliards d'€)

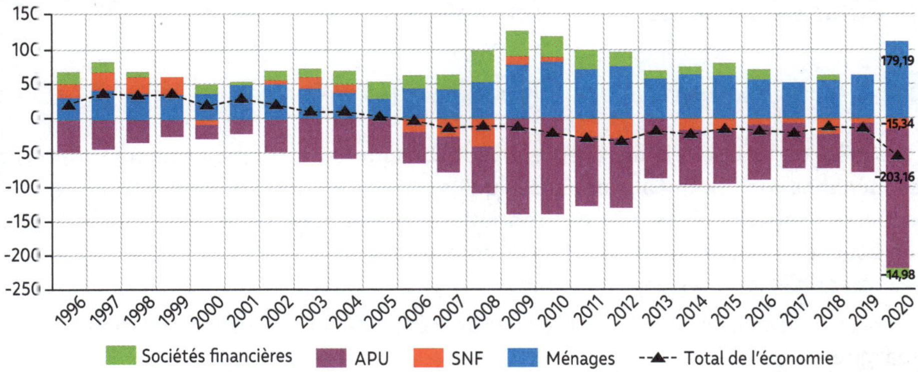

Vocabulaire

- **Capacité (Besoin) de financement :** situation d'un agent économique dont les ressources sont supérieures (inférieures) aux dépenses.
- **Autofinancement (ou financement interne) :** financement des dépenses d'un agent économique par ses propres ressources.
- **Financement externe direct :** s'effectue sur les marchés financiers et est caractérisé par la relation directe entre le prêteur et l'emprunteur.
- **Financement externe indirect :** financement par emprunt bancaire.
- **Taux d'intérêt :** exprimé en %, il correspond à la rémunération d'un capital prêté ou emprunté.

FICHE 2

La formation et l'utilisation du revenu disponible des ménages

De quoi s'agit-il ?

Les ménages sont structurellement en capacité de financement, leurs ressources sont supérieures à leurs dépenses. Quels sont alors les revenus des ménages et quels usages en ont-ils ?

1 La formation du revenu disponible des ménages

• Les ménages perçoivent différents revenus. Les **revenus primaires** sont directement liés à une participation des ménages au processus de production, ce sont les revenus du travail et/ou du capital. Ils sont complétés par les **revenus secondaires**, appelés aussi **revenus de transfert**, qui sont versés par l'État ou les organismes de Sécurité sociale sous forme de prestations sociales. Ces revenus sont financés par les prélèvements obligatoires (impôts, taxes, cotisations sociales).

• On détermine alors le **revenu disponible brut des ménages** (**Doc. 1**) :

(RDB) = revenus primaires + revenus de transfert – prélèvements obligatoires

• Le **revenu disponible brut ajusté** comporte quant à lui les transferts sociaux en nature (par exemple la santé, l'éducation…) dont bénéficient les ménages.

2 L'utilisation du revenu disponible des ménages

• Les ménages utilisent leurs revenus afin de **consommer**. La dépense de consommation des ménages correspond aux dépenses qu'ils supportent directement. Elle inclut aussi les loyers imputés (loyers que les propriétaires auraient dû payer s'ils avaient loué un bien équivalent à leur logement). Elle ne correspond pas à la valeur des biens et services réellement consommés par un ménage.

• La part du revenu disponible qui n'est pas utilisée en dépense de consommation constitue l'**épargne**.

• Un ménage peut souhaiter épargner afin de se constituer un **patrimoine**, par **précaution**, pour faire face à des dépenses imprévues, ou encore en prévision de dépenses futures, il s'agit alors de **consommation différée** (**Doc. 2**).

• La principale utilisation de l'épargne est l'acquisition de logement. Il s'agit d'épargne non financière. La **capacité de financement** des ménages correspond alors à leur épargne financière : achats de titres (actions ou obligations) ou détention de dépôts auprès des institutions financières.

• Le **taux d'épargne** est le rapport entre l'épargne des ménages et leur revenu disponible brut.

LA BOÎTE À DOCS

Doc. 1 Revenu disponible brut des ménages en milliards d'euros en 2020

Revenu disponible brut	**1 494,7**
Transferts sociaux en nature	426,2
Revenus primaires	**1 612,8**
Revenu disponible brut ajusté	**1 920,8**
Consommation effective des ménages	1 601,2
Epargne brute	**319,7**
Formation brute de capital fixe	127,4
Impôt en capital	15,0
Autres opérations	3,8
Capacité de financement	**181**

Revenus et patrimoine des ménages, édition 2021 - Insee Références.

Les achats de logements sont considérés comme de l'investissement. La comptabilité nationale mesure l'investissement à partir de la FBCF qui est la Formation Brute de Capital Fixe.

Les ménages sont structurellement en capacité de financement.

Doc. 2 Les objectifs de l'épargne

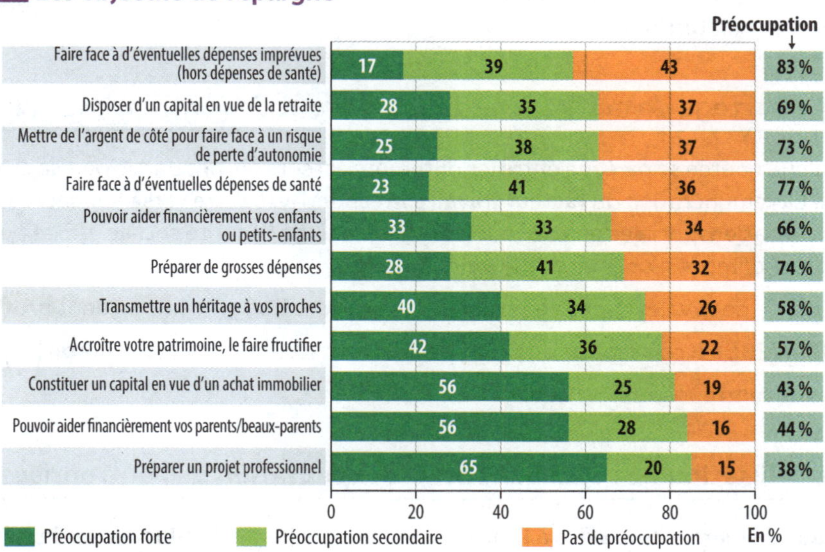

Deuxième édition du Baromètre AMF de l'épargne et de l'investissement, oct. 2018.

Vocabulaire

- **Revenu disponible :** revenu dont dispose un ménage pour consommer et épargner.
- **Épargne :** partie du revenu qui, pendant une période donnée, n'est pas consacrée à la consommation.

FICHE 3 Le financement de l'activité des sociétés non financières

De quoi s'agit-il ?
Les sociétés non financières recherchent le profit et, pour cela, elles créent des richesses. Comment les mesure-t-on ? Quels usages les entreprises en font-elles afin de se financer ?

1 La création de richesses par les entreprises

- Pour produire, les entreprises utilisent des biens et services qui sont incorporés à la production : ce sont des **consommations intermédiaires**.
- La richesse créée par une organisation productive est appelée la **valeur ajoutée**. Pour la mesurer, il ne suffit pas de faire le total de la production, il faut y soustraire les consommations intermédiaires. On obtient alors :

Valeur ajoutée = valeur de la production – consommations intermédiaires

- La valeur de la production non marchande est mesurée par les coûts de production. La somme des valeurs ajoutées permet de calculer le **PIB**, qui correspond aux richesses produites sur un territoire.

2 Le partage de la valeur ajoutée au profit des entreprises : l'EBE

- La valeur ajoutée se partage entre les différents acteurs qui ont participé à sa création (**Doc. 1**). La rémunération du facteur travail correspond au salaire versé aux salariés ainsi qu'aux cotisations sociales perçues par les organismes de Sécurité sociale. L'État perçoit, sous forme d'impôts, une part de la **valeur ajoutée**.
- Une partie de la valeur ajoutée revient à l'entreprise. Il s'agit de **l'excédent brut d'exploitation (EBE)**. Il correspond au **profit** de l'entreprise. Plus le **taux de marge** $\left(\frac{EBE}{VA}\right)$ est élevé, plus l'entreprise est rentable.

3 L'utilisation de l'excédent brut d'exploitation des entreprises

- Un taux de marge élevé offre à l'entreprise la possibilité de développer ses investissements (**Doc. 2**).
- L'entreprise peut, à partir de son EBE, mettre des bénéfices en réserve afin de s'**autofinancer**. Néanmoins, lorsque des investissements importants sont à réaliser, elle doit avoir recours au **financement externe direct** ou **indirect**.
- Ainsi, si l'entreprise est endettée, alors même qu'elle dégage un EBE important, elle devra verser des frais financiers aux prêteurs et/ou aux apporteurs de capitaux.

LA BOÎTE À DOCS

Doc 1 La valeur ajoutée

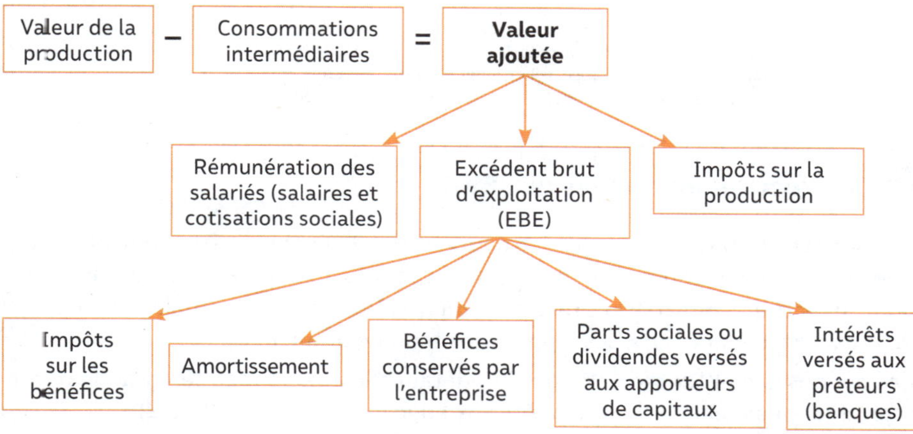

Doc. 2 Taux de marge et taux d'investissement

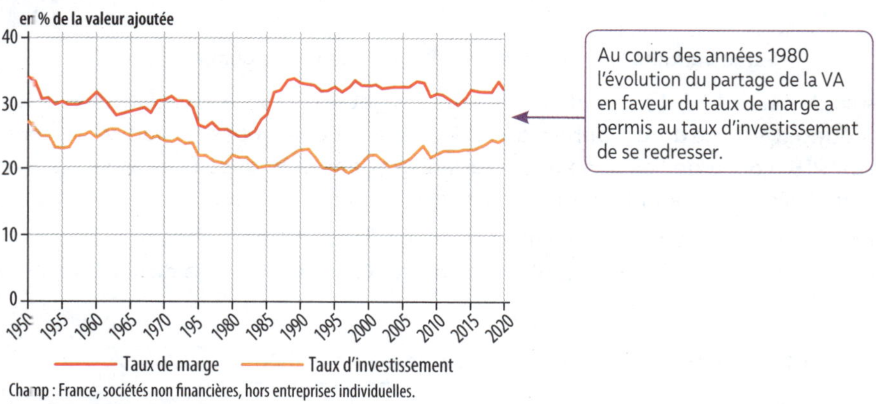

Champ : France, sociétés non financières, hors entreprises individuelles.
Insee, Comptes nationaux - bases 2014.

Vocabulaire

- **Consommation intermédiaire :** bien ou service incorporé ou détruit au cours du processus de production.
- **Valeur ajoutée (VA) :** mesure la richesse réellement créée par les organisations productives. Elle s'obtient en retranchant à la valeur de la production le montant des consommations intermédiaires.
- **Excédent brut d'exploitation (EBE) :** ce qui reste à une société non financière après rémunération des salariés et versement des impôts sur la production. Mesure du profit.
- **Profit :** objectif principal des entreprises. Mesuré par l'EBE.

FICHE 4

Le financement de l'État et ses contraintes

De quoi s'agit-il ?

Le budget de l'État lui permet de mener des politiques budgétaires. Mais comment se finance-t-il et quelles en sont les conséquences lorsque les recettes budgétaires sont inférieures aux dépenses ?

1 La structure du budget de l'État

- Le **budget de l'État** est préparé par le gouvernement et voté par le Parlement lors de la Loi de finances. Les recettes du budget de l'État sont surtout les **recettes fiscales** (**Doc. 1**) (impôts directs et indirects). Les **recettes non fiscales** sont, par exemple, les dividendes perçus par l'État actionnaire, ses loyers et le produit des amendes.
- Les **dépenses de l'État** (ou charges budgétaires) correspondent en grande partie à des **productions non marchandes** (défense, éducation, justice...) (**Doc. 2**).

2 Le financement des déficits

Solde budgétaire = recettes budgétaires – dépenses budgétaires

- Si le solde est positif, il s'agit d'un excédent budgétaire. Dans le cas contraire, on a un **déficit budgétaire**. Le **déficit public**, qui, selon les accords européens, doit être inférieur à 3 % du PIB, concerne l'ensemble des administrations publiques françaises. La **dette publique** désigne l'ensemble des emprunts contractés par l'État.
- Le **déficit public** est un besoin de financement et les APU vont se financer en contractant des emprunts. Les intérêts sont alors une dépense : la « **charge de la dette** ».

3 Les effets des politiques de dépenses publiques

- La **politique budgétaire** est l'utilisation du budget de l'État pour atteindre un (ou des) objectif(s) : la **croissance économique**, l'**emploi**, l'**inflation** et le **solde extérieur**.
- Une **politique budgétaire de relance** vise à soutenir la demande en augmentant les dépenses publiques et/ou en réduisant les recettes en baissant les prélèvements obligatoires.
- Le **déficit public** augmente, ce qui accroît le **besoin de financement** de l'État qui va émettre des titres ou souscrire des emprunts. L'effet est positif sur la demande mais les créanciers se détournent des autres agents en besoin de financement dont l'activité sera pénalisée. Il y a un **effet d'éviction** et les **taux d'intérêt** augmentent.
- Anticipant une hausse d'impôts, les agents économiques vont réduire leur demande. L'effet escompté de la politique n'aura pas lieu.

LA BOÎTE À DOCS

Doc. 1 Les recettes du budget général de l'État (budget 2020)

Recettes avant prélèvements

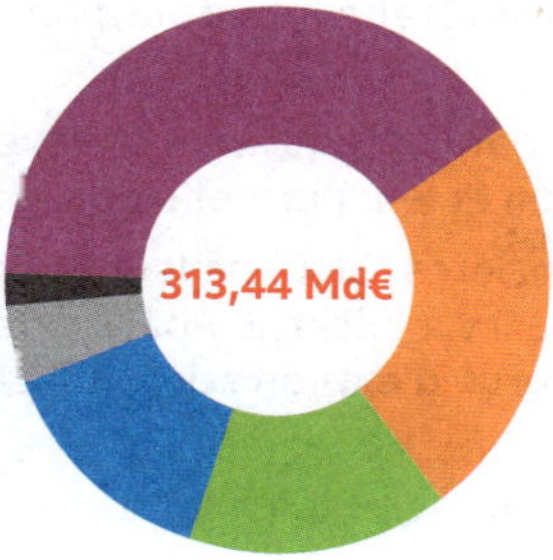

PRÉLÈVEMENTS SUR RECETTES
Prélèvements au profit des collectivités territoriales **41,2 Md€**
Prélèvements au profit de l'Union européenne **21,5 Md€**

− … = **Recettes nettes 250,7 Md€**

- TVA : 126 Md€
- Impôt sur le revenu : 75,7 Md€
- Impôt sur les sociétés: 48,2 Md€
- Contributions fiscales diverses: 43,1 Md€
- Recettes non fiscales : 14,4 Md€
- Recettes de fonds de concours: 6 Md€

Doc. 2 Évolution du déficit public

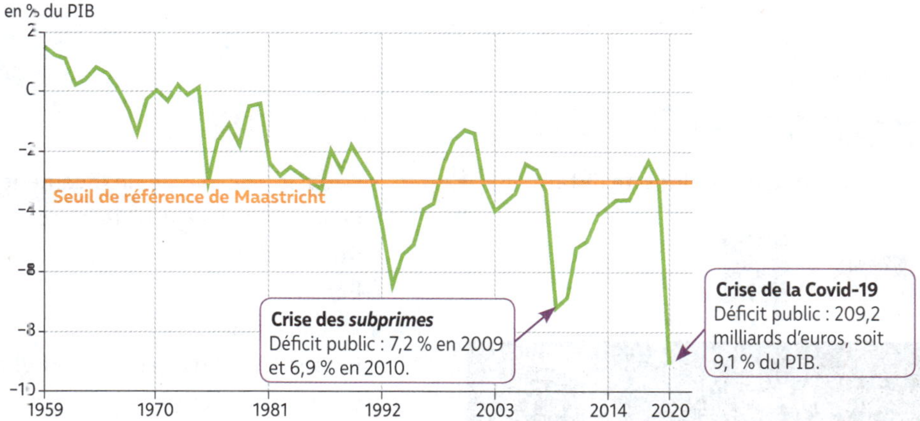

Vocabulaire

- **Déficit budgétaire :** lorsque les recettes de l'État ne couvrent pas l'ensemble de ses dépenses.
- **Politique budgétaire :** volet de la politique économique qui se définit par son moyen, le budget de l'État. Elle agit essentiellement sur la demande mais aussi sur l'offre.
- **Effet d'éviction :** effet de l'extension des activités du secteur public, au détriment du secteur privé qui se trouve évincé.

Révision Express

LES POINTS IMPORTANTS À RETENIR

- Les **secteurs institutionnels** sont en situation de **capacité** ou de **besoin de financement**. S'ils ne peuvent **s'autofinancer**, ils ont recours à un **financement externe** qui peut être direct ou indirect grâce au crédit bancaire, dont le **taux d'intérêt** est un coût pour les emprunteurs et un gain pour le prêteur.
- Les ménages sont structurellement en capacité de financement car leur revenu **disponible** est supérieur à leurs dépenses de **consommation** et leur permet d'épargner.
- La **valeur ajoutée** (VA) créée par les sociétés non financières (SNF) ne leur revient pas totalement : une part revient aux salariés et une autre à l'État. La partie de la valeur ajoutée qui revient à l'entreprise est **l'excédent brut d'exploitation** (EBE) et correspond au **profit**.
- Le **solde budgétaire de l'État**, s'il est négatif, est appelé **déficit budgétaire**.
- Le **déficit public** concerne l'ensemble des administrations publiques françaises et, selon les accords européens, il doit être inférieur à 3 % du PIB.
- La **politique budgétaire** est l'utilisation du budget de l'État dans un objectif de politique économique. Une politique budgétaire de relance soutient la demande mais détériore le solde public et entraîne un **effet d'éviction** car les capitaux drainés par l'État ne sont plus disponibles pour le financement privé.

APPRENDRE AUTREMENT

L'élaboration du budget de l'État :

Vidéo

LE COURS EN 10 MOTS-CLÉS

- Capacité/Besoin de financement
- Financement externe in/direct
- Revenu disponible
- Épargne
- Valeur ajoutée (VA)
- Excédent brut d'exploitation (EBE)
- Déficit budgétaire
- Déficit public
- Dette publique
- Politique budgétaire

> Le financement des agents économiques

CARTE MENTALE

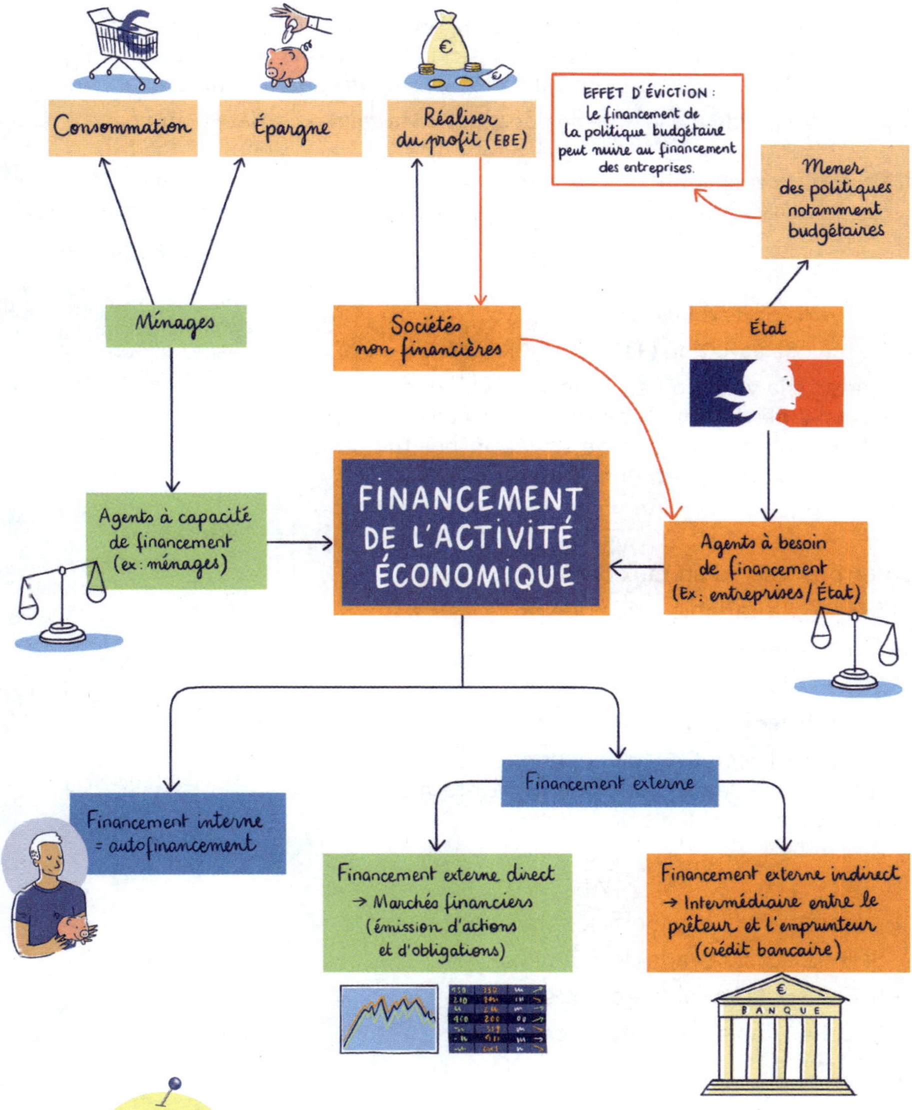

N'hésite pas à construire ta propre carte mentale

1 Mesurer des variations

MÉTHODE

- Des outils statistiques (taux de variation, coefficient multiplicateur et indice) vous permettent de faire des comparaisons chiffrées dans le temps ou dans l'espace. Ces calculs sont utilisés pour justifier ou étayer une argumentation.
- Soient Vd la valeur à la date de départ et Va la valeur à la date d'arrivée.

1. La variation absolue ou écart absolu

- Elle mesure l'écart ou la différence entre deux variables :

$$e = Va - Vd$$

Remarque

Une *variation absolue* ne permet pas de dire si cette variation est importante puisqu'on ne la compare à aucune autre valeur. Pour connaître l'ampleur d'une variation, on privilégie le calcul d'une *variation relative*.

2. Les variations relatives

- **Le taux de variation (T)**

Il mesure la variation en % entre la valeur d'arrivée et la valeur de départ. Il exprime une évolution, c'est-à-dire une hausse (taux de variation positif) ou une baisse (taux de variation négatif).

$$T = \frac{(Va - Vd)}{Vd} \times 100$$

Interprétation d'un taux de variation :

- Si $T < 0$, la variable a diminué.
- Si $T > 0$, la variable a augmenté.
- Si $T = 0$, la variable reste constante.

- **Le coefficient multiplicateur (CM)**

Il mesure l'évolution d'une donnée dans le temps. Il permet de savoir par combien a été multipliée la valeur de départ. Il n'a pas d'unité.

$$CM = \frac{Va}{Vd}$$

Interprétation d'un coefficient multiplicateur :

- Si $0 < CM < 1$, la variable a diminué.
- Si $CM > 0$, la variable a augmenté.
- Si $CM = 1$, la variable reste constante.

Remarque

Pour connaître l'évolution globale, il faut avoir recours aux coefficients multiplicateurs qui ne s'additionnent pas. Le coefficient multiplicateur global est le produit des coefficients multiplicateurs de différentes augmentations ou diminutions.

Méthode

ÉNONCÉ

Doc. **Recettes nettes du budget général (en milliards d'euros)**

Recette	Évaluations 2021 révisées	Projet de loi de finances 2022
Recettes fiscales brutes	**409,3**	**422,6**
Impôt sur le revenu	96,9	102,9
Impôt sur les sociétés	65,6	65,8
Contribution de la Caisse des dépôts et consignations représentative de l'impôt sur les sociétés	0,4	0,3
Autres impôts directs et taxes assimilées	27,5	23,9
Taxe intérieure de consommation sur les produits énergétiques	19,4	20,4
Taxe sur la valeur ajoutée	155,7	163,8

Lecture : en 2021, la taxe sur la valeur ajoutée brute s'élève à 155,7 milliards d'euros, selon les évaluations révisées du projet de loi de finances (PLF) 2022.

D'après le ministère de l'Économie, des Finances et de la Relance, « Projet de loi de finances 2022 ».

1. Calculez la variation absolue des recettes budgétaires liées à l'impôt sur le revenu entre 2021 et 2022.

2. Calculez, avec le taux de variations puis le coefficient multiplicateur, la variation relative des recettes budgétaires liées à la taxe intérieure de consommation sur les produits énergétiques entre 2021 et 2022 et interprétez le résultat.

3. À l'aide du coefficient multiplicateur et du taux de variation, mesurez l'évolution des recettes fiscales liées à la taxe sur la valeur ajoutée.

CORRIGÉ

1. 102,9 – 96,9 = 6. Les recettes budgétaires liées à l'impôt sur le revenu entre 2021 et 2022 ont augmenté de 6 milliards d'euros.

2. • À l'aide d'un taux de variations : $T = \frac{(Va - Vd)}{Vd} \times 100 = \frac{20,5 - 19,4}{19,4} \times 100 = 5,15\ \%$.

Interprétation : Les recettes budgétaires liées à la taxe intérieure de consommation sur les produits énergétiques entre 2021 et 2022 ont augmenté de 5,15 %.

• À l'aide d'un coefficient multiplicateur : $CM = \frac{Va}{Vd} = \frac{20,4}{19,4} = 1,51$.

Interprétation : Les recettes budgétaires liées la taxe intérieure de consommation sur les produits énergétiques entre 2021 et 2022 ont été multipliées par 1,051.

Le CM < 1 et le T < 0 indiquent qu'il y a eu une diminution.

3. Les recettes budgétaires liées aux autres impôts directs et taxes assimilées entre 2021 et 2022 ont diminué de 13 %.

2 Mesurer les indices

MÉTHODE

- Les indices sont aussi utilisés pour justifier ou étayer une argumentation.
- Soient Vd la valeur à la date de départ et Va la valeur à la date d'arrivée.

1. L'indice

- L'indice permet d'exprimer l'évolution d'une valeur dans le temps ou l'espace à partir d'une **même base (Vd)**. Pour calculer un indice, il faut donc définir au préalable la **valeur de base (ou indice de base)** à laquelle on attribue la valeur **100**.
- Lorsqu'on mesure une évolution, les indices des années suivantes s'obtiennent en divisant la valeur d'arrivée (Va) par la valeur choisie comme base (Vd) et en multipliant par 100.
- Lorsqu'on effectue des comparaisons, les indices des autres variables s'obtiennent en divisant la valeur d'arrivée (Va) par la valeur choisie comme base (Vd) et en multipliant par 100.

Remarque
Les indices n'ont pas d'unités et n'ont de sens que par rapport à la base.

2. Mesures de l'indice

On peut facilement établir des relations entre les trois outils de calculs des variations relatives :

- Entre indice et coefficient multiplicateur : $I = CM \times 100$ ou $CM = \frac{1}{100}$.
- Entre taux de variation et indice : $T = I - 100$ ou $I = T + 100$.
- Entre coefficient multiplicateur et taux de variation : $CM = \frac{T}{100} + 1$ ou $T = (CM - 1) \times 100$.

ÉNONCÉ

Doc. 1 Évolution de la dette publique de la France

	2012	2013	2014	2015	2016	2017	2018	2019	2020
En milliards d'euros	1 892	1 977	2 040	2 101	2 188	2 258	2 311	2 376	2 649
En indices base en 2013									

1. **Complétez le tableau.**

2. **Interprétez votre résultat pour 2020.**

Doc. 2 Taux de croissance du PIB dans l'Union européenne en 2018

	Croissance en pourcentage	Croissance en indices
Union européenne	2,0	100
Pays Bas	2,6	
France	1,7	
Italie	0,8	

D'après Eurostat, 2019.

3. Complétez les données du tableau.

4. Faites une lecture de votre résultat pour la France.

CORRIGÉ

1. Placer la base 100 pour l'année 2013. Complétez ensuite le tableau en appliquant la formule.

	2012	2013	2014	2015	2016	2017	2018	2019	2020
En milliards d'euros	1 892	1 977	2 040	2 101	2 188	2 258	2 311	2 376	2 649
En indices base en 2013	**95,7**	**100**	**103,2**	**106,3**	**110,7**	**114,2**	**116,9**	**120,2**	**134**

2. L'indice de la dette publique en France est passé de 100 en 2013 à 134 en 2020. Cela signifie que la dette publique française a augmenté de 34 %. On peut aussi dire qu'il a été multiplié par 1,34.

3. Ici la base100 est déjà placée pour l'Union européenne.

	Croissance en pourcentage	Croissance en indices
Union européenne	2,0	100
Pays Bas	2,6	**130**
France	1,7	**85**
Italie	0,8	**40**

4. En 2018, l'indice du taux de croissance de la France, base 100, pour l'UE était de 85. Cela signifie qu'en 2018, la croissance économique française était inférieure de 15 % à celle de l'Union européenne.

Fiche test *Ce que je sais*

QCM

15 min

☐ À revoir
☐ Acquis

1 Cochez la bonne réponse.

1 Quel secteur institutionnel est en capacité de financement ?

☐ a. Les ménages
☐ b. Les sociétés non financières
☐ b. L'État

2 Le revenu disponible sert à :

☐ a. épargner.
☐ b. consommer.
☐ c. consommer et épargner.

3 Il y a besoin de financement quand :

☐ a. recettes > dépenses.
☐ b. dépenses publiques > prélèvements obligatoires.
☐ c. épargne > investissement.

4 L'excédent brut d'exploitation correspond :

☐ a. au profit de l'entreprise.
☐ b. au chiffre d'affaires de l'entreprise.
☐ c. à la valeur ajoutée de l'entreprise.
☐ d. à l'épargne de l'entreprise.

5 L'EBE :

☐ a. sert à rémunérer les salariés.
☐ b. est égal à la valeur de la production déduite de celle des consommations intermédiaires.
☐ c. est une mesure du profit.

6 Lequel de ces indicateurs doit être inférieur à 3 % du PIB selon le Pacte de stabilité et de croissance ?

☐ a. Le déficit budgétaire
☐ b. Le déficit public
☐ c. La dette publique

7 Si l'entreprise finance ses projets à l'aide de son épargne brute, il s'agit :

☐ a. de financement externe direct.
☐ b. de financement externe indirect.
☐ c. d'un financement interne.
☐ d. d'autofinancement.

8 Une action est :

☐ a. une créance.
☐ b. une dette.
☐ c. un titre de propriété.
☐ d. un crédit bancaire.

9 Une obligation est :

☐ a. une créance.
☐ b. une dette.
☐ c. un titre de propriété.
☐ d. un crédit bancaire.

10 L'épargne d'un ménage correspond à la part du revenu (mensuel ou annuel) qui n'est pas consommée.

☐ a. Vrai
☐ b. Faux

SCORE : ____ / 10

EXERCICES D'ENTRAÎNEMENT

2 Tableau à compléter

	Financement interne	Financement externe	
		Financement indirect	Financement direct
Une banque accorde un crédit à une entreprise qui doit mener un projet de recherche et développement.			
Une grande entreprise décide d'émettre de nouvelles actions pour se financer.			
Une entreprise émet des obligations pour financer l'agrandissement de ses magasins.			
L'État lance un emprunt en émettant des bons du trésor pour financer son déficit.			
Une entreprise achète une nouvelle machine grâce à son épargne.			

3 Schéma à compléter

Complétez le schéma ci-dessous à l'aide des notions suivantes :
prelèvements obligatoires — épargne — consommation — prestations sociales.

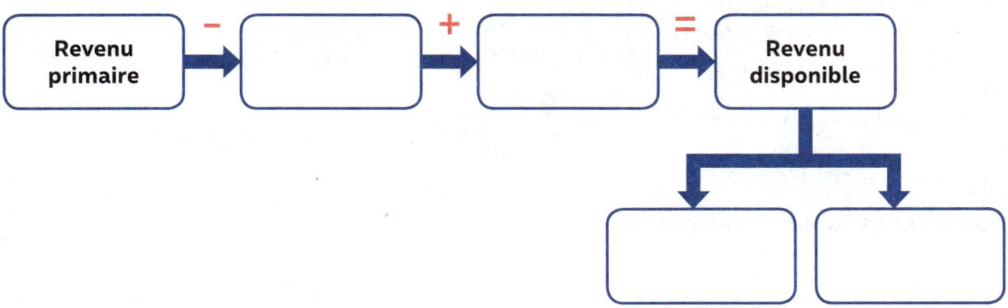

④ Les comptes de la Nation en 2017

En 2017, l'activité accélère nettement en France : le produit intérieur brut (PIB) en euros constants s'accroît de 2,2 %, après + 1,2 % en 2016 et + 1,1 % en 2015.

La consommation des ménages ralentit, mais les dépenses d'investissement accélèrent de façon notable. Les exportations accélèrent plus fortement que les importations, si bien que la contribution des échanges extérieurs à la croissance du PIB en volume redevient légèrement positive. Néanmoins, le déficit des échanges extérieurs augmente en valeur en raison du rebond des prix pétroliers. Le pouvoir d'achat du revenu disponible brut des ménages ralentit, du fait de l'accélération des prix. Le taux d'épargne des ménages augmente légèrement, alors que le taux de marge des sociétés non financières est stable à 31,9 %.

Insee Première, n° 1 697, 30 mai 2018.

1. Quel lien pouvez-vous établir entre l'évolution du pouvoir d'achat du revenu disponible et celle de la consommation ?
2. Pour quelle(s) raison(s) le taux d'épargne augmente-il ?
3. Quelle part représente le profit des entreprises dans la valeur ajoutée ?

⑤ Analyser un diagramme

Doc. Les dépenses de l'État par missions en 2018

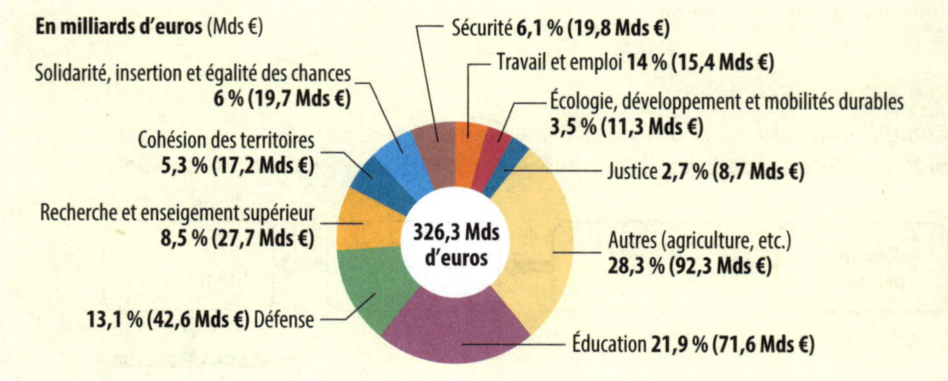

Comment est utilisé le budget de l'État ?

Corrigés

Fiche test Ce que je sais

1 **1. a.** Les ménages sont structurellement en capacité de financement. Cela s'explique notamment par un taux d'épargne élevé (d'environ 15 %).

2. c. Il y a deux utilisations au revenu disponible qui sont la consommation et l'épargne.

3. b. Il y a besoin de financement quand les revenus sont inférieurs aux dépenses. C'est le cas pour l'État dont les revenus (les prélèvements obligatoires) sont inférieurs aux dépenses publiques.

4. a.

5. c. L'EBE est l'excédent brut d'exploitation et désigne la partie des richesses créées qui revient à l'entreprise. C'est une mesure du profit.

6. b. Le pacte de stabilité et de croissance a fixé des critères d'endettement public : le déficit public doit être inférieur à 3 % du PIB et la dette publique inférieure à 60 % du PIB.

7. c. et **d.** Les termes d'autofinancement et de financement interne sont synonymes.

8. c. Les actionnaires sont des propriétaires de l'entreprise. À ce titre, ils ont des droits (par exemple voter) et perçoivent des dividendes.

9. b. Une obligation est une dette puisqu'elle sera remboursée à une échéance fixée. L'émetteur d'une obligation verse un intérêt annuel appelé coupon.

10. a. Le revenu d'un ménage n'a que deux utilisations possibles : la consommation et l'épargne.

Exercices d'entraînement

2 **Tableau à compléter**

	Financement interne	Financement externe	
		Financement indirect	Financement direct
Une banque accorde un crédit à une entreprise qui doit mener un projet de recherche et développement.		×	
Une grande entreprise décide d'émettre de nouvelles actions pour se financer.			×
Une entreprise émet des obligations pour financer l'agrandissement de ses magasins.			×
L'État lance un emprunt en émettant des bons du trésor pour financer son déficit.		×	
Une entreprise achète une nouvelle machine grâce à son épargne.	×		

③ Schéma à compléter

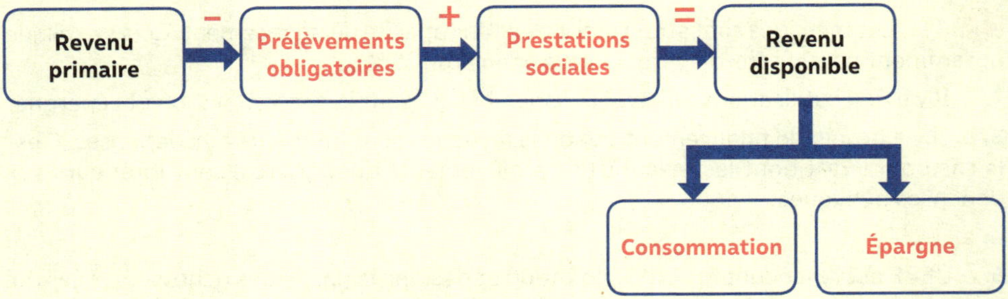

④ Les comptes de la Nation en 2017

1. Le pouvoir d'achat du revenu disponible brut a ralenti notamment sous l'effet de la hausse des prix des produits pétroliers. Or le revenu disponible est ce qui permet aux ménages de consommer et d'épargner. Cela a donc impacté négativement la consommation.
2. Le taux d'épargne est le rapport entre l'épargne et le revenu disponible. L'épargne a donc augmenté plus vite que le revenu disponible. Face au ralentissement de la progression de ce dernier, les ménages ont probablement épargné par précaution ou pour une consommation différée.
3. La partie de la VA qui revient aux entreprises est appelée EBE, il représente le profit. L'EBE rapporté à la VA est appelé le taux de marge. Il est ici de 31,9 %, ce qui signifie que 31,9 % de la valeur ajoutée revient aux entreprises.

⑤ Les dépenses de l'État par missions en 2018

En 2018, le budget de l'État était de 326,3 milliards d'euros. La mission identifiée la plus coûteuse est celle de l'éducation qui absorbe presque 22 % de l'ensemble des dépenses de l'État. De plus, si on lui ajoute l'enseignement supérieur et la recherche, on constate que ces missions représentent plus d'un tiers (36,8 %) du budget de l'État qui y consacre 120 milliards d'euros.

Chapitre 5

La création monétaire

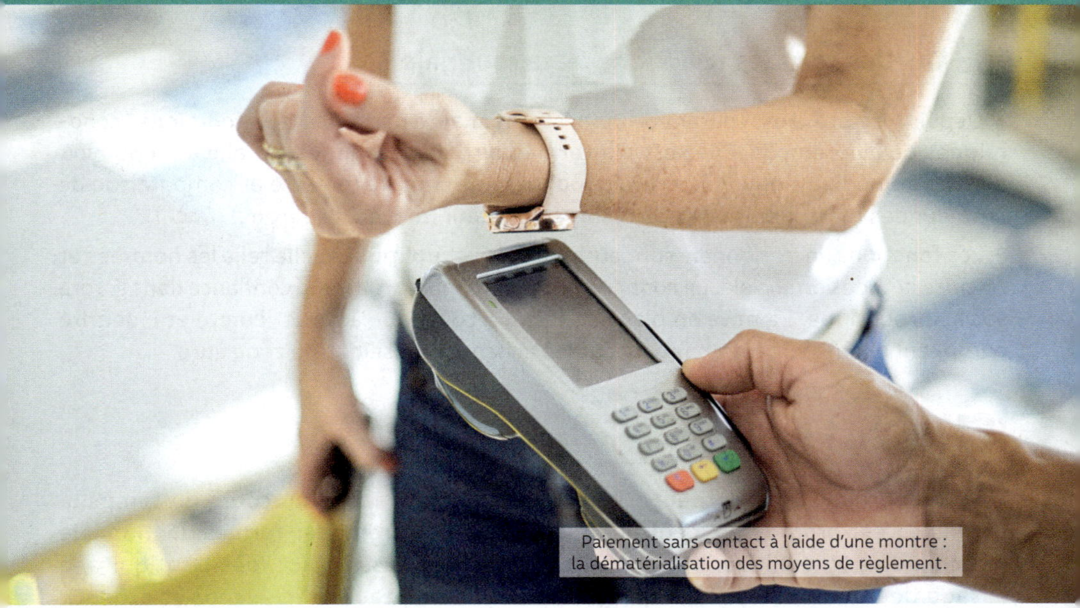

Paiement sans contact à l'aide d'une montre : la dématérialisation des moyens de règlement.

FICHE 1 À quoi sert la monnaie ?

De quoi s'agit-il ?

La monnaie est un actif liquide aujourd'hui indispensable dans les transactions marchandes. Elle remplit des fonctions à la fois économiques, sociales et politiques.

1 Quelles sont les fonctions de la monnaie ?

- Depuis Aristote, il est courant de définir la **monnaie** à partir des trois **fonctions économiques** qu'elle remplit. Elle sert d'**intermédiaire des échanges** car elle a un pouvoir d'achat immédiat (**pouvoir libératoire**), d'**unité de compte** (mesure et comparaison de la valeur des marchandises) et de **réserve de valeur** (moyen d'épargne) (**Doc. 1**).
- Les fonctions de la monnaie sont aussi **sociales** et **politiques** : elle relie les hommes et favorise la cohésion sociale. La confiance dans la monnaie reflète la confiance dans l'ordre social et politique. La mise en place de l'euro a contribué à forger l'unité et l'identité européenne, notamment en favorisant les échanges au sein de la zone euro.

2 Quelles sont les formes de la monnaie ?

- De nombreux supports peuvent servir de monnaie, mais au cours du temps la monnaie s'est progressivement **dématérialisée**. Les premières formes de **monnaie marchandise** (coquillage, bétail, étoffe...) ont vite laissé place, dès l'Antiquité, à l'usage de la **monnaie métallique** (constituée de métaux précieux, or et argent). La valeur d'échange de la monnaie est alors fondée sur sa **valeur intrinsèque** (son poids en métal précieux). La rareté de ces métaux assure la confiance des agents sur la valeur de cette monnaie.
- Aujourd'hui, deux formes de monnaie sont utilisées pour régler les transactions entre les agents. La **monnaie fiduciaire** (du latin « *fiducia*», la confiance) est composée des pièces (**monnaie divisionnaire**) et des billets, dont la valeur intrinsèque est très inférieure à la valeur d'échange (valeur nominale). La **monnaie scripturale** (écrite) est détenue sur les comptes bancaires et circule grâce à différents **instruments de paiements** : les chèques, virements, cartes de paiements, titre interbancaire de paiement. Cette monnaie n'a pas de forme matérielle (**Doc. 2**).
- Encore modeste dans son utilisation, la **monnaie électronique** est constituée par une réserve de valeurs prépayées et stockées sur un support électronique ou informatique (porte-monnaie électronique, cartes prépayées pour les téléphones mobiles). Le développement des nouvelles technologies, du e-commerce, des outils de paiement sécurisés contribue à réduire considérablement l'usage de la monnaie divisionnaire (moins de 5 % du montant total des transactions en valeur).

Cours

LA BOÎTE À DOCS

Doc. 1 Le bitcoin est-il une monnaie ?

Au moment de son apparition dans le débat public, le bitcoin a été critiqué par de nombreux économistes sur sa capacité à jouer le rôle d'une monnaie. Selon eux, la variabilité trop forte du bitcoin l'empêchait de remplir les trois rôles de la monnaie : une unité de compte, permettant de mesurer la valeur relative de biens très différents, un instrument de paiement permettant d'acquérir n'importe quel autre bien en échange, et une réserve de valeur liquide, permettant de stocker sa richesse sur le moyen ou le long terme.

[...] Comme pour chaque monnaie, l'enjeu central reste celui de la confiance que lui accordent ses utilisateurs. [...] Dans les États de l'OCDE, les monnaies sont adossées à des institutions solides, réputées solides, crédibles et stables. [...] Passer du système de paiement actuel au bitcoin dans un pays comme la France peut alors sembler saugrenu.

Cette approche est moins évidente dans les pays où les institutions sont faibles. [...] Pour de tels pays, l'adoption de ces nouvelles monnaies permettrait donc de s'affranchir des monnaies souveraines étrangères sans devoir recréer une institution monétaire souveraine et la confiance en elle.

« Le bitcoin est-il une monnaie ? », *www.franceculture.fr*, 17 déc. 2021.

Doc. 2 Parts relatives des moyens de paiement en France et dans l'Union européenne, en 2014

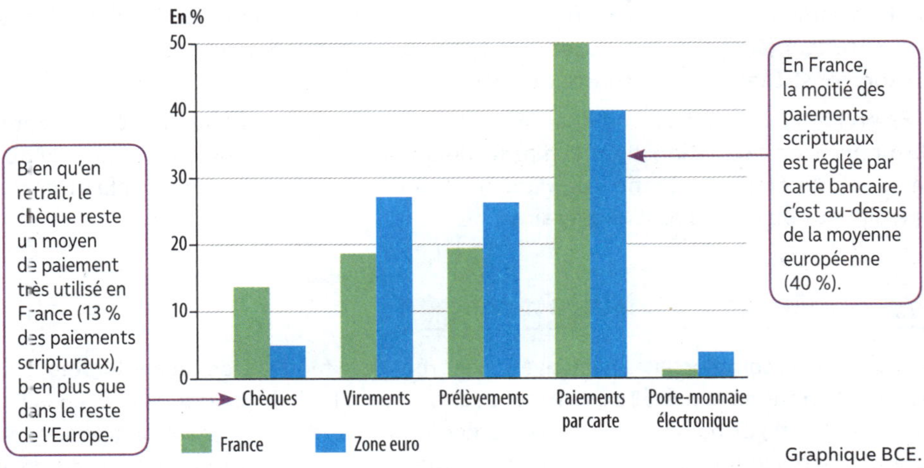

Graphique BCE.

Vocabulaire

- **Monnaie :** ensemble des moyens de paiement dont disposent les agents pour régler leurs transactions.
- **Dématérialisation de la monnaie :** processus qui conduit à séparer la valeur nominale de la monnaie de la valeur intrinsèque de son support.

FICHE 2

Les mécanismes de la création monétaire

De quoi s'agit-il ?

Pour effectuer leurs transactions, les agents économiques expriment un besoin de monnaie. La création monétaire est réalisée par les banques commerciales, notamment dans le cadre d'opérations de crédits.

1 Le rôle des banques commerciales

- En s'adressant aux banques commerciales (**banques de second rang**) pour se financer, les agents économiques (particuliers, entreprises) sont à l'origine du mécanisme de la création monétaire. Les banques de second rang créent de la **monnaie scripturale** exclusivement. La Banque centrale (**banque de premier rang**) crée la **monnaie centrale**. Le Trésor public émet la monnaie divisionnaire.
- La création monétaire est la contrepartie de l'octroi de crédits aux agents économiques et correspond à la **monétisation d'une créance** économique détenue sur ces agents non financiers. Il s'agit d'une monnaie créée *ex nihilo* (à partir de rien), par jeu d'écriture, puisque la banque ne finance pas nécessairement ces crédits à partir d'un dépôt préalable. En revanche, cet argent créé va circuler via les comptes bancaires, et ce sont finalement « les crédits qui font les dépôts » (**Doc. 1**). La monétisation des créances sur l'extérieur (achat de devises) et des créances sur le Trésor public (achat de bons du Trésor) constitue aussi une source de création monétaire.
- En prenant l'exemple du crédit bancaire, chaque nouvel emprunt augmente la quantité de monnaie en circulation, donc la **masse monétaire** (**Doc. 2**). Inversement, le remboursement d'un emprunt donne lieu à une destruction de monnaie scripturale et donc à une diminution de la masse monétaire.

2 Les limites à la création monétaire

- Les banques commerciales ne peuvent pas créer de la monnaie de façon illimitée. Leur pouvoir de création monétaire est d'abord contraint par les habitudes de **retrait en billets** de leurs clients, et par la nécessité de **régler les soldes de compensation** (règlements interbancaires induits par les émissions de chèques dans des banques concurrentes). Elles doivent posséder de la monnaie centrale, sinon elles doivent en emprunter.
- Les banques sont également soumises à une **règlementation prudentielle** qui impose aux banques de « rationner » le volume des crédits accordés, ainsi qu'aux impératifs de la **politique monétaire**, menée dans la zone euro, par la Banque centrale européenne.

LA BOÎTE À DOCS

Doc. 1 Le mécanisme de la création monétaire

Une entreprise emprunte auprès de sa banque, ce qui occasionne une création de monnaie scripturale. Le crédit accordé prend la forme d'une créance de la banque vis-à-vis de l'entreprise (1) et se concrétise par une augmentation du solde créditeur sur son compte (2). Elle dispose de 100 € en monnaie, qui n'existaient pas auparavant. Lors du remboursement de l'emprunt, la dette de l'entreprise vis-à-vis de la banque s'éteindra (3), ce qui équivaudra à une destruction monétaire.

BANQUE

Actif	Passif
Créance sur l'entreprise + 100 € (1) ~~100 €~~ (3)	Dépôt à vue + 100 € (2)

ENTREPRISE

Actif	Passif
Dépôt à vue + 100 € (2)	Dette + 100 € (1) ~~100 €~~ (3)

Doc. 2 Les agrégats monétaires en France, en milliards d'euros, en 2018

COMPOSITION DES AGRÉGATS	EN COURS
Billets et pièces en circulation, dépôts à vue	
= **M1**	**1 540**
+ Autres dépôts à court terme (M2 – M1)	*946*
Dont : dépôts à terme < 2 ans	*117*
Comptes sur livrets (ex : livret A)	*829*
= **M2**	**2 486**
+ Instruments négociables (M3 – M2)	*339*
Dont : titres d'OPCVM monétaires	*260*
pensions	*41*
titres de créances < 2ans	*38*
= **M3**	**2 825**

M1 regroupe les disponibilités monétaires, c'est l'agrégat le plus liquide.

À M1 s'ajoute la quasi-monnaie : des actifs relativement liquides.

M3 inclut M2 auquel s'ajoutent les placements à terme, les actifs les moins liquides.

Le montant de M3 représente donc la masse monétaire en France.

Banque de France, fév. 2022.

Vocabulaire

- **Monnaie centrale :** monnaie émise par la Banque centrale (monnaie fiduciaire et monnaie scripturale). Seule monnaie acceptée par tous les agents économiques et toutes les banques.
- **Masse monétaire :** quantité de monnaie en circulation et placements transformables en liquidité. Elle regroupe l'ensemble des actifs détenus par les agents économiques non financiers résidents.

FICHE 3 Le rôle de la Banque centrale

De quoi s'agit-il ?

La Banque centrale contrôle l'activité bancaire à travers la politique monétaire. Elle doit assurer la stabilité du système financier.

1 Une fonction de « banque des banques »

- La **Banque centrale** dispose du monopole d'émission de la monnaie fiduciaire. Elle gère aussi les **réserves de change** (achat et vente de devises) d'un pays ou d'une zone.
- Elle gère le **système monétaire** en alimentant les banques de second rang en liquidités, chaque banque commerciale dispose d'un compte courant auprès de la Banque centrale sur lequel figure des dépôts en **monnaie centrale**.
- En période de crise et d'insuffisance de liquidité dans le système monétaire, la Banque centrale a une fonction de « **prêteur en dernier ressort** » auprès des établissements financiers menacés de faillite.

2 La mise en œuvre de la politique monétaire

- La Banque centrale dirige la **politique monétaire** et en contrôle l'application. Pour réguler l'activité des banques de second rang et la **création monétaire**, elle agit sur le niveau des **taux d'intérêt** directeurs (coût de refinancement des banques commerciales), mène les opérations d'*open market* (en injectant plus ou moins de monnaie centrale sur le **marché monétaire**) ou encore fixe le montant des réserves obligatoires pour les banques commerciales (en faisant varier le taux de réserves obligatoires, elle influence le volume des crédits par les banques commerciales) (**Doc. 1**).
- Au sein de la **zone euro**, la **Banque centrale européenne** mène une politique monétaire commune à l'ensemble des pays membres, dont l'unique objectif est de maintenir la **stabilité des prix**.

3 La régulation de l'activité monétaire et économique

- Lorsque **l'inflation** menace, la Banque centrale peut augmenter ses taux directeurs, ce qui renchérit le coût de refinancement des banques commerciales, et par répercussion celui des crédits. La **demande de crédit se contracte**, ce qui influe négativement sur la consommation et l'investissement. Cela entraîne un ralentissement de l'inflation.
- Cependant, en période de fort **ralentissement conjoncturel**, la Banque centrale peut baisser ses taux directeurs, faciliter le refinancement des banques pour stimuler l'offre de crédits et la demande globale. Il s'agit de privilégier la relance économique et la lutte contre le chômage. Le soutien à l'économie peut s'appuyer sur des mesures exceptionnelles, comme ce fut le cas après la crise des dettes souveraines au sein de la zone euro (**Doc. 2**).

LA BOÎTE À DOCS

Doc. 1 La politique monétaire comme instrument de la politique conjoncturelle

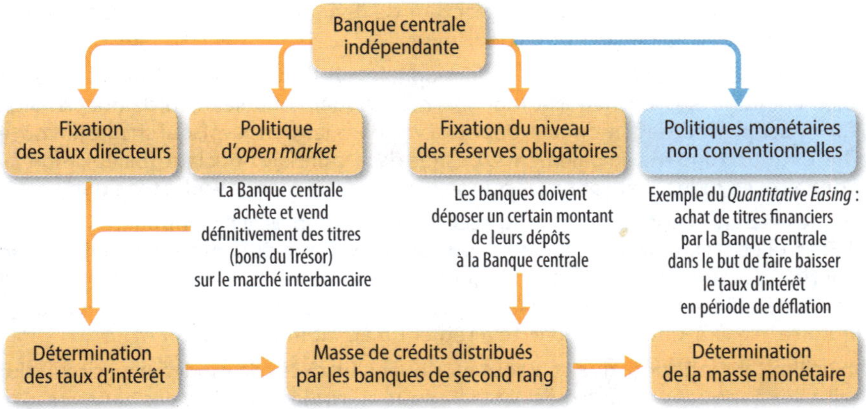

Doc. 2 Rétablir la liquidité du système bancaire

Innovation monétaire brillante pour ses tenants, le *quantitative easing* a démarré en mars 2015. La zone euro était alors en lutte avec des forces déflationnistes menaçant sa stabilité. [...] La BCE avait déjà utilisé bon nombre de ses cartouches pendant la récession, en particulier celle des taux directeurs, déjà au plus bas. Son principe est le suivant : le rachat des dettes publiques et privées fait mécaniquement chuter les taux d'intérêt auxquels empruntent des États et des entreprises concernées. Un coup de pouce visant à doper le crédit, la consommation et l'investissement – et par ricochet, à soutenir les prix et la croissance. Au total, la BCE aura donc racheté pour près de 2 600 milliards d'euros de dettes.

M. Charrel, « La Banque centrale européenne va arrêter son vaste programme de soutien à l'économie », *lemonde.fr*, 12 août 2018.

Avec le *quantitative easing*, la BCE a fourni des liquidités aux banques, favorisé les crédits aux entreprises et aux particuliers, donc la reprise économique.

Vocabulaire

- **Banque centrale :** « banque des banques » dans un pays ou une zone, elle dispose du monopole d'émission des billets et assure le bouclage du système monétaire en refinançant les banques. Elle oriente la politique monétaire et de change, et a une fonction de prêteur en dernier ressort.
- **Politique monétaire :** ensemble des moyens mis en œuvre par un État ou une autorité monétaire pour agir sur l'activité économique par la régulation de sa monnaie.
- **Taux d'intérêt :** exprimé en %, il correspond à la rémunération d'un capital prêté ou emprunté.
- **Marché monétaire :** lieu où s'échangent des titres de court terme contre de la monnaie centrale, entre la Banque centrale et les banques de second rang.

Révision Express

LES POINTS IMPORTANTS À RETENIR

- La monnaie remplit **trois fonctions économiques** : intermédiaire des échanges, unité de compte et réserve de valeur. Vecteur de **lien social**, la monnaie repose sur la confiance accordée aux institutions politiques.
- Le processus de **dématérialisation** de la monnaie qui s'est opéré au cours de l'histoire (initialement **monnaie marchandise**, **monnaie métallique**), conduit aujourd'hui à privilégier une forme **scripturale** de la monnaie (dépôts à vue dans les banques), qui circule au moyen de différents **instruments de paiements**. L'usage de la **monnaie fiduciaire** (billets, **monnaie divisionnaire**) se réduit d'autant plus que se développe la **monnaie électronique**.
- Lorsque les **banques de second rang** accordent des crédits, à l'économie, à l'extérieur ou à l'État, elles créent de la monnaie scripturale. Le volume de la **masse monétaire** varie en fonction des nouveaux crédits et des remboursements (destruction de monnaie). Les **agrégats** qui composent la masse monétaire regroupent des actifs selon leur **degré de liquidité**, c'est-à-dire leur capacité à régler un achat immédiatement.
- Afin de limiter **l'inflation**, que l'on peut attribuer à un excès de monnaie en circulation, l'activité des banques est contrôlée par la **Banque centrale** (« banque des banques ») qui met en œuvre la **politique monétaire** d'un pays ou d'une zone. Son principal instrument est le **taux d'intérêt**, dont la variation influence le **coût de refinancement** des banques et donc leur capacité à offrir plus ou moins de crédit. Les banques centrales interviennent principalement sur le marché monétaire. Des **règles prudentielles** viennent limiter le pouvoir de création monétaire des banques.
- La Banque centrale crée aussi de la monnaie en accordant des crédits aux banques et en leur procurant des billets (**monnaie centrale**). Elles sont, pour la plupart, **indépendantes** du pouvoir politique (cas de la BCE) et interviennent, en cas de risque systémique, comme **préteur en dernier ressort** pour alimenter le système en liquidités et éviter les faillites bancaires.

APPRENDRE AUTREMENT

La monnaie et nous :

Vidéo

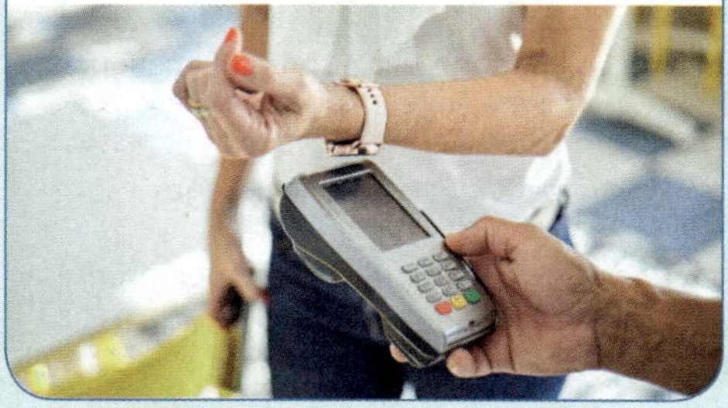

LE COURS EN 10 MOTS-CLÉS

- Dématérialisation de la monnaie
- Banque centrale
- Marché monétaire
- Masse monétaire
- Monnaie
- Monnaie centrale
- Politique monétaire
- Taux d'intérêt
- Prêteur en dernier ressort
- *Open market*

> La création monétaire

CARTE MENTALE

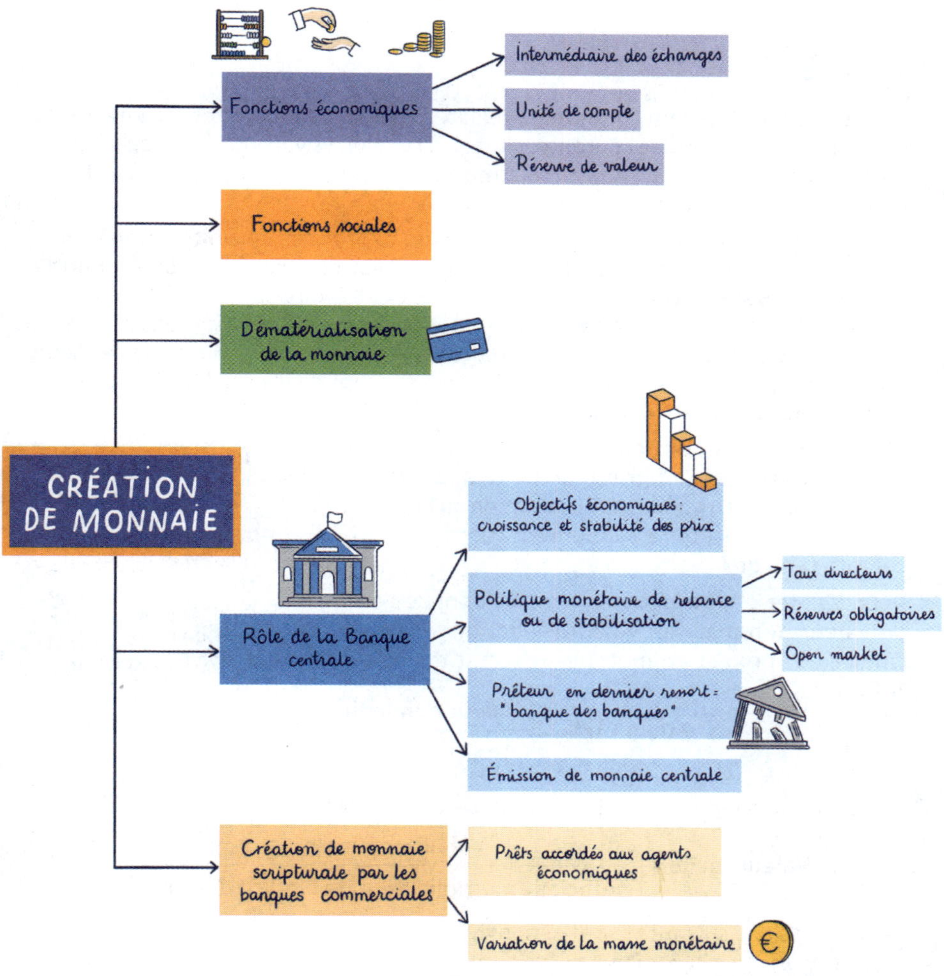

N'hésite pas à construire ta propre carte mentale

Mesurer des valeurs nominales, des valeurs réelles (l'exemple des taux d'intérêt)

MÉTHODE

- La **valeur nominale** d'une grandeur (mesurée en unités monétaires, comme l'euro) est exprimée en **monnaie courante**, c'est-à-dire selon sa valeur de l'année en cours. Le problème est que la valeur de la monnaie change sous l'effet de **l'inflation** (hausse du niveau général des prix).
- Pour **comparer** dans le temps des grandeurs exprimées en unités monétaires, il faut tenir compte de la **variation des prix**. C'est ce qu'exprime une grandeur exprimée en **valeur réelle**, elle a été **déflatée**, c'est-à-dire corrigée de la variation des prix, le plus souvent une hausse des prix. Par exemple, le *salaire réel* correspond au **pouvoir d'achat**, c'est-à-dire à la quantité de biens et de services que ce salaire permet d'acheter. Ainsi, si la hausse des prix est supérieure à la hausse du salaire nominal, le salaire réel diminue.
- Le **taux d'intérêt nominal** correspond au taux décidé entre le prêteur et l'emprunteur. Le **taux d'intérêt réel** correspond au taux déflaté, il permet de calculer le coût réel de l'emprunt (ou le rendement réel de l'épargne), compte tenu de la variation des prix.
- Pour déflater, c'est-à-dire convertir une donnée exprimée en valeur nominale en valeur réelle, on la divise par l'indice des prix, et on multiplie le résultat obtenu par 100, soit :

$$\textbf{Valeur réelle} = \frac{\textbf{Valeur nominale}}{\textbf{Indice des prix}} \times 100$$

Remarque
Lorsque le taux d'inflation est plus élevé que le taux d'intérêt nominal, le taux d'intérêt réel est négatif, ce qui est avantageux pour les emprunteurs, mais beaucoup moins pour les épargnants.

Ou on utilise le coefficient multiplicateur de l'indice des prix :

$$\textbf{Valeur réelle} = \frac{\textbf{Valeur nominale}}{\textbf{Coefficient multiplicateur de l'indice des prix}}$$

- Les expressions suivantes sont synonymes :

Avec effet-prix	Sans effet-prix (corrigé de l'inflation)
En valeur	En volume
Nominale	Réel
En monnaie courante	En monnaie constante

Méthode

ÉNONCÉ

Au début de l'année, un particulier emprunte 1 000 € à sa banque pour s'offrir des vacances, il remboursera son prêt à la fin de l'année. Le banquier lui accorde ce prêt au taux d'intérêt de 3 %. Au cours de cette année, l'inflation est de 1 %.

1. Calculez le montant, en euros courants, que le particulier devra rembourser à la banque au bout d'un an.

2. Si l'on tient compte de l'inflation, calculez le montant réellement remboursé par le particulier, c'est-à-dire calculé en euros constants.

3. Refaites le dernier calcul en considérant cette fois que l'inflation est de 2 % cette année-là. Qu'en concluez-vous ?

CORRIGÉ

1. Pour déterminer le montant total remboursé, il faut calculer le montant total des intérêts que devra payer le particulier à sa banque, ajouté au capital emprunté (1 000 €), soit :

$$\underbrace{1\,000}_{\text{capital emprunté}} + (1\,000 \times \underbrace{\frac{3}{100}}_{\text{intérêts}}) = 1\,000 + 30 = \underbrace{1\,030}_{\text{somme remboursée}}\ €.$$

2. Le coût réel de l'emprunt dépend du taux d'intérêt nominal mais aussi du taux d'inflation (c'est-à-dire de la hausse des prix). Pour déterminer la charge réelle de l'emprunt, il faut donc calculer le taux d'intérêt réel.

Taux d'intérêt réel = $\frac{1{,}03}{1{,}01}$ = 1,0198 soit 1,98 %.

La valeur réelle remboursée à la banque sera de : 1 000 × 1,0198 = 1 019,80 €.

On pouvait aussi calculer plus directement :

$$\frac{1\,030}{101} \times 100 = 1\,019{,}80\ €.$$

> **Remarque**
> On utilise ici les coefficients multiplicateurs correspondants au taux de variation. Un taux d'inflation de 1 % signifie une hausse des prix de 1 %, c'est-à-dire que les prix ont été multipliés par 1,01.

Le coût réel de l'emprunt est donc de 19,80 € (montant des intérêts réels). Le taux d'inflation diminue la charge financière pour l'emprunteur (mais aussi la rémunération du prêteur).

3. Si le taux d'inflation avait été de 2 %, le coût réel de l'emprunt aurait été de :

$$\frac{1\,030}{102} \times 100 = 1\,009{,}80\ €.$$

Le coût réel de l'emprunt est alors de 9,80 €. Plus le taux d'inflation est élevé, plus la charge financière d'un emprunt diminue.

Fiche test **Ce que je sais**

QCM

15 min

☐ À revoir
☐ Acquis

1 Cochez la bonne réponse.

1 La monnaie est seulement un moyen de paiement.
- ☐ a. Vrai
- ☐ b. Faux

2 Les banques de second rang créent de la monnaie scripturale.
- ☐ a. Vrai
- ☐ b. Faux

3 La monnaie est l'ensemble des pièces et des billets en circulation dans l'économie.
- ☐ a. Vrai
- ☐ b. Faux

4 Les dépôts font les crédits.
- ☐ a. Vrai
- ☐ b. Faux

5 Le chèque est une forme de monnaie.
- ☐ a. Vrai
- ☐ b. Faux

6 La principale forme de monnaie en circulation aujourd'hui est :
- ☐ a. la monnaie métallique.
- ☐ b. la monnaie électronique.
- ☐ c. la monnaie scripturale.

7 Lorsqu'un crédit est remboursé par un agent à la banque :
- ☐ a. la monnaie est épargnée.
- ☐ b. la monnaie est prêtée à un nouvel agent.
- ☐ c. la monnaie est détruite.

8 Une hausse du taux d'intérêt directeur par la Banque centrale :
- ☐ a. favorise la hausse de la masse monétaire.
- ☐ b. n'a pas d'incidence sur la masse monétaire.
- ☐ c. favorise la baisse de la masse monétaire.

9 Seule la Banque centrale crée des billets.
- ☐ a. Vrai
- ☐ b. Faux

10 Le pouvoir de création monétaire des banques est contrôlé par :
- ☐ a. l'État.
- ☐ b. la Banque centrale.
- ☐ c. personne.

11 La seule monnaie acceptée par tous les agents économiques et toutes les banques s'appelle la monnaie centrale.
- ☐ a. Vrai
- ☐ b. Faux

12 Le taux d'intérêt est exprimé :
- ☐ a. en euros.
- ☐ b. en pourcentages.
- ☐ c. en points d'indice.

13 Le taux d'intérêt correspond à la rémunération d'un capital prêté ou emprunté.
- ☐ a. Vrai
- ☐ b. Faux

SCORE : ____ / 13

EXERCICES D'ENTRAÎNEMENT

2 Texte à trous

À l'aide de vos connaissances acquises en cours, recopiez puis complétez le texte suivant :

La .... facilite les échanges car elle a un pouvoir .... Elle remplit trois fonctions économiques (.................., ..., ...). Son usage repose sur la .... des agents dans l'ordre social. Au cours de l'histoire, les formes monétaires se sont ...., la forme de monnaie la plus répandue aujourd'hui est la monnaie .... Ce sont les banques de second rang qui crée de la monnaie en accordant des .... Cependant, ce pouvoir est limité par la ...., pour éviter tout risque d'.................. .

3 Questions courtes

1. Pourquoi la monnaie a-t-elle une fonction sociale ?
2. Quelle relation existe-t-il entre inflation et pouvoir d'achat de la monnaie ?
3. Comment la Banque centrale peut-elle contrôler l'évolution de la masse monétaire ?

4 Évolution d'un placement financier

Supposons qu'un investisseur achète des obligations (titres financiers) à un taux nominal fixe de 4 %. Le montant de son placement s'élève à 1 500 € au 1er janvier 2022. L'investisseur anticipe une inflation moyenne de 1,8 % sur l'année 2022.

1. Calculez le montant, en euros constants, dont dispose l'investisseur au 31 décembre 2022.
2. Calculez le gain de pouvoir d'achat réalisé par l'investisseur au 31 décembre 2022.
3. Que se passerait-il si l'inflation au cours de l'année 2022 était finalement de 5 % ?

5 Évolution du taux du Livret A et de l'inflation depuis 2000

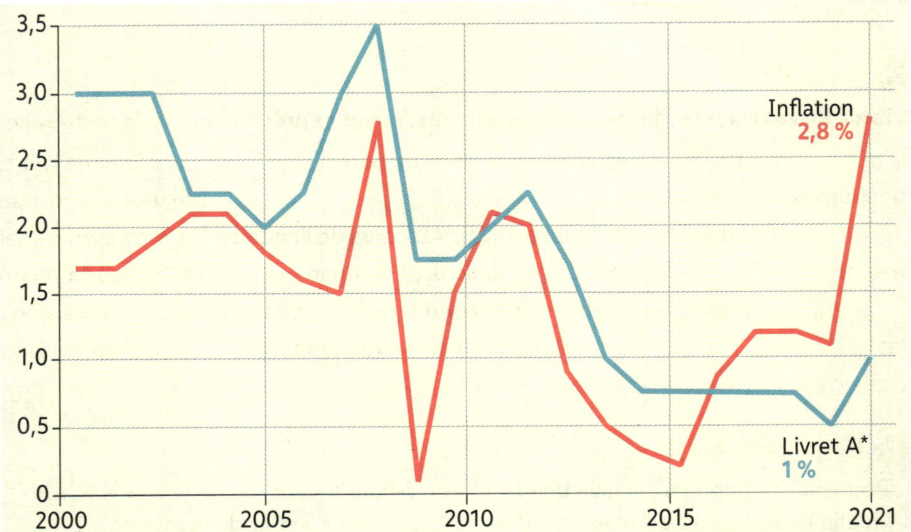

* Au 1er février 2022

D'après l'Insee et la Banque de France, 2022.

1. Calculez approximativement le taux d'intérêt nominal du Livret A en 2000.
2. Comment évolue le taux d'intérêt réel depuis 2016 ?
3. Un placement sur le Livret A depuis cette date est-il intéressant ?

Corrigés

Fiche test — Ce que je sais

1 **1.** b. **2.** a. **3.** b. **4.** b. **5.** b. **6.** c. **7.** c. **8.** c. **9.** a. **10.** b. **11.** a. **12.** b. **13.** a.

EXERCICES D'ENTRAÎNEMENT

2 Texte à trous

La **monnaie** facilite les échanges car elle a un pouvoir **libératoire**. Elle remplit trois fonctions économiques (**unité de compte**, **intermédiaire des échanges**, **réserve de valeur**). Son usage repose sur la **confiance** des agents dans l'ordre social. Au cours de l'histoire, les formes monétaires se sont **dématérialisées**, la forme de monnaie la plus répandue aujourd'hui est la monnaie **scripturale**. Ce sont les banques de second rang qui crée de la monnaie en accordant des **crédits**. Cependant, ce pouvoir est limité par la **Banque centrale**, pour éviter tout risque d'**inflation**.

3 Questions courtes

1. La monnaie a une fonction sociale dès lors que son usage dépend de l'adhésion de tous et de la confiance dans les institutions qui garantissent la stabilité de sa valeur. Elle contribue à la cohésion sociale en instituant une communauté d'appartenance et de réciprocité à travers les échanges qu'elle permet.
2. L'inflation (hausse prolongée et auto-entretenue du niveau général des prix), entraîne une baisse de la valeur de la monnaie et donc du pouvoir d'achat. Par exemple, en 2018, l'hyperinflation que connaît le Venezuela depuis plusieurs années a totalement érodé la valeur de sa monnaie, le Bolivar, qui ne vaut même plus le papier sur lequel sont imprimés les billets.
3. Une Banque centrale (par exemple la BCE) dispose de plusieurs instruments pour contrôler l'évolution de la masse monétaire (et donc le risque d'inflation), induite par la création de monnaie par les banques de second rang. Elle peut fixer des taux directeurs appliqués aux prêts octroyés aux banques dans les procédures de refinancement. Les banques doivent également déposer des réserves obligatoires sous forme de dépôts auprès de la Banque centrale. Enfin, elle peut intervenir sur le marché monétaire (procédure d'*open market*) en offrant plus ou moins de monnaie centrale aux banques, moyennant le paiement d'un taux d'intérêt.

4 Évolution d'un placement financier

1. Calcul du montant (€ constants) dont dispose l'investisseur à la fin de l'année. À la fin de l'année, le placement de l'investisseur en euros courants est de : $1\,500 \times 1{,}04 = 1\,560$ €. Pour tenir compte de l'inflation, il faut appliquer la formule permettant de déflater la valeur nominale et parvenir à la valeur réelle, exprimée en euros constants (rappel : l'inflation est de 1,8 % par an).

L'astuce du prof
On a appliqué une hausse du taux d'intérêt nominal de 4 %, exprimée en coefficient multiplicateur.

$$\frac{1\,560}{1{,}018} = 1\,532{,}4\text{ €} \text{ ou } \frac{1\,560}{1{,}018} \times 100 = 1\,532{,}4\text{ €}.$$

La valeur réelle (ou en euros constants) de son placement est donc de 1 532,4 €

2. Calcul de l'évolution du pouvoir d'achat du placement de l'investisseur :

$$\frac{1\,532{,}4 - 1\,500}{1\,500} \times 100 = 2{,}16 \text{ soit une hausse de } 2{,}16\ \%.$$

Ainsi, une fois l'inflation prise en compte, le pouvoir d'achat du placement en obligations a augmenté de 2,16 %. Cela correspond à un taux d'intérêt réel de 2,16 %. En euros constants, son gain s'élève à 32,4 € (1 532,4 – 1 500).

3. Si l'inflation est de 5 %, la valeur réelle du placement sera modifiée.

- On déflate pour obtenir la valeur réelle : $\frac{1\,560}{1{,}05} = 1\,485{,}71$ €.
- On calcule l'évolution du pouvoir d'achat : $\frac{1\,485{,}71 - 1\,500}{1\,500} \times 100 = -0{,}95\ \%$.

Le pouvoir d'achat du placement diminue donc de presque 1 % si l'inflation est de 5 % au lieu de 1,8 %. On voit aussi que c'est approximativement égal au taux nominal – taux d'inflation = 4 % – 5 % ; pour les faibles valeurs, on peut approximer ainsi l'évolution du pouvoir d'achat.

5 Évolution du taux du Livret A et de l'inflation depuis 2000

1. Le taux d'intérêt nominal peut se déduire du taux d'intérêt réel et du taux d'inflation. Taux d'intérêt réel = taux d'intérêt nominal – taux d'inflation = 3 % – 1,6 % = 1,4 %

En 2000, le taux d'intérêt réel du Livret A est donc de 1,4 %.

Si l'on veut être totalement rigoureux, il faut utiliser les coefficients multiplicateurs, soit : 1,03 / 1,016 = 1,0137 soit 1,37 %.

2. Depuis 2016, on observe une poussée inflationniste, alors que le taux d'intérêt nominal du Livret A reste stable autour de 0,75 %. Le taux d'inflation passe de 0,75 % en 2016 à 2,8 % en 2021.

3. La conséquence est que le taux d'intérêt réel (donc celui qui rémunère réellement l'épargne et détermine son pouvoir d'achat) devient négatif. Ainsi, en 2021, il est de –1,8 %. Autrement dit, l'épargne placée perd de son pouvoir d'achat, ce qui n'est pas intéressant pour les épargnants. Donc la hausse du taux d'intérêt du Livret A ne compense pas la hausse de l'inflation.

Partie 2

Sociologie et science politique

Chapitre 6

La socialisation et la différenciation des comportements

Exemple d'un processus de socialisation primaire genré au sein de la cellule familiale.

FICHE 1 Qu'est-ce que la socialisation ?

De quoi s'agit-il ?

La socialisation est un processus qui rend les individus aptes à la vie en société, capables de s'adapter aux situations sociales variées.

1 Le processus de la socialisation

- La **socialisation** désigne le processus par lequel les individus s'approprient les **normes sociales**, les **valeurs**, les façons de penser et d'agir du **groupe social** (ou de la société) auquel ils appartiennent. Elle favorise l'**adaptation** de chacun à la vie sociale et maintient ainsi un certain **degré de cohésion sociale** entre les membres de la société.
- Socialement situées, les **dispositions sociales** ainsi intériorisées orientent les comportements des individus considérés comme normaux au regard du groupe. L'individu a alors le sentiment d'une liberté totale alors que son action n'est que le reflet de sa socialisation. Ainsi, **adapté à son environnement social**, l'individu peut interagir avec les autres membres de la société dont il partage les idées, les pratiques, les aspirations, ce qui lui permet de **s'identifier au « nous » collectif**.

2 Les modalités de la socialisation

- La socialisation se déroule tout au long de la vie, par étapes, et procède par **injonction** (transmission explicite des normes et attitudes spécifiques), **imprégnation** (transmission par contact et imitation) ou par **expérimentation** (intériorisation des dispositions mentales ou comportementales à travers la participation à des activités). L'individu se socialise au cours des **interactions sociales** avec autrui.
- Par exemple, l'enfant se socialise à travers le jeu, intériorise les normes et les valeurs et fait l'apprentissage des **rôles sociaux** au contact de ceux qui l'entourent. Avec la socialisation, les individus intériorisent les différents rôles attendus en fonction de leur **statut** (âge, sexe, position sociale...).

3 Une socialisation différenciée

- L'origine sociale est un élément de la **socialisation différenciée**, car les milieux sociaux se distinguent par des modèles culturels (normes, valeurs, dispositions à agir et à penser) spécifiques (**Doc. 1**). En intériorisant les éléments culturels particuliers de leur groupe d'appartenance, les individus développent un sentiment d'appartenance.
- Au cours de l'enfance, l'intériorisation des rôles masculins et féminins est aussi le résultat d'une socialisation différenciée selon le **genre**, et on retrouve cette « spécialisation » à l'âge adulte, lorsqu'on étudie la répartition des tâches domestiques au sein du couple (**Doc. 2**), ou les choix scolaires et professionnels.

LA BOÎTE À DOCS

Doc. 1 Des inégalités face à l'obésité selon l'origine sociale des parents

	TAUX D'OBÉSITÉ SELON LE GROUPE SOCIAL DES PARENTS (%) ÉLÈVES DE CLASSE DE 3e		
	2001	2009	2017
Cadres	0,7	2,3	2,7
Professions intermédiaires	2,8	2,1	3,4
Agriculteurs et commerçants	2,3	3,9	5,7
Employés	3,9	5,0	6,2
Ouvriers	6,8	6,5	7,5
Ensemble	3,5	3,9	5,2
Rapport ouvriers/cadres	9,7	2,8	2,8

Ministère de la Santé et Observatoire des inégalités, 2019.

Doc. 2 L'inégale répartition des tâches domestiques

Les hommes estiment que la participation aux tâches domestiques fait désormais partie de leur rôle. Mais certaines tâches symbolisent encore une inégale répartition au sein des couples en 2018 : trier le linge, repasser et laver les sanitaires sont en très grande majorité des tâches réalisées par les femmes, tandis que le bricolage et sortir les poubelles sont toujours largement effectuées par les hommes. Les mentalités ont par ailleurs la vie dure puisque 46 % des sondés pensent que les hommes ont plus d'aptitudes pour le bricolage et les femmes pour les tâches ménagères.

A. Bresson, « Partage des tâches ménagères : une évolution lente mais réelle », *www.parents.fr*, mai 2018.

La socialisation au cours de l'enfance conduit à la construction de stéréotypes et de « dispositions » genrées.

Vocabulaire

- **Normes sociales :** règles de conduite communément admises par un groupe et qui découlent des valeurs.
- **Valeurs :** principes, idéaux plus ou moins formalisés orientant les actions et comportements d'une société ou d'un groupe social.
- **Rôle :** modèle de comportement qu'un individu est conduit à adopter, conformément à son statut.
- **Statut :** position sociale occupée par un individu dans un cadre social donné (professionnel, familial, social…) et à laquelle correspondent des attributs et des rôles.
- **Socialisation différenciée :** socialisation en fonction du milieu social d'origine, du genre…

FICHE 2 De la socialisation primaire à la socialisation secondaire

De quoi s'agit-il ?

On distingue deux grandes étapes : la socialisation primaire, au cours de l'enfance et de l'adolescence, et la socialisation secondaire, celle de l'adulte.

1 Une première étape : la socialisation de l'enfant

- La **socialisation primaire** se réalise au cours de l'enfance et de l'adolescence. Elle constitue une étape primordiale de la construction des **rôles sociaux** (**Doc. 1**). Elle contribue de manière essentielle à la construction de la personnalité de l'individu en devenir et détermine sa capacité à appréhender le monde dans lequel il va évoluer.
- Au cours de cette phase, la **famille** est la première **instance de socialisation** et son rôle est fondamental. D'autres instances interviennent également : l'école, mais aussi les **groupes de pairs** et les **médias**. Si ces instances se complètent dans leur fonction de socialisation, elles peuvent aussi entrer en **conflit**. Par exemple, la culture scolaire transmise à l'école peut être significativement éloignée du modèle culturel familial, et expliquer, en partie, les situations d'échecs scolaires.
- Il ne faut cependant pas considérer la socialisation primaire comme la simple transmission des normes et valeurs à un individu passif. En raison des interactions sociales et de la diversité des instances de socialisation, les individus ont un **rôle actif** (interprétation, contestation de ce qui est transmis).

2 Une deuxième étape : la socialisation de l'adulte

- L'apprentissage des normes et des valeurs se poursuit à l'âge adulte, lorsque l'individu est confronté à de **nouvelles situations sociales**. Cette **socialisation secondaire** s'appuie sur les éléments incorporés au cours de l'enfance et de l'adolescence mais elle les transforme également. L'intégration à de nouveaux groupes sociaux nécessite d'**adapter** son comportement aux nouvelles normes et pratiques (codes vestimentaires, de langage, de sociabilité…). Les instances de socialisation secondaire sont le monde du travail en général (**Doc. 2**), les médias, les syndicats, les associations…
- Il apparaît parfois des **ruptures** engageant un processus de resocialisation, avec de nouveaux apprentissages parfois très éloignés des dispositions intériorisées au cours de la socialisation primaire. Cette remise en question des règles, valeurs et attitudes transmises par le **groupe d'appartenance** se réalise au profit du **groupe de référence**, celui que cherche à intégrer l'individu. Dans ce cas, le socialisé anticipe son ascension sociale et adopte le comportement du groupe auquel il aspire appartenir : on parle de **socialisation anticipatrice**.

LA BOÎTE À DOCS

Doc. 1 La socialisation primaire par la famille

L'imitation est l'une des modalités de la socialisation primaire, qui participe à la construction de l'identité sociale et des rôles sociaux.

C. Fumat, M. Hopsie, *Toute la socio en BD*, La Boîte à Bulles, Belin Éducation, 2018.

Doc. 2 Un exemple de socialisation par le travail

L'identité au travail dépend des conditions d'accès au pouvoir dans les interactions de travail [...]. Des salariés dotés d'un pouvoir individuel très limité vont compenser cette faiblesse par une lutte collective. Celle-ci nécessite une forte solidarité entre pairs [...]. Valeurs communes, camaraderie, unité du groupe sont les caractéristiques du modèle dit « fusionnel ». R. Sainsaulieu la rencontre chez les ouvriers spécialisés et les employés de bureau [...]. Sur un mode beaucoup plus individualiste se construit un modèle identitaire qualifié d'« affinitaire » par R. Sainsaulieu. Ici, pas de forte solidarité entre collègues comme dans le premier modèle, mais simplement quelques connivences affectives. En effet, les salariés sont tendus vers une ascension sociale qui passe souvent par une mobilité externe à l'entreprise. C'est ce carriérisme qui les motive, qui les mobilise dans leur travail.

N. Alter, J.-L. Laville, « Renaux Sainsaulieu, La construction des identités au travail », *Sciences Humaines*, n° 149, mai 2004.

La socialisation secondaire peut soit renforcer la socialisation primaire, soit l'infléchir ou la contrarier.

Dans le modèle dit fusionnel, les valeurs de référence affirment l'importance du groupe et de la solidarité. En revanche, le modèle dit affinitaire se caractérise par l'affirmation des valeurs liées à l'individualisme.

Vocabulaire

- **Socialisation primaire :** apprentissage des normes et des valeurs qui se réalise au cours de l'enfance.
- **Socialisation secondaire :** apprentissage des normes et des valeurs qui se réalise tout au long de la vie adulte de l'individu.
- **Groupe d'appartenance :** groupe dont l'individu fait partie en fonction de caractéristiques objectives (revenu, âge, position sociale...).
- **Groupe de référence :** groupe que l'individu prend comme modèle et dont il adopte les comportements, les normes et les valeurs.
- **Socialisation anticipatrice :** adaptation de son comportement et de ses attitudes sur le modèle de conduite d'un groupe social auquel on souhaite appartenir.

FICHE 3 Une socialisation plurielle

De quoi s'agit-il ?

Les expériences socialisatrices, familiales ou professionnelles sont multiples et induisent une multiplicité des identités sociales.

1 De nouvelles conditions de socialisation primaire dans un cadre familial en mutation

- Le cadre socialisateur de la famille a évolué au cours de ces dernières décennies sous l'effet de la diversification des **configurations familiales**. Au modèle de la **famille nucléaire** (ou famille traditionnelle, composée d'un couple hétérosexuel et des enfants) se juxtaposent d'autres formes familiales : **familles recomposées, monoparentales, homoparentales** (**Doc. 1**).
- De même que la famille ne peut plus seulement se définir aujourd'hui par rapport au mariage, d'autres formes d'union co-existent (union libre, PACS, co-résidence). Les formes de filiation ont aussi évolué, les liens biologiques n'étant qu'une forme parmi d'autres (recours à l'adoption, à la PMA, co-parentalité).
- Ces évolutions transforment les relations au sein de la famille, redéfinissent les statuts et les rôles de chacun, et modifient les **conditions de socialisation** des enfants et des adolescents. Les nouvelles configurations familiales imposent de **nouveaux modes de fonctionnement** sans remettre en cause la famille en tant qu'institution.
- Les valeurs d'**individualité**, d'**autonomie** et d'**épanouissement personnel** sont privilégiées, ce qui s'incarne dans la transmission de normes éducatives encourageant la réussite scolaire. Ces nouvelles formes familiales développent aussi un fonctionnement plus **démocratique** et égalitaire (selon le sociologue François de Singly) des relations sociales, fondé sur l'échange, le dialogue et la réciprocité.

2 Des influences socialisatrices multiples

- L'analyse de Bourdieu s'appuie sur le concept d'***habitus*** pour rendre compte de l'aspect déterminant des transmissions familiales (capital social, culturel et économique) sur la destinée des individus. Mais, à cette vision homogène de l'acteur social, se distingue l'analyse de Bernard Lahire, qui définit le concept de « **l'homme pluriel** », évoluant dans une **société** de plus en plus **différenciée**, et rencontrant des **cadres socialisateurs multiples et hétérogènes**, parfois en concurrence. Il en vient des pratiques et des dispositions culturelles très variées au sein d'une même classe sociale (le sociologue parle de « dissonance culturelle »).
- Cette pluralité des influences socialisatrices, en particulier au cours de l'enfance et de l'adolescence, a nécessairement des conséquences sur les **trajectoires sociales** des individus. Des parcours atypiques de réussite scolaire et professionnelle de certains jeunes d'origine modeste, dont les parents sont peu diplômés, attestent de l'effet de ces dispositions culturelles multiples transmises par la famille (**Doc. 2**).

LA BOÎTE À DOCS

Doc. 1 Répartition des enfants mineurs selon le type de famille

	VIVRE AVEC...					
	... SES DEUX PARENTS		... UN SEUL PARENT		ENSEMBLE	
	Effectifs (en milliers)	Part (en %)	Effectifs (en milliers)	Part (en %)	Effectifs (en milliers)	Part (en %)
Famille « traditionnelle »	9 774	71	0	0	9 774	71
Famille recomposée	531	4	945	7	1 476	11
Famille monoparentale	0	0	2 450	18	2 450	18
Ensemble	10 305	75	3 395	25	17 700	100

Champ : France métropolitaine, enfants mineurs vivant en famille.

Insee, enquête Famille et logements, 2011.

En 2011, une majorité d'enfants vivaient avec leurs deux parents (75 %). Environ 2,5 millions d'enfants vivent au sein d'une famille monoparentale, majoritairement avec leur mère.

Doc. 2 Récit d'une « transclasse »

Je suis née en France en 1989 de parents tamouls. [...] Nous vivions dans une cité HLM de Bondy (Seine-Saint-Denis). Aujourd'hui, je dirais que je suis de la classe moyenne ascendante, bobo de gauche tendance écolo. [...] Mon itinéraire de transclasse est beaucoup passé par la langue. Mon père était féru de littérature, et mes deux parents étaient amoureux de leur langue. Ils m'ont sans doute transmis cela. [...] Le français a été pour moi la langue de l'émancipation. [...] C'est à la fac, lorsque j'ai préparé l'agrégation, que la différence sociale a été la plus violente : beaucoup d'étudiants avaient une grande culture générale, leurs parents exerçaient des professions libérales. J'avais l'impression qu'ils savaient déjà tout, que je n'avais qu'un savoir scolaire face à eux.

S. Danasségarane, professeure de philosophie, in S. Faure, « Enquête. La lutte des "transclasses" », *www.liberation.fr*, 5 sep. 2018.

Vocabulaire

- **Configurations familiales :** structures familiales organisées autour de liens affectifs, biologiques, légaux ou sociaux.
- **Homme pluriel :** individu se mouvant dans une société différenciée, au sein de laquelle il est amené à fréquenter, au cours de son parcours biographique, des contextes socialisateurs hétérogènes et potentiellement contradictoires entre eux.
- ***Habitus* :** concept élaboré par Pierre Bourdieu pour qualifier l'ensemble des acquis qui s'incarne de façon durable dans le corps sous forme de dispositions permanentes.

Révision Express

LES POINTS IMPORTANTS À RETENIR

- La **socialisation** désigne le processus d'apprentissage des rôles sociaux, par l'intériorisation des **normes**, des **valeurs**, des dispositions culturelles propres à son **groupe d'appartenance** ou au groupe auquel on souhaite appartenir (une **socialisation anticipatrice** permet alors d'adhérer au **groupe de référence**). À chaque étape de sa socialisation, l'individu incorpore des éléments qui forgent sa personnalité et le rendent capable de s'intégrer socialement. Elle est un facteur de stabilité et de cohésion sociale.
- La socialisation s'opère essentiellement au cours des interactions sociales, même s'il existe des formes de transmission plus explicites. En jouant des rôles, l'individu acquiert les compétences sociales nécessaires pour s'adapter à son environnement.
- Ce sentiment de liberté dans les actions individuelles est cependant partiellement orienté par les éléments culturels spécifiques intériorisés, en fonction du genre ou de l'appartenance sociale. Cette **socialisation différenciée** participe en partie à la reproduction sociale (par la transmission d'un ***habitus*** spécifique à chaque classe sociale selon Pierre Bourdieu).
- Cependant, dans une société mouvante de plus en plus individualisée et diversifiée, les identités sociales se transforment et s'affranchissent des cadres intériorisés au cours de la socialisation primaire : les individus incorporent des façons d'agir et de penser multiples. À l'opposé d'un individu homogène socialement défini une fois pour toute par son appartenance sociale (ou son genre), se profile un « **homme pluriel** ». Les modèles de socialisation se complexifient, à l'image des multiples **configurations familiales** qui ont transformé les fonctions et les modalités de la socialisation.

APPRENDRE AUTREMENT

Comment la socialisation contribue-t-elle à expliquer les différences de comportement ?

Vidéo

LE COURS EN 10 MOTS-CLÉS

- Acteur pluriel
- Configuration familiale
- Groupe d'appartenance/de référence
- *Habitus*
- Normes sociales
- Socialisation anticipatrice
- Socialisation différenciée
- Socialisation primaire
- Socialisation secondaire
- Valeur

CARTE MENTALE

> La socialisation et la différenciation des comportements

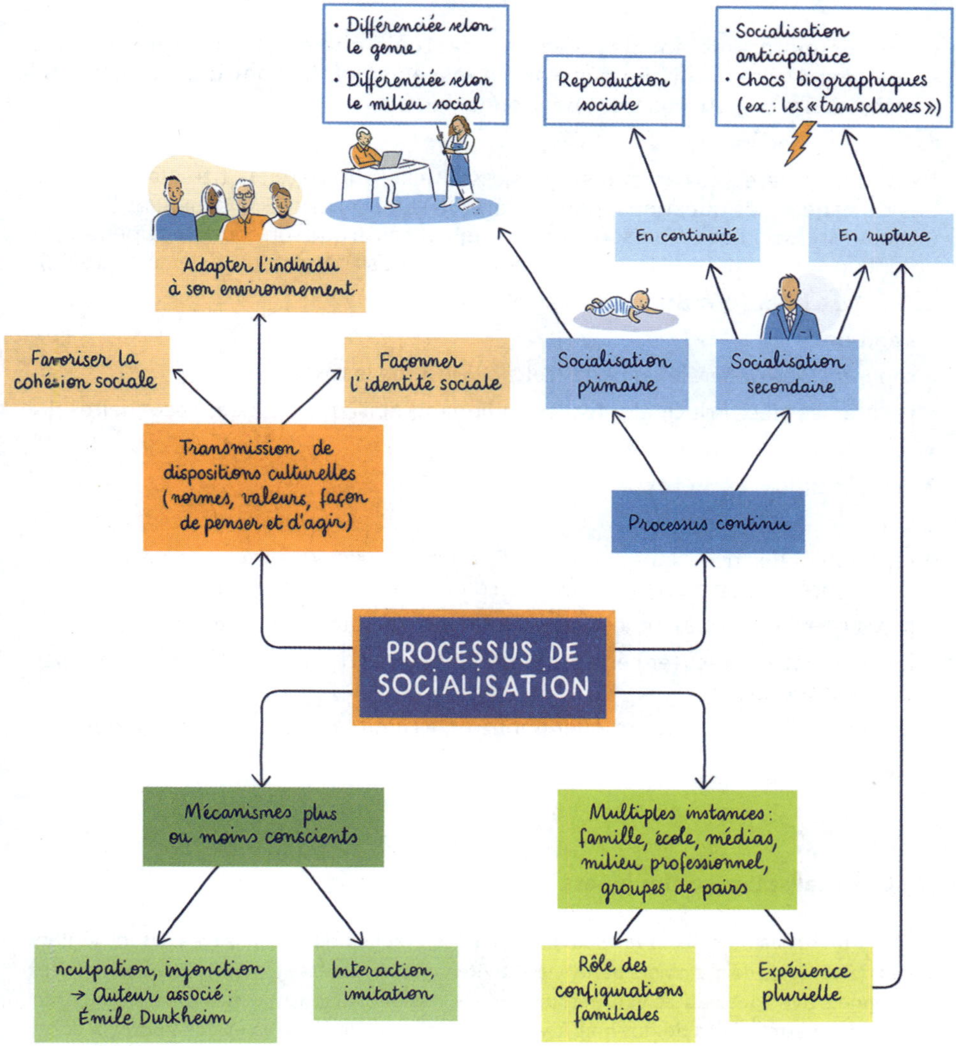

N'hésite pas à construire ta propre carte mentale

Analyser un texte

MÉTHODE

- Les textes fournissent des éléments factuels ou analytiques (permettant de comprendre un phénomène ou un mécanisme). Ils sont donc utiles pour comprendre ou pour illustrer un raisonnement.

1. Situer le document

Il s'agit de repérer les caractéristiques essentielles du texte : le titre, les notes de bas de page et les questions, pour repérer le sujet du texte, la source et l'auteur (économiste, sociologue, personnalité politique...) ainsi que son courant de pensée, la nature du document (article, extrait d'ouvrage...) et sa date (pour situer le contexte).

2. Extraire les informations du texte

Il s'agit de :

- repérer l'idée générale du texte (celle qui résume le texte) ;
- repérer les idées principales (en les surlignant) ainsi que les idées secondaires ;
- distinguer les opinions des faits.

3. Savoir exploiter un texte

Il s'agit de :

- répondre à des questions sur le texte : on trouve des questions de vocabulaire, de compréhension d'un mécanisme ou d'une idée, de synthèse ;
- le résumer : en reprenant les idées dans l'ordre du plan, sans paraphraser ;
- le commenter : discuter certains arguments à partir du résumé en utilisant ses connaissances) ;
- et éventuellement de le critiquer (montrer les limites du texte par exemple).

ÉNONCÉ

Doc. La socialisation par les jouets

J'ai eu l'occasion d'observer souvent dans les crèches où on laisse à l'enfant le libre choix de ses jeux, de ses objets et de ses activités, que les fillettes jouent tout autant que les garçonnets avec des petites voitures, des avions, des bateaux, etc. jusqu'à trois ans environ. J'ai vu des petites filles de dix-huit à vingt mois passer des heures et des heures à sortir d'un sachet de toile une quantité de petites voitures, d'avions, d'hélicoptères, de bateaux, de petits trains, les aligner sur un tapis, et les déplacer avec le même plaisir et la même concentration que les petits garçons. De la même manière, on peut observer des petits garçons qui passent une matinée à faire la lessive, à nettoyer les petites tables, à cirer les chaussures. Plus tard, ce phénomène disparaît. Les enfants ont déjà appris à demander le « bon » jouet, car ils savent que le « mauvais » leur sera refusé.

Méthode

Une institutrice d'école maternelle, particulièrement sensible à ce genre de problèmes, me disait que lorsqu'elle avait apporté en classe un jeu composé de vis, de boulons, de tournevis, etc. ; une petite fille toute rose d'excitation et de joie s'en était emparée, mais, alors qu'elle se dirigeait vers une petite table avec son trésor à peine conquis, un petit garçon d'environ quatre ans s'était précipité sur elle afin de le lui arracher. L'institutrice étant intervenue, disant qu'il l'aurait plus tard, quand la petite fille aurait fini de s'en servir. Le petit garçon avait réagi en disant : « Mais c'est à moi ! C'est un jeu de garçon ! ». L'institutrice avait expliqué qu'il n'y a pas des jeux pour les garçons et des jeux pour les filles, mais que tous les jeux sont pareils et que tous les enfants peuvent y jouer. Le petit garçon en était resté stupéfait, il avait regardé la maîtresse comme si elle était folle.

E. Gianini Belotti, *Du côté des petites filles*, Éditions des femmes (1974 [1995]).

1. Présentez le document.

2. Quelles sont les idées exposées dans ce document ?

3. Comment pourriez-vous exploiter ce texte ? Quelles critiques pourrait-on lui adresser ?

CORRIGÉ

1. • L'extrait est tiré de l'essai *Du côté des petites filles*, aux Éditions des femmes. Cette maison d'édition a été créée en 1973 par Antoinette Fouque, co-fondatrice du Mouvement de Libération des Femmes (MLF). Ce sont donc des éditions militantes, ce qui doit conduire à la prudence dans l'analyse du texte.
• L'autrice est Eléna Gianini Belotti. Elle ne fait pas partie des grands auteurs de référence. C'est une pédagogue et une sociologue.
• Le texte, traduit de l'italien, est paru en France en 1974, période d'essor du mouvement féministe en France [réédité en 1995].

2. • **Idée principale :** Les enfants n'ont pas de choix prédéterminés concernant les jeux et les jouets. Ce sont les adultes de leur entourage (parents, personnel de la crèche, instituteurs…) qui le socialisent en leur apprenant de façon plus ou moins consciente quels sont les jouets conformes à leur sexe.
• **Idée secondaire :** À travers le choix des jouets, les enfants apprennent leurs rôles sociaux et à adopter le comportement conforme à ce qui est attendu par la société.

3. Ce texte pourrait servir à illustrer une question sur la socialisation différenciée ou encore à étayer l'argumentation d'un raisonnement écrit. Il est cependant à utiliser avec précaution car, même si les informations rapportées par Eléna Gianini Belotti sont le résultat d'une observation, et donc vérifiables, l'interprétation qu'elle en fait est orientée par son activisme féministe.

Fiche test *Ce que je sais*

QCM

15 min

☐ À revoir
☐ Acquis

1 Cochez la bonne réponse.

1 La socialisation primaire est la transmission des règles par les parents.
- ☐ a. Vrai
- ☒ b. Faux

2 Les normes désignent :
- ☐ a. des idéaux.
- ☒ b. des règles.
- ☐ c. des dispositions.

3 Dire bonjour en entrant dans une pièce est :
- ☒ a. une norme sociale.
- ☐ b. une norme juridique.
- ☐ c. une valeur.

4 La socialisation enferme l'individu dans un modèle comportemental contraignant.
- ☐ a. Vrai
- ☒ b. Faux

5 La socialisation professionnelle peut transformer les individus.
- ☒ a. Vrai
- ☐ b. Faux

6 L'identité sociale d'un individu est donnée une fois pour toutes à la naissance.
- ☐ a. Vrai
- ☒ b. Faux

7 La socialisation secondaire rompt parfois avec celle de l'enfance.
- ☒ a. Vrai
- ☐ b. Faux

8 La socialisation contribue en partie à la reproduction sociale des individus.
- ☒ a. Vrai
- ☐ b. Faux

9 La place dans la fratrie n'a pas d'influence sur la socialisation.
- ☐ a. Vrai
- ☒ b. Faux

10 Les « réussites improbables » s'expliquent par :
- ☐ a. la chance.
- ☒ b. la « mobilisation scolaire » des parents.
- ☐ c. la socialisation anticipatrice.

11 La socialisation primaire désigne :
- ☒ a. l'apprentissage des normes et des valeurs qui se réalise au cours de l'enfance.
- ☐ b. l'apprentissage des normes et des valeurs qui se réalise tout au long de la vie d'adulte de l'individu.
- ☐ c. les apprentissages qui se réalisent à l'école.

12 Le groupe d'appartenance désigne :
- ☐ a. le groupe que l'individu prend comme modèle et dont il adopte les comportements, les normes et les valeurs.
- ☒ b. le groupe dont l'individu fait partie en fonction de caractéristiques objectives.

13 L'adaptation de son comportement et de ses attitudes sur le modèle de conduite d'un groupe social auquel on souhaite appartenir est appelée :
- ☒ a. la socialisation anticipatrice.
- ☐ b. la socialisation différenciée.
- ☐ c. la socialisation secondaire.

14 Un rôle social est un modèle de comportement qu'un individu est conduit à adopter, conformément à son statut.
- ☒ a. Vrai
- ☐ b. Faux

SCORE : ___ / 14

EXERCICES D'ENTRAÎNEMENT

2 Questions courtes

Pour chaque question, choisissez la bonne réponse.

1. On peut définir la socialisation comme :
   - ☐ a. un processus de conditionnement des individus.
   - ☒ b. un processus d'acquisition de la culture d'un groupe social déterminé.
   - ☐ c. un processus d'acquisition des connaissances scolaires.
2. Quel est le but de la socialisation ?
   - ☐ a. Donner les moyens aux individus de savoir se conduire correctement en société (éducation…).
   - ☒ b. Transmettre des valeurs, des normes et des rôles sociaux nécessaires pour vivre en société.
3. Quel est l'agent secondaire de socialisation le plus important ?
   - ☐ a. L'école ☐ b. La famille ☐ c. Les médias ☐ d. Le lieu de travail
4. A un statut correspond(ent) :
   - ☐ a. aucun rôle. ☐ b. un rôle. ☒ c. plusieurs rôles.
5. Les transformations des modèles familiaux au cours de ces dernières décennies ont :
   - ☐ a. affaibli son rôle en tant qu'instance de socialisation.
   - ☒ b. contribué à développer de nouvelles conditions de socialisation.
   - ☐ c. maintenu à l'identique ses fonctions de socialisation.
6. Une socialisation plurielle signifie que :
   - ☐ a. la socialisation primaire détermine les pratiques futures de l'individu en fonction du groupe social d'appartenance.
   - ☒ b. la socialisation s'effectue dans des contextes sociaux multiples et hétérogènes.

3 Associer des valeurs et des normes

Associez les valeurs et les normes citées ci-dessous. Une valeur est-elle reliée à une seule norme et réciproquement ?

Valeurs	Normes
Respect d'autrui •	• Ne pas tricher lors d'un contrôle
Valorisation de l'autonomie •	• Respecter les règles de savoir-vivre
Justice sociale •	• Faire baptiser son enfant
Honnêteté •	• Ne pas employer un travailleur sans le déclarer
Attachement aux traditions •	• Ne pas fumer dans les lieux publics
Tolérance •	• Ne pas couper la parole
	• Donner un prénom original à son enfant

4 Des socialisations plurielles

Daniel est un jeune ouvrier qui n'a en poche que le brevet des collèges, mais qui est allé tout de même jusqu'en Première. Il forme un couple hétérogame avec Mélanie, titulaire d'un DUT et technicienne. Le père de Daniel était lui aussi ouvrier, mais c'est pourtant de lui qu'il tient particulièrement à se séparer en matière d'usage de la télévision. Daniel regarde bien des films à la télévision, mais contrôle sa consommation en choisissant plutôt de visionner des cassettes et des DVD. Pour lui, la télévision est l'objet illégitime par excellence dont il faut se méfier : « Moi, si je pouvais arrêter de regarder la télévision, j'arrêterais tout de suite. » Mais cette méfiance prend tout son sens quand on la situe par rapport aux habitudes paternelles qu'il décrit de la manière suivante : « Moi, j'ai mon père qui est absorbé par la télévision, il regarde le *Bigdil*, il regarde tous les jeux aussi, *Maillon faible*, les trucs comme ça. Il aime beaucoup aussi les séries sur M6. » Ce simple pas de côté par rapport à la télévision est le signe de la différence qu'il entend marquer par rapport à ses origines familiales.

B. Lahire, *La Culture des individus : Dissonances culturelles et distinction de soi*, La Découverte, 2004.

1. Précisez le sens d'hétérogame.
2. Présentez rapidement le texte.
3. Que montre le témoignage à propos des dispositions culturelles de Daniel ?

5 Les configurations familiales

Les parents de Bruno, Sophie et Mathieu décident, après quelques années d'union, de se séparer. Pendant un certain temps, Sophie reste seule avec Bruno, puis rencontre Romain, père de Nicolas.

Entourez d'une couleur différente les configurations familiales suivantes :

- famille nucléaire
- famille nombreuse
- famille monoparentale
- famille recomposée

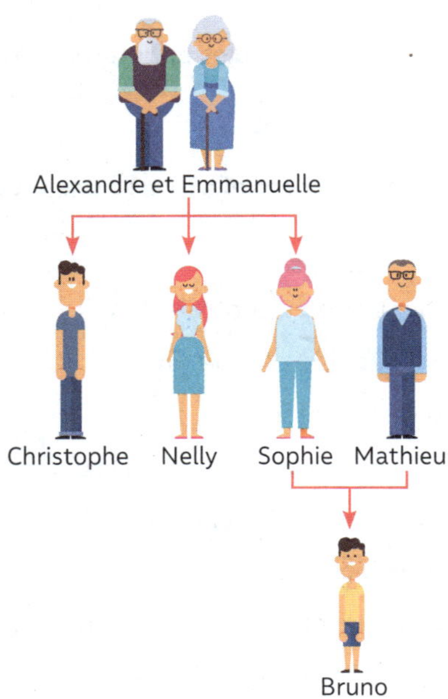

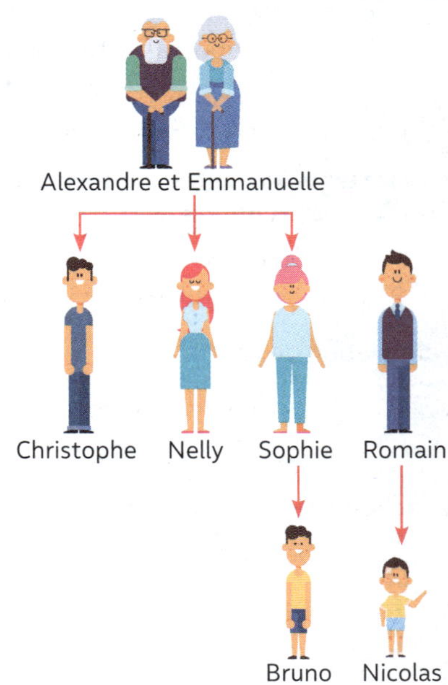

Corrigés

Fiche test *Ce que je sais*

1 **1. b.** La socialisation primaire conduit à l'intériorisation des normes mais aussi de valeurs, d'un ensemble d'éléments culturels, et la famille n'est pas le seul agent socialisateur (école, médias, groupes de pairs également). **2. b. 3. a. 4. b.** Même si certaines modalités de la socialisation apparaissent contraignantes (comme l'inculcation de règles), l'individu n'est pas totalement passif, il est acteur et socialise également son entourage au cours des interactions sociales. **5. a. 6. b.** Les cadres sociaux sont multiples, ainsi que les expériences sociales, et conduisent à transformer, rejeter et adopter de nouvelles dispositions tout au long de la vie. **7. a.** Certaines expériences sociales conduisent à rompre avec la socialisation passée (changement de vie, de pays, de milieu social). La socialisation anticipatrice doit permettre à l'individu d'intégrer son nouveau groupe social, celui auquel il souhaite appartenir. **8. a.** La socialisation secondaire conduit le plus souvent à renforcer les dispositions acquises au cours de l'enfance et de l'adolescence et conduit les individus à se conforter dans leur groupe social d'origine. **9. b. 10. b. 11. a. 12. b. 13. a. 14. a.**

EXERCICES D'ENTRAÎNEMENT

2 Questions courtes

1. b. **2. b.** **3. d.** **4. c.** **5. b.** **6. b.**

3 Associer des valeurs aux normes

Une seule valeur peut s'incarner dans un grand nombre de normes ; de la même façon, une même norme peut correspondre à plusieurs valeurs.

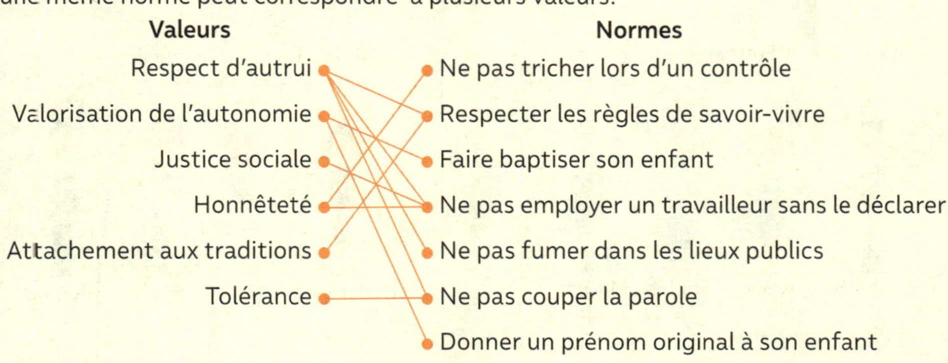

4 Des socialisations plurielles

1. L'hétérogamie désigne une union entre deux personnes de milieu social différent ou éloigné. Ici, Daniel appartient au milieu ouvrier, vraisemblablement peu diplômé, et lui-même issu de ce milieu par son père. Sa compagne, Mélanie, a fait des études supérieures (elle est titulaire d'un Bac +2) et exerce un emploi de technicienne, donc de qualification supérieure au métier de Daniel (elle appartient à la catégorie sociale des professions intermédiaires). On parle au contraire d'homogamie sociale lorsque les conjoints sont issus du même milieu social.

2. Ce texte est extrait d'un ouvrage du sociologue Bernard Lahire, qui y présente de nouvelles analyses sur les cadres de la socialisation. L'ouvrage, publié en 2004, est assez récent. Le titre de l'ouvrage, *Dissonances culturelles et distinction de soi*, évoque des formes de rupture biographique et présente la socialisation comme le résultat d'expériences sociales plurielles.
3. Le récit de Daniel illustre ce que le sociologue remet en cause, à savoir des habitus de classe fermement intériorisés par les individus. Il montre au contraire que, dans nos sociétés, les parcours sont de plus en plus individualisés et induisent des expériences sociales multiples qui n'enferment pas les individus dans un même schéma social. Ainsi Daniel a développé des pratiques culturelles, ici la télévision, qui s'éloignent du modèle familial dont il est issu. Le fait qu'il ait profité d'un bagage scolaire (il est allé jusqu'en 1re) et qu'il ait une compagne diplômée l'ont amené à réfléchir et à préférer d'autres choix culturels.

5 Les configurations familiales

Famille nucléaire : il s'agit de la cellule familiale (les parents et les enfants).

Famille nombreuse : lorsque la famille compte 3 enfants et plus.

Famille monoparentale : un parent seul avec un ou plusieurs enfant(s).

Famille recomposée : couple vivant avec au moins un enfant dont un seul des conjoints est le parent.

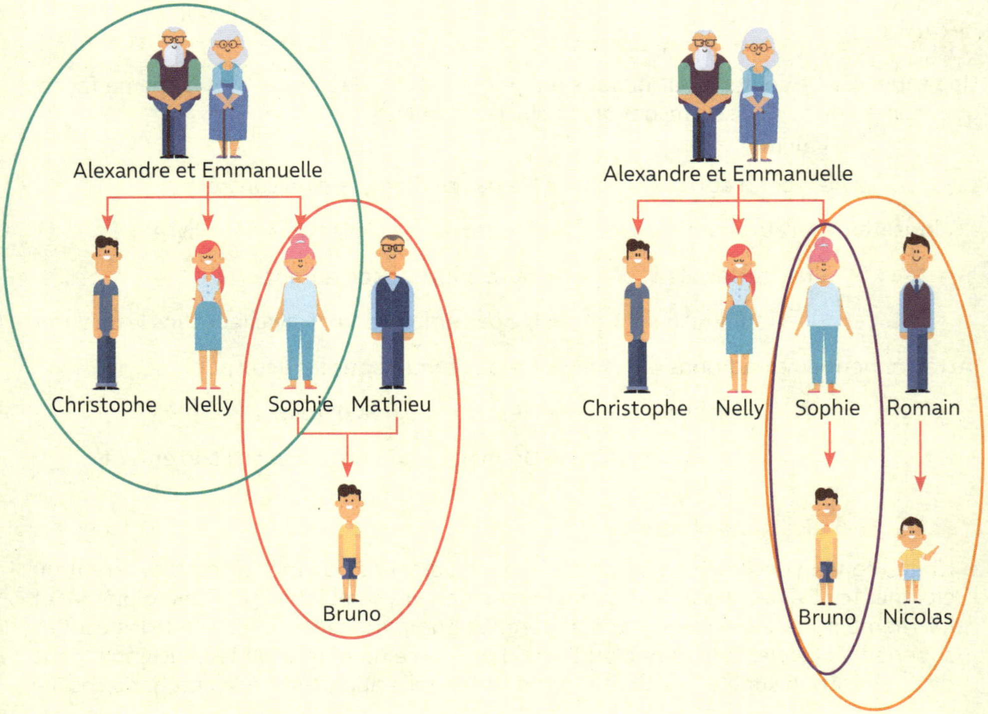

Chapitre 7

La construction et l'évolution des liens sociaux

Les réseaux sociaux font émerger de nouveaux liens de sociabilité.

FICHE 1

Comment se constituent les groupes sociaux ?

De quoi s'agit-il ?

La société est un espace hiérarchisé composé d'individus appartenant à des groupes d'importance variable, et entretenant des relations formalisées.

1 De l'individu au groupe social

- Un groupe social est un ensemble d'individus présentant des **caractéristiques similaires**, entretenant des **interactions** directes ou indirectes, se reconnaissant entre eux comme membres du groupe et étant **identifiés** par les personnes extérieures comme tels. Les individus développent un **sentiment d'appartenance**.
- Les groupes sociaux sont divers et la nature des liens qui unissent les membres d'un groupe dépend de sa taille. Les **groupes primaires** (famille, groupes de pairs) sont de tailles restreintes et sont caractérisés par des relations fréquentes et directes. Dans les **groupes secondaires**, de plus grandes tailles (syndicats, partis, associations, entreprise), les relations sont fonctionnelles, orientées vers la recherche d'un intérêt ou d'un but commun et plutôt indirectes.
- On distingue le groupe d'appartenance du groupe de référence. Ces groupes, pris comme repères, orientent le comportement des individus.
- Les changements de groupe peuvent générer des tensions et parfois des situations de **frustration relative** lorsque l'individu ne parvient pas à intégrer le groupe de référence.

2 Les sociologues utilisent les catégories socioprofessionnelles

- Depuis les années 1950, l'Insee utilise les **catégories socioprofessionnelles** pour analyser l'évolution de la structure sociale. Ce sont des agrégats statistiques élaborés à partir d'un certain nombre de critères socio-économiques : la profession, le statut (salarié ou indépendant), le secteur d'activité, la taille de l'entreprise ou de l'exploitation pour les indépendants, le niveau de qualification et la nature de l'employeur (privée ou publique).
- La **nomenclature des PCS** (professions et catégories socioprofessionnelles) regroupe les individus présentant une certaine homogénéité sociale et susceptibles de partager des opinions et des pratiques communes. Les catégories socioprofessionnelles sont regroupées en 8 **groupes socioprofessionnels** (6 pour les actifs) (**Doc. 1**).
- À la différence d'un groupe social, une catégorie sociale est une construction « artificielle » qui permet aux sociologues d'appréhender les groupes sociaux qui composent la société française et la société européenne (**Doc. 2**).

LA BOÎTE À DOCS

Doc. 1 L'évolution de la structure sociale française

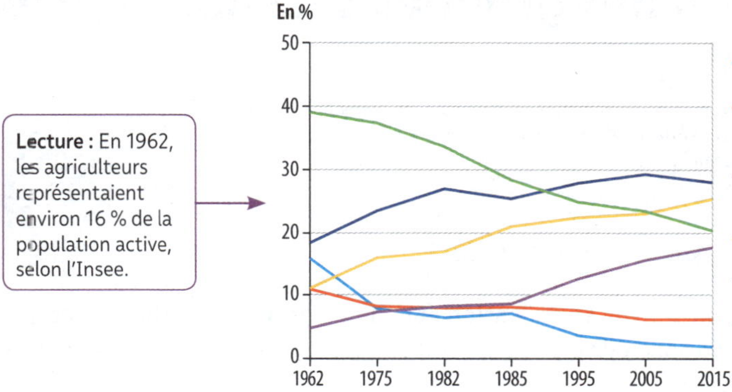

D'après l'Insee, 2017.

On observe l'extension des catégories les plus diplômées (la part des cadres a ainsi été multipliée par 3,8 depuis 1962) mais aussi de celles orientées vers des activités du secteur tertiaire. La part des ouvriers a été divisée par deux sur la même période.

Doc. 2 L'évolution de la structure sociale au niveau européen

Entre 1993 et 2013, la part des cadres au sens large (dirigeants et experts) a augmenté sensiblement dans tous les pays à l'exception de la Finlande, où elle est restée relativement stable. Cette augmentation s'observe aussi bien dans les pays du nord de l'Europe, où cette proportion était déjà élevée au milieu des années 1990, que dans ceux où elle était plus faible, notamment dans les pays de l'est ou du sud de l'Europe. En 2013, la proportion de cadres varie néanmoins fortement selon les pays [...] : cette proportion est élevée dans les pays du nord de l'Europe [...] et plus faible dans les pays du sud et de l'est [...]. La France (24 %), l'Allemagne (23 %) et l'Autriche (21 %) apparaissent par ailleurs beaucoup plus proches de ce point de vue des pays du sud de l'Europe que des pays du nord.

C. Peugny, « L'Évolution de la structure sociale dans quinze pays européens (1993-2013) : quelle polarisation de l'emploi ? », *Sociologie*, vol. 9, 2018.

Vocabulaire

- **Groupe social :** ensemble d'individus possédant des caractéristiques communes et qui sont liés par des relations, des activités, des intérêts plus ou moins consciemment partagés.
- **Groupe d'appartenance :** groupe d'individus qui partagent des attitudes, des normes et valeurs communes. Il constitue une structure de socialisation pour l'individu dans laquelle il occupe un statut et joue un rôle.
- **Groupe de référence :** groupe qu'un individu souhaite intégrer ou qu'il considère comme un modèle. Il constitue une structure de socialisation secondaire à laquelle l'individu s'identifie. Il souhaite en intérioriser les attitudes, les normes et les valeurs (comportement d'imitation).

FICHE 2

Quels sont les différents liens qui relient les individus au sein des groupes sociaux ?

De quoi s'agit-il ?

Le lien social relie les individus et les groupes sociaux les uns aux autres. Il peut prendre plusieurs formes qui sont le plus souvent complémentaires.

1 Les différents types de liens sociaux

- Le **lien social** est le résultat de la **socialisation** et de **l'intégration sociale**, qui repose à la fois sur des relations de sociabilité entre les individus et sur l'adhésion à des normes et des valeurs communes.
- Le lien social est donc l'ensemble des relations, des appartenances et des affiliations qui unissent des individus ou des **groupes sociaux** entre eux. Il décrit ce qu'ont en commun et ce que partagent les membres d'une famille, d'un **groupe de pairs**, d'une communauté ou d'une société.
- Chaque type de lien social (filiation, participation élective, participation organique, citoyenneté) apporte une forme particulière de protection et de reconnaissance, permettant l'intégration des individus dans la société (**Doc. 1** et **2**).

2 La complémentarité des différents liens sociaux

- Les liens noués au sein des familles, des groupes d'amis et de voisinage sont des **liens directs** alors que ceux noués au sein des syndicats, des associations ou des partis politiques sont des **liens indirects**.
- Selon **Serge Paugam**, les quatre types de liens sont complémentaires et entrecroisés. Ils constituent le tissu social qui entoure l'individu. Lorsque M. Dupont décline son identité, il peut par exemple se présenter en tant que français (nationalité, lien de citoyenneté), en tant qu'ouvrier, informaticien ou médecin (profession, lien de participation organique), en tant que bénévole au sein de son club de sport (groupes d'appartenance, lien de participation élective), ou en tant que fils de M. et Mme Dupont (lien de filiation).
- Dans chaque société, ces quatre types de liens constituent la trame sociale qui préexiste aux individus et à partir de laquelle ils sont appelés à tisser leurs appartenances au corps social par le **processus de socialisation**. L'intensité de ces liens sociaux varie d'un individu à l'autre en fonction des conditions particulières de sa socialisation. Mais elle dépend aussi de l'importance relative que les sociétés leur accordent : par exemple, les sociétés traditionnelles accordent un rôle plus important aux solidarités familiales.

LA BOÎTE À DOCS

Doc. 1 Définitions des types de lien en fonction des formes de protection et de reconnaissance

TYPES DE LIEN	FORMES DE PROTECTION	FORMES DE RECONNAISSANCE
Lien de filiation (entre parents et enfants)	• Compter sur la solidarité intergénérationnelle • Protection rapprochée	• Compter pour ses parents et ses enfants • Reconnaissance affective
Lien de participation élective (entre conjoints, amis, proches choisis…)	• Compter sur la solidarité de l'entre-soi électif • Protection rapprochée	• Compter pour l'entre-soi électif • Reconnaissance affective ou par similitude
Lien de participation organique (entre acteurs de la vie professionnelle)	• Emploi stable • Protection contractualisée	• Reconnaissance par le travail et l'estime sociale qui en découle
Lien de citoyenneté (entre membres d'une même communauté politique)	• Protection juridique (droits civils, politiques et sociaux) au titre du principe d'égalité	• Reconnaissance de l'individu souverain

S. Paugam, *Le lien social*, « Que sais-je », PUF, 2008.

Doc. 2 Des liens complémentaires

Ces quatre types de liens sont complémentaires et entrecroisés. Ils constituent le tissu social qui enveloppe l'individu. Lorsque ce dernier décline son identité, il peut faire référence aussi bien à sa nationalité (lien de citoyenneté), à sa profession (lien de participation organique), à ses groupes d'appartenance (lien de participation élective), à ses origines sociales (lien de filiation). Dans chaque société, ces quatre types de lien constituent la trame sociale qui préexiste aux individus et à partir de laquelle ils sont appelés à tisser leurs appartenances au corps social par le processus de socialisation.

S. Paugam, *Le Lien social*, Que sais-je, PUF, 2008.

Vocabulaire
- **Lien social :** ce qui rattache les individus ou les groupes les uns aux autres.
- **Groupe de pairs :** ensemble de personnes présentant des éléments communs avec un individu (âge, milieu social, préoccupations, aspirations, etc.) et susceptibles d'influencer celui-ci.

FICHE 3

Comment évoluent les formes de solidarité ?

De quoi s'agit-il ?

La transformation des sociétés avec la montée de l'individualisme a conduit à une évolution des formes de solidarité, évolution étudiée dès le début du XXe siècle par Émile Durkheim (1858-1917).

1 Des sociétés traditionnelles caractérisées par la solidarité mécanique

- Selon Durkheim, les **sociétés traditionnelles** sont caractérisées par une **division sociale du travail** très limitée. La plupart des individus partagent le même mode de vie et sont « contrôlés » par de puissantes institutions (les corporations, la seigneurie ou encore la religion). La **conscience collective**, c'est-à-dire les croyances communes aux différents membres, prédomine sur la conscience individuelle. La **cohésion sociale** repose sur la similitude des individus qui composent la société (**solidarité mécanique**).

2 Des sociétés traditionnelles aux sociétés modernes

- Dans les sociétés modernes, « la **densité morale** », c'est-à-dire les contacts entre des groupes auparavant séparés, s'accroît, entraînant le développement de la **division sociale du travail**. Les fonctions sociales se multiplient, les individus se particularisent et s'émancipent de certaines anciennes tutelles. La conscience collective laisse plus de place à la conscience individuelle. L'accentuation de la division du travail, en permettant l'**autonomisation** des individus, leur fait éprouver le besoin qu'ils ont d'autrui : en se spécialisant, ils ne se suffisent plus à eux-mêmes. La solidarité découle du fait que les individus deviennent complémentaires et interdépendants (**solidarité organique**).
- Pour Durkheim, la montée de l'individualisme ne se traduit donc pas nécessairement par un affaiblissement de l'intégration sociale en soi.

3 Le maintien d'une certaine solidarité mécanique

- L'affaiblissement de la conscience collective au profit d'une conscience individuelle est une réalité dans les sociétés modernes. Cette tendance est cependant contrebalancée par un retour vers l'appartenance à des communautés.
- Le développement du bénévolat, de la solidarité familiale ou des réseaux sociaux montre ainsi le maintien voire le renforcement de certaines formes de solidarité mécanique. Il existe des groupes sociaux qui ont une forte identité qui peut lier l'individu à la société et favoriser son intégration sociale. On peut ainsi penser aux identités culturelles géographiques (les Bretons, les Catalans...)(**Doc. 1** et **2**).

LA BOÎTE À DOCS

Doc. 1 L'importance d'être breton

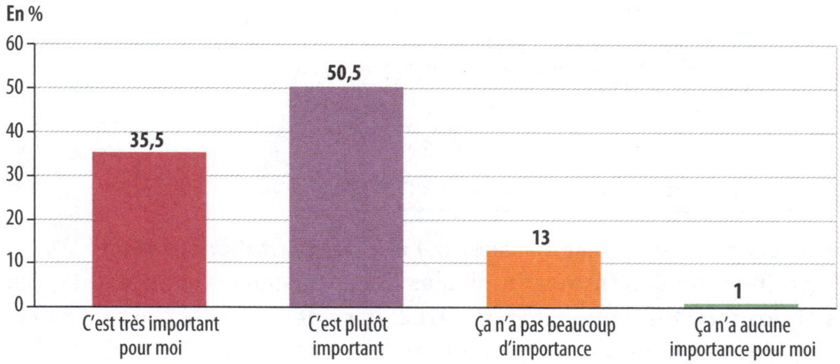

Baromètre identité culturelle de la Bretagne, janvier 2014.

Être breton est important pour 86 % des personnes se déclarant bretonnes, soit 63 % de l'ensemble des habitants.

Doc. 2 Le sentiment d'appartenance

Sentiment d'appartenance à une même région ? Le drapeau breton, brandi aussi bien dans le stade de Rennes que dans celui de Nantes, semble l'illustrer.

Vocabulaire

- **Cohésion sociale :** état d'une collectivité ou d'une société dans laquelle le lien social est fort, résultat d'une forte intégration sociale.
- **Solidarité mécanique :** solidarité reposant sur la similitude entre les individus et une forte conscience collective.
- **Solidarité organique :** solidarité reposant sur les différences et la complémentarité des individus et sur la division du travail.

FICHE 4

Comment évoluent les différentes instances de la cohésion sociale ?

De quoi s'agit-il ?

La famille, l'école, la citoyenneté et le travail créent du lien social en conduisant les individus à agir et à se penser comme membres à part entière d'une société.

1 Des instances traditionnelles en mutation

- La **famille** contemporaine est marquée par une désinstitutionalisation qui se manifeste par la **diversification des formes familiales** (**Doc.**) (déclin de la nuptialité, hausse des divorces et des familles monoparentales). La place de l'individu s'est renforcée. Même si dans certains cas la désintégration du modèle familial peut conduire à une baisse d'intégration et à la montée des indicateurs d'**anomie**, la famille demeure un lieu fort d'intégration sociale, comme le montrent les **solidarités intergénérationnelles**.
- Depuis le XIXe siècle, l'allongement de la scolarité obligatoire et la démocratisation scolaire ont renforcé le rôle intégrateur de l'école qui demeure un agent essentiel d'intégration. Cependant, la massification et l'hétérogénéité croissante du public scolaire rendent cette intégration moins évidente. L'école semble incapable de tenir sa promesse **d'égalité des chances** et de **méritocratie**. Elle peine à doter les élèves du **capital social** nécessaire pour maîtriser un environnement de plus en plus complexe.
- Dans nos sociétés, l'existence d'un sentiment commun de **citoyenneté** contribue à définir la communauté nationale. Cependant, le lien citoyen connaît aussi des évolutions contrastées : si la montée de l'abstention ou de la non-inscription peut être interprétée comme un affaiblissement du lien citoyen, le bénévolat et la participation à des associations, sources de **sociabilité**, se développent.

2 L'importance du travail

- Dès la fin du XIXe siècle, Durkheim a mis en évidence l'importance du **travail** dans le lien social. Dans les sociétés contemporaines, le travail est devenu la source quasi unique des **revenus primaires** et des **droits sociaux** (assurance chômage, maladie, vieillesse). Il est vecteur de certains **réseaux sociaux** : il est le cadre de relations professionnelles et amicales et il fournit un capital social. Le travail est le lieu où se forgent les identités sociales : le statut social dépend prioritairement du statut professionnel.
- La place du travail en tant qu'instance d'intégration et de solidarité semble en partie mise en cause par la montée des emplois atypiques qui fragilisent les relations sociales au sein de l'entreprise, la réduction du temps de travail et le maintien d'un fort taux de chômage. La perte d'emploi peut mener à un processus d'exclusion de l'individu dans la société par un processus de **disqualification sociale**.

LA BOÎTE À DOCS

Doc. La famille, un lieu de solidarité

La famille est souvent citée comme l'une des institutions sociales les plus importantes et fondatrices de la société : elle remplit des besoins matériels et affectifs essentiels et joue un rôle majeur pour l'intégration des individus dans la société. Bien que les familles continuent à tenir ces rôles, elles ont subi, en tant qu'institution sociale, des transformations importantes ces dernières années.

Les indicateurs démographiques les plus souvent mobilisés pour décrire leur comportement montrent bien que nous sommes dans une période de fort changement : l'entrée dans la vie adulte est de plus en plus tardive, le nombre de mariages par an est en chute, tandis que le nombre de couples qui préfèrent une union sous le régime du Pacte civil de solidarité (Pacs) augmente et que le mariage est désormais possible pour les couples homosexuels.

La diffusion de la cohabitation et des familles recomposées, ainsi que la chute des taux de fécondité dans plusieurs pays, montrent aussi que les familles contemporaines sont en mutation et que, par conséquent, de nouvelles configurations familiales émergent.

M. Domínguez-Folgueras, L. Lesnard, « Familles et changement social », *L'Année sociologique*, vol. 68, n° 2, 2018, p. 295-314.

Vocabulaire

- **Anomie :** dérèglement social résultant d'un affaiblissement des normes et des valeurs sur le comportement des individus.
- **Capital social :** ensemble des ressources (réseau de relations, informations…) dont un individu dispose pour optimiser sa position professionnelle, son statut social…
- **Sociabilité :** modes et formes de relation entre les membres d'une société.
- **Réseaux sociaux :** liens de nature amicale, professionnelle ou politique, tissés entre des individus au sein ou en marge des ensembles organisés.

FICHE 5 Comment les sociabilités numériques créent-elles du lien social ?

De quoi s'agit-il ?

Contrairement aux idées reçues qui font d'elles des facteurs d'isolement, il semble que les nouvelles sociabilités numériques contribuent elles aussi au lien social.

1 Des réseaux sociaux aux sociabilités numériques

- Un **réseau social** est « un ensemble de relations entre un ensemble d'acteurs » (M. Forsé). Un individu ne se caractérise pas seulement par son appartenance à divers groupes sociaux, mais également par les relations qu'il entretient avec l'ensemble de son environnement social. Il constitue une forme spécifique de coordination entre les individus.
- Les réseaux sociaux constituent une base de la **sociabilité**, qui est elle-même au fondement de l'intégration sociale. Le sociologue américain Mark Granovetter a montré que l'activation de certains liens dans les réseaux sociaux facilitait la recherche d'emplois. Il invoque la « force des liens faibles » pour mettre en évidence la plus grande efficacité des **liens faibles** (relations éloignées), par rapport aux **liens forts** (relations familiales, de voisinage) pour obtenir des opportunités d'emplois, car ils permettent d'obtenir des informations nouvelles. La puissance des réseaux sociaux a été décuplée par les sites internet.
- L'essor des réseaux numériques alimente l'idée d'un renouvellement du lien social. Ainsi, Internet et les **réseaux sociaux numériques** (Facebook, WhatsApp, Snapchat, Instagram…) favorisent de nouvelles formes de sociabilité en développant des liens faibles avec les membres des réseaux. Les **nouvelles sociabilités numériques** représentent de nouvelles possibilités de nouer et d'entretenir des relations sociales, c'est-à-dire de favoriser le lien social. Elles permettent de créer et d'entretenir des liens sociaux préexistants (**Doc. 1**).

2 Les enjeux des sociabilités numériques

- Les nouvelles sociabilités numériques **semblent s'opposer au déclin des relations sociales** en facilitant la communication, l'échange et la transmission de connaissances. Les usages du numériques sont totalement intégré aux modes de vie contemporains, en particulier celui des générations nées après 1980.
- Cependant, l'usage du numérique peut, dans certains cas, favoriser **l'isolement**. Il a aussi permis le développement du harcèlement moral, la diffusion des « ***fake news*** ». Or, les réseaux sociaux occupent une place croissante dans l'accès à l'actualité des plus jeunes générations, ce qui peut poser question quant à leur capacité à démêler le vrai du faux et se libérer des « bulles de filtres » dans lesquelles les enferment les algorithmes des réseaux numériques (**Doc. 2**).

LA BOÎTE À DOCS

Doc. 1 À quoi ont servi les réseaux sociaux pendant la crise de la Covid-19 ?

69 % — 77 % GEN Z

Les réseaux sociaux ont été **utiles pour découvrir de nouvelles activités de loisirs** (tutos de cuisine, de bricolage, de fabrication de masques…).

64 % — 81 % GEN Z

Sans les réseaux sociaux ou les applications de messagerie, je serai probablement beaucoup moins resté **en contact avec certains proches**.

61 % — 73 % GEN Z

Les réseaux sociaux ont été **utiles pour trouver de l'aide** durant cette période (entre-aide entre habitants d'un même qartier…).

La génération Z est la génération des personnes nées entre 1997 et 2010.

Étude Harris interactive réalisée en mai 2020 auprès de 2 043 internautes français âgés de 15 ans ou plus. « Social Life 2020. Baromètre annuel des usages des réseaux sociaux en France », juin 2020.

Doc. 2 Les réseaux sociaux et l'accès à l'information

EN %	GÉNÉRATION Z (15-20 ANS)	GÉNÉRATION Y (21-35 ANS)	GÉNÉRATION X (36-55 ANS)	BABY-BOOMERS (54-70 ANS)	ANCIENS (+ 71 ANS)
Internet	29	40	25	23	27
Réseaux sociaux	28	15	5	2	1
TV	28	27	39	41	37
Presse écrite	9	5	9	12	15
Applications de messagerie	4	2	0	0	0
Radio	2	12	21	23	21

Étude Harris interactive réalisée en février 2017 auprès de 2 000 internautes français âgés de 15 ans ou plus. « Social Life 2017. Baromètre annuel des usages des réseaux sociaux en France », mars 2017.

Vocabulaire

- **Nouvelles sociabilités numériques :** modes et formes de relations entre individus liés aux Nouvelles Technologies de l'Information et de la Communication (NTIC).
- ***Fake news* :** fausse information diffusée et relayée, souvent par les réseaux sociaux numériques.

FICHE 6

Comment certaines ruptures conduisent-elles à l'affaiblissement des liens sociaux ?

De quoi s'agit-il ?

Les transformations des instances d'intégration comportent des risques de fragilisation du lien social qui se concrétisent dans les processus d'exclusion.

1 Rupture de lien professionnel, précarité et pauvreté

- Dans nos sociétés, l'augmentation du chômage et de l'emploi précaire va de pair avec une rupture du **lien marchand**. La pauvreté monétaire limite les possibilités d'intégration.
- Avec le développement des emplois précaires, la **pauvreté** concerne désormais aussi certains travailleurs, les *working poors*, c'est-à-dire des personnes qui ont un emploi mais qui reçoivent des rémunérations trop faibles pour vivre décemment (**Doc. 1**).

2 Rupture des liens sociaux et exclusion

- **L'exclusion sociale** peut se définir comme une rupture du lien social. Elle résulte d'un processus de cumul des précarités (chômage, pauvreté...) et des handicaps sociaux (absence de diplôme, problèmes de santé...). Les exclus sont les individus isolés n'étant plus intégrés aux groupes de base de la société tels que la famille, le voisinage...
- Le processus de passage de l'intégration à l'exclusion sociale est, selon Robert Castel, un processus de **désaffiliation sociale**, résultat de la perte simultanée ou successive des liens professionnels et familiaux. La précarisation de l'emploi et les transformations familiales ont étendu la zone de **vulnérabilité** qui risque d'alimenter la désaffiliation.
- Serge Paugam montre que la désaffiliation varie en fonction du contexte, des sociétés et de la nature des liens sociaux en place. Ainsi, le chômage est moins une cause de désaffiliation dans les pays du sud de l'Europe : on est plus aidé par la famille quand on est chômeur de longue durée en Italie ou en Espagne par exemple, parce que la protection sociale y est moins structurée qu'en France.
- Pour Serge Paugam, l'exclusion est un processus de **disqualification sociale** (**Doc. 2**) subi par ceux qui sont éliminés de la participation à la vie sociale et rejetés dans les **dispositifs d'assistance**, allant même parfois jusqu'à s'en mettre à l'écart. Cette notion est plus forte que celle de désaffiliation, car elle traduit un rejet, un discrédit du côté de la société et une dévalorisation de soi. Le processus de disqualification sociale comporte plusieurs phases (fragilité, dépendance et rupture des liens sociaux).

Cours

LA BOÎTE À DOCS

Doc. 1 La grande pauvreté en France

	NOMBRE
Personnes vivant sous le seuil de pauvreté à 40 % du revenu médian (Insee 2016)	2 182 000
Allocataires de minima sociaux (Drees 2016)	4 419 400
Personnes vivant en habitat dégradé (Fondation Abbé Pierre - 2018)	2 425 000
dont habitats de fortune (cabane, camping)	*85 000*
Personnes sans domicile personnel	811 000
dont personnes sans domicile	*143 000*

D'après l'Observatoire des inégalités.

En France, 2,1 millions de personnes vivent avec au mieux 684 euros par mois pour une personne seule, niveau de vie qui correspond à 40 % du niveau de vie médian, selon les données 2016 de l'Insee.

Doc. 2 La spirale de la disqualification sociale

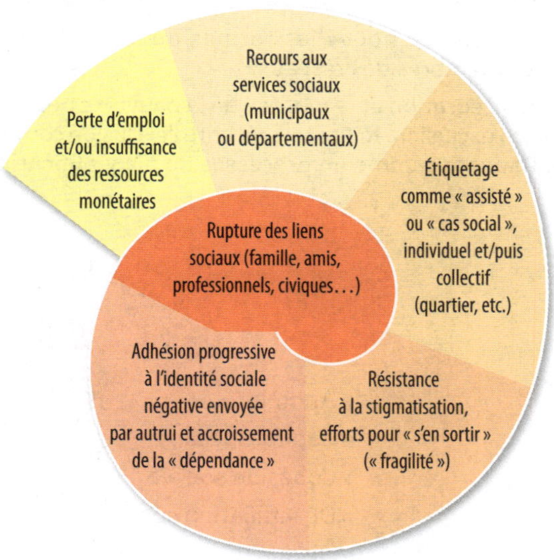

D'après I. Martinache, « Comment on devient pauvre ? », *Alternatives économiques*, jan. 2019.

Vocabulaire

- **Désaffiliation sociale :** processus par lequel un individu passe d'une situation d'intégration à celle d'exclusion, à la suite d'une succession de ruptures sociales (familiale, professionnelle, relationnelle…).
- **Disqualification sociale :** processus d'affaiblissement voire de rupture du lien de l'individu à la société, vécu comme une perte de reconnaissance et de protection sociale.

Révision Express

LES POINTS IMPORTANTS À RETENIR

- Un **groupe social** se caractérise par une similitude de modes de vie, un sentiment d'appartenance et l'existence de relations plus ou moins formelles entre les membres. On distingue les **groupes primaires des groupes secondaires** et le groupe d'appartenance du **groupe de référence**.
- Le **lien social** est l'ensemble des relations, des appartenances et des affiliations qui unissent des individus ou des groupes sociaux entre eux.
- E. Durkheim montre que dans les sociétés traditionnelles, la **cohésion sociale** repose sur la **solidarité mécanique** alors que dans les sociétés modernes, elle repose sur la **solidarité organique.** Cette transformation est due à la division du travail qui permet la différenciation et l'autonomisation des individus, qui deviennent complémentaires et interdépendants.
- Les instances d'intégration sociale connaissent des mutations importantes. La famille connaît une **désinstitutionalisation** mais reste centrale dans l'intégration sociale. Les pratiques liées à la **citoyenneté** connaissent un certain recul. La **massification** et l'**hétérogénéité** croissante du système scolaire compliquent la tâche d'intégration de l'école. Le travail, mis à mal par le développement du chômage et des emplois précaires, reste le lieu où se forgent les **identités sociales** et se tissent en partie les **réseaux sociaux**. C'est un facteur de sociabilité.
- Les réseaux sociaux numériques créent de nouvelles formes de sociabilité en développant des liens faibles entre les membres des réseaux.
- Les transformations des instances d'intégration et la montée de la pauvreté peuvent fragiliser le lien social et mener parfois à l'**exclusion**. R. Castel présente l'exclusion comme un processus de désaffiliation et S. Paugam comme un processus de **disqualification sociale**.

APPRENDRE AUTREMENT

Un lien social, dé-liens sociaux ?

Podcast

LE COURS EN 10 MOTS-CLÉS

- Anomie
- Capital social
- Cohésion sociale
- Désaffiliation sociale
- Disqualification sociale
- Groupe d'appartenance / de référence
- Groupe de pairs
- Réseaux sociaux
- Sociabilité
- Solidarité mécanique /organique

> La construction et l'évolution des liens sociaux

CARTE MENTALE

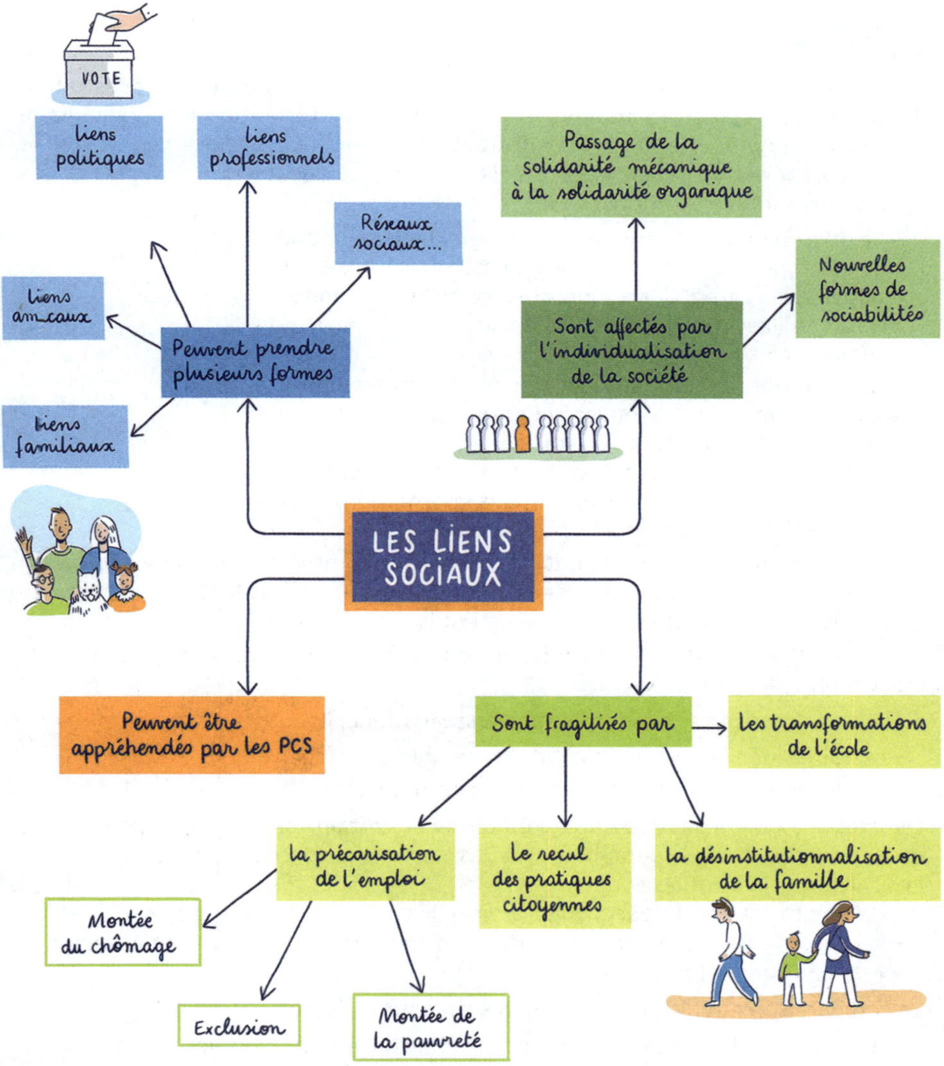

N'hésite pas à construire ta propre carte mentale

Analyser un tableau statistique à double entrée

MÉTHODE

- Un tableau à double entrée étudie simultanément **deux caractères d'une population**. Sa lecture implique donc de croiser l'information fournie en ligne et en colonne pour en tirer les informations. Pour cela, il faut s'assurer que le vocabulaire est bien maîtrisé et que les intitulés du document, des lignes et des colonnes sont bien compris.

  – **Le titre du tableau** précise généralement **l'indicateur utilisé** (par exemple, les différents types de ménages, les secteurs d'activité, les catégories socioprofessionnelles...), **l'unité de mesure** (milliers, millions, euros, dollars, %...), le **pays** et la **période** sur lesquels porte l'étude.

  – Comme pour un texte, il faut ensuite s'intéresser à la **source**, qui mentionne souvent la **date** à laquelle l'enquête a été réalisée. Souvent, la source est l'Insee, Institut national de la statistique et des études économiques, une administration publique qui fournit des informations fiables sur la société et l'économie française.

  – Certains tableaux comportent des précisions comme le **champ des données** (population sur laquelle a été réalisée l'enquête) ou la **clé de lecture** (une phrase type qui indique sur un exemple comment lire les données).

  – Il faut être très attentif aux **intitulés des lignes et des colonnes** qui précisent le contenu des cases chiffrées.

Remarque

Pour ne rien oublier lorsqu'on analyse un tableau à double entrée, il faut se poser les questions suivantes : quand, où, quoi, comment et qui ?

- Pour analyser correctement un tableau statistique, il faut :

  – extraire l'idée générale résumant l'ensemble du tableau ;

  – étudier ensuite les idées secondaires plus détaillées.

Dans les deux cas, il peut être utile d'effectuer un certain nombre de **calculs simples**, d'une part pour éviter la paraphrase, d'autre part pour expliciter ce que l'on constate. Les calculs les plus utiles sont :

– la transformation en parts ou en indice,

– le calcul du taux de variation ou du coefficient multiplicateur pour étudier les variations dans le temps ou dans l'espace.

La comparaison des différentes données est ainsi facilitée.

- Il est parfois demandé d'écrire un **commentaire** pour compléter l'analyse : il faut alors chercher dans le cours, le manuel ou d'autres documents les causes explicatives.

- D'une façon générale, il faut **systématiquement utiliser les données chiffrées** que ce soit pour la présentation du document ou son commentaire.

ÉNONCÉ

Doc. Taux de chômage (en %) selon le diplôme et l'âge

	15-29 ans	30-49 ans	50 et plus	Ensemble
Aucun diplôme ou certificat d'études	33,8	15,0	8,3	14,4
Brevet	25,7	11,0	6,4	12,6
CAP, BEP	17,5	8,4	5,8	8,5
Bac	16,8	6,4	5,3	9,2
Bac +2	10,3	3,9	4,2	5,0
Licence ou plus	9,7	4,4	3,6	5,3
Ensemble	**15,5**	**6,6**	**5,4**	**8,0**

Insee, Observatoire des inégalités, données 2020.

1. Quelle est l'idée principale de ce tableau ?

2. Quelles en sont les idées secondaires ?

CORRIGÉ

1. On constate que le taux de chômage (part des chômeurs dans la population active concernée) diminue avec l'âge : sur 100 personnes âgées de plus de 50 ans, un peu plus de 5 étaient au chômage en 2020, contre plus de 15 chez les 15-29 ans (soit un écart de plus de 10 points de pourcentage). Il diminue aussi avec le niveau de diplôme : une personne sans diplôme a presque trois fois plus de risque d'être au chômage qu'une personne disposant au moins d'une licence.

2. Les jeunes actifs (15-29 ans) sans qualifications sont les plus exposés au chômage. Leur taux de chômage est le plus fort (33,8 %). Avec l'âge, le fait de ne pas avoir de diplôme continue d'augmenter le risque de chômage : 15,0 % des 30-49 ans dans ce cas sont au chômage, 8,3 % après 50 ans. Ces taux demeurent bien supérieurs à ceux qui disposent de diplômes plus élevés, quelle que soit la catégorie d'âge. La probabilité de trouver un emploi pour ceux qui sortent du système scolaire sans qualifications est beaucoup plus faible, en particulier en France où le diplôme est survalorisé au détriment de l'expérience. Le diplôme constitue donc une protection contre le chômage, et ce quel que soit l'âge.

Fiche test *Ce que je sais*

QCM

15 min

☐ À revoir
☐ Acquis

1 Cochez la bonne réponse.

1 Les PCS constituent des groupes sociaux.
- ☐ **a.** Vrai
- ☐ **b.** Faux

2 Solidarité mécanique et solidarité organique :
- ☐ **a.** ne peuvent coexister.
- ☐ **b.** sont complémentaires.
- ☐ **c.** ont disparu dans les sociétés contemporaines.

3 Les transformations de la famille n'ont pas détruit sa capacité à créer du lien social.
- ☐ **a.** Vrai
- ☐ **b.** Faux

4 Les liens forts caractérisent plutôt :
- ☐ **a.** les liens tissés au sein de la famille.
- ☐ **b.** les liens tissés dans le cadre professionnel.

5 La disqualification est une notion développée par :
- ☐ **a.** Robert Castel.
- ☐ **b.** Emile Durkheim.
- ☐ **c.** Serge Paugam.

6 La solidarité organique repose sur :
- ☐ **a.** la similitude.
- ☐ **b.** la complémentarité.
- ☐ **c.** la division du travail.

7 Le lien social correspond aux relations unissant uniquement les personnes appartenant à des groupes sociaux différents.
- ☐ **a.** Vrai
- ☐ **b.** Faux

8 La première source de lien social pour un individu est :
- ☐ **a.** la famille.
- ☐ **b.** le travail.
- ☐ **c.** l'école.

9 L'autonomisation des individus traduit :
- ☐ **a.** la montée de l'égoïsme.
- ☐ **b.** un processus d'émancipation des contraintes traditionnelles.
- ☐ **c.** un processus d'isolement des individus.

10 La précarité de l'emploi désigne :
- ☐ **a.** la montée des CDD et de l'intérim.
- ☐ **b.** la montée du chômage.
- ☐ **c.** la montée des CDI.

11 Le groupe qu'un individu souhaite intégrer ou qu'il considère comme modèle est nommé :
- ☐ **a.** groupe d'appartenance.
- ☐ **b.** groupe de référence.

12 La solidarité reposant sur la similitude entre les individus et une forte conscience collective est nommée :
- ☐ **a.** solidarité mécanique.
- ☐ **b.** solidarité organique.

13 La sociologue qui a étudié le processus de désaffiliation sociale est :
- ☐ **a.** Serge Paugam.
- ☐ **b.** Rebord Castel.

SCORE : ____ / 13

EXERCICES D'ENTRAÎNEMENT

2 Questions de cours

1. Quels sont les différents groupes auxquels un individu peut appartenir ?
2. Les catégories professionnelles peuvent-elles constituer un groupe social ?
3. Expliquez en quoi le travail est facteur de lien social.

3 La solidarité familiale

En 2011, sur les 19,1 milliards d'euros de transferts monétaires, 90 % sont des transferts entre membres d'une même famille vivant séparément ; les 10 % restants correspondent à des transferts entre ex-conjoints ou amis. L'entraide familiale concerne essentiellement des ménages aidant leurs enfants, petits-enfants ou beaux-enfants (13 milliards d'euros). Il peut aussi s'agir de ménages aidant leurs parents ou grands-parents (2 milliards d'euros) ou d'autres membres de leur famille ou belle-famille (2 milliards d'euros). Les jeunes générations (celles de moins de 40 ans) reçoivent les trois quarts de ces aides monétaires entre ascendants et descendants en ligne directe.

Elles proviennent d'abord de leurs parents âgés de 40 à 59 ans (6 milliards d'euros), puis de leurs parents ou grands-parents âgés de 60 ans ou plus (3 milliards d'euros). Les générations « pivot », aux âges intermédiaires (de 40 à 59 ans), donnent à leurs enfants 2 fois plus qu'elles ne reçoivent de leurs propres parents.

Si près de la moitié des ménages ont, au cours des deux mois précédant l'enquête, apporté une aide monétaire à un enfant ou un petit-enfant, seulement 14 % en ont destiné une à un parent ou un grand-parent.

É. Kranklader, A. Ferret, A. Schreiber, « La solidarité financière entre ménages », *Insee Première*, n° 1 707, 26 juillet 2018.

1. Réalisez un schéma permettant de mettre en évidence les transferts monétaires des ascendants vers les descendants (deuxième paragraphe).
2. En quoi cette solidarité familiale confirme-t-elle le rôle de la famille en tant que créatrice de lien social ?

4 Sociabilité et réseaux sociaux numériques

Doc. **Impact perçu de Facebook sur la sociabilité et sur les pratiques de sociabilité hors ligne**

Questions	Modalités de réponses, pourcentage et effectifs			
Depuis que vous utilisez Facebook...				
	Oui	Non, Facebook n'a aucun effet	Non, c'est même le contraire	Vous ne savez pas
... vous avez plus d'amis.	12 % (240)	78 % (1 560)	4 % (80)	6 % (120)
... vous voyez plus souvent vos amis.	8 % (160)	81 % (1 620)	6 % (120)	4 % (80)
... vous sortez plus souvent.	7 % (140)	83 % (1 660)	6 % (120)	5 % (100)
... vous communiquez plus souvent avec vos amis.	42 % (840)	50 % (1 000)	3 % (60)	4 % (80)
... vous avez repris contact avec certaines personnes.	63 % (1 260)	31 % (620)	3 % (60)	4 % (580)
Avez-vous élargi votre cercle de connaissances grâce à Facebook ?	Oui		Non	
	38 % (760)		62 % (1 240)	

G. Dang Nguyen, V. Lethiais. « Impact des réseaux sociaux sur la sociabilité. Le cas de Facebook », *Réseaux*, vol. 195, n° 1, 2016.

1. En quoi consistent les « liens faibles » ?
2. Faites une phrase avec la donnée entourée.
3. Le développement des réseaux sociaux numériques remet-il en cause les formes de sociabilité traditionnelles ?

Fiche test Ce que je sais

1 **1. b.** Les PCS reposent sur le principe d'un regroupement d'individus présentant une certaine homogénéité sociale (catégorie sociale) mais les membres d'une même PCS ne sont pas forcément liés par un sentiment d'appartenir au même groupe.

2. b. Les solidarités mécanique et organique se complètent en effet.

3. a. Par exemple la solidarité intergénérationnelle reste essentielle.

4. a. Il s'agit des relations tissées dans le cadre familial restreint.

5. c.

6. b. et **c.** La division du travail conduit les individus à se spécialiser, la solidarité naît donc de leur interdépendance et donc de leur complémentarité.

7. b. Le lien social correspond aux relations unissant les personnes appartenant à des groupes sociaux différents et identiques.

8. a. La famille est la première instance de socialisation et la première source de lien social.

9. b. L'individu devient une personne à part entière et non un simple « élément » d'un ensemble plus vaste. La conscience individuelle se développe aux dépends de la conscience collective.

10. a. Le développement des formes particulières d'emploi (CDD/intérim) fragilise le lien professionnel.

11. b.

12. a.

13. b.

EXERCICES D'ENTRAÎNEMENT

2 Questions de cours

1. Un individu peut appartenir à un **groupe primaire** (groupe de petite taille, ex : la famille) ou **secondaire** (groupe de plus grande taille, ex : un syndicat). L'un et l'autre ne sont pas exclusifs : on appartient à la fois à des groupes primaires et des groupes secondaires. On peut aussi distinguer le **groupe d'appartenance** (ex : les ouvriers) du **groupe de référence** (ex : la bourgeoisie pour une personne appartenant à la classe moyenne).
2. Les **catégories socioprofessionnelles** constituent des **agrégats** construits par le sociologue ou le statisticien, à partir d'un certain nombre de critères socio-économiques (métier, statut, niveau de diplôme et de qualification...). Elles n'existent pas en soi, à la différence d'une classe sociale. Il n'y a donc pas nécessairement de sentiment d'appartenance et d'identification de l'individu. Ces catégories ne sauraient constituer un groupe social qui correspond à un ensemble réel, et implique des liens entre ses membres. Cependant, il est possible qu'une catégorie socioprofessionnelle constitue un groupe social, lorsque le sentiment d'appartenance se développe et que les liens entre les membres se renforcent (ex : la catégorie des ouvriers ou la catégorie des cadres).
3. Le travail est un facteur de lien social pour plusieurs raisons : il fournit le **revenu** qui permet la participation à la société de consommation, il donne un **statut social** et il

permet d'accéder à la **protection sociale** qui lui est associée. Il permet aussi de nouer des relations amicales et de créer du lien social électif. Il permet d'appartenir à différents groupes sociaux : collègues de travail, membres d'un syndicat...

3 La solidarité familiale

1. Transferts monétaires des ascendants vers les descendants :

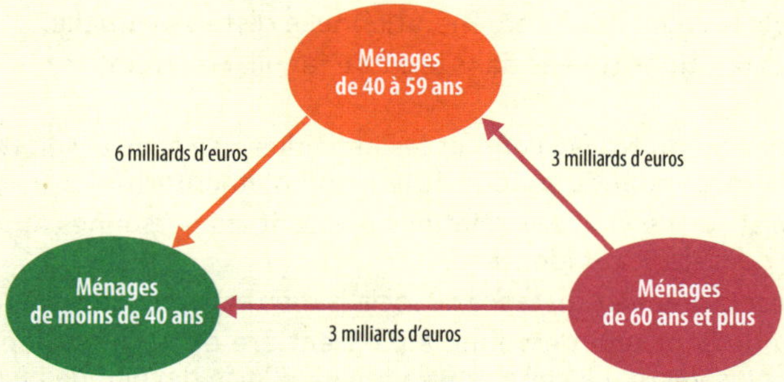

2. L'augmentation des divorces et la réduction de la taille de la famille limitent le nombre de personnes avec lesquelles l'individu a des liens familiaux et accroissent le risque d'isolement. Cependant, ces transformations de la famille ne l'empêchent pas de demeurer un lieu d'entraide et de solidarité privilégié pour les individus. Les échanges se multiplient du fait de l'allongement de la vie et entre les membres des familles recomposées (où les liens sont plus électifs qu'imposés). Ces échanges se traduisent par une entraide qui peut être monétaire. Ainsi, les jeunes générations (moins de 40 ans) perçoivent 9 milliards d'euros de leurs parents et grands-parents. Et avant 30 ans, la famille constitue le principal soutien lors de la prise d'autonomie.

4 Sociabilité et réseaux sociaux numériques

1. « Les liens faibles » sont des relations interpersonnelles et/ou occasionnelles qui relient entre eux des individus qui évoluent parfois dans des environnements différents et multiples. Du point de vue des individus, ces liens faibles peuvent favoriser la mobilité professionnelle. Au niveau de la société, ils peuvent favoriser la cohésion sociale.
2. Sur 100 personnes interrogées, 63 ont repris contact avec certaines personnes depuis qu'elles utilisent Facebook.
3. Facebook ne transforme pas les pratiques sociales les plus usuelles, puisque 81 % des interrogés déclarent ne pas voir plus souvent leurs amis, et 83 % qu'ils ne sortent pas plus souvent. Facebook ne débouche que rarement sur la création de liens forts (78 % des déclarants affirment n'avoir pas plus d'amis depuis qu'ils utilisent le réseau social en ligne), mais il permet en revanche de renforcer des liens forts existants pour une minorité d'internautes (42 % des interviewés déclarent qu'ils communiquent plus facilement avec leurs amis). Le seul effet de Facebook sur la sociabilité qui semble relativement plébiscité est son utilité pour reprendre contact avec certaines personnes. Enfin, si l'utilisation du réseau social ne semble pas se traduire par des rencontres plus fréquentes avec les connaissances ou des sorties en groupe plus nombreuses, Facebook est cependant perçu par une part non négligeable de ses utilisateurs comme un outil pour accroître ses liens faibles, puisque 38 % des interviewés déclarent avoir élargi leur cercle de connaissances grâce au réseau social.

Chapitre 8 Les processus de la déviance

L'impact de la vidéosurveillance dans le contrôle de la déviance.

FICHE 1 Les formes du contrôle social

De quoi s'agit-il ?

Lorsqu'un individu s'écarte des normes prescrites par la société ou son groupe d'appartenance, il s'expose à des sanctions. Le contrôle social vise la conformité des comportements aux règles nécessaires à la vie en société.

1 Qu'est-ce que le contrôle social ?

- Toute société est caractérisée par un ensemble de **normes sociales**, construites au cours des interactions sociales ou par les institutions. On distingue les usages et pratiques, comme les règles de politesse et de bonne conduite, des **normes juridiques** (lois, codes et règlements). C'est le rôle du **contrôle social** d'assurer la **conformité** des comportements des individus ou des groupes aux normes prescrites par la société. L'adhésion aux normes garantit l'**intégration** et la **cohésion sociale**.
- La **socialisation** amène les individus à se conformer aux normes intégrées au cours du processus (il s'autocontrôle). On parle ici de **contrôle social interne**.
- L'application de sanctions correspond au **contrôle social externe**. Il peut être **formel** lorsqu'il est exercé par des institutions (police, justice...), à travers l'application de sanctions codifiées, écrites et graduées (contraventions, peines avec sursis, emprisonnement...). Le **contrôle social informel** s'exerce lors d'interactions sociales, et les sanctions prennent des formes plus diffuses (moqueries, injures...). Les sanctions peuvent aussi être positives lorsqu'il s'agit d'encourager des comportements ou des attitudes.
- La certitude de s'exposer à des sanctions produit un **effet de dissuasion**. Le regard des autres soumet en effet l'individu à une forte **pression sociale** pour se conformer aux règles. Les sanctions peuvent aussi avoir un **effet stigmatisant** qui enferme les individus dans des pratiques déviantes, non conformes aux règles.

2 Quelles sont les évolutions du contrôle social ?

- Dans les sociétés modernes, la montée de **l'individualisme**, l'urbanisation et l'anonymat des grandes villes ont affaibli les relations communautaires et de proximité qui régulaient les comportements de manière informelle. On constate une **juridiciarisation** des relations sociales et l'intervention croissante des **institutions spécialisées** (police, justice, autorités compétentes dans différents domaines)(**Doc. 1**).
- Le recours aux **nouvelles technologies**, en apportant un sentiment de sécurité, n'est cependant pas sans conséquence sur le respect des libertés individuelles. Les nouvelles formes de contrôle social, via les objets connectés et les moyens de surveillance (**Doc. 2**), favorisent ce que certains qualifient de **société de surveillance** (les dérives possibles d'un contrôle social perçu comme **instrument de pouvoir**).

LA BOÎTE À DOCS

Doc. 1 Une loi « anti-fessée »

Vendredi 30 novembre, la proposition de loi contre les « violences éducatives ordinaires » (VEO) a été adoptée, à la quasi-unanimité. Le premier article prévoit d'insérer dans l'article 371.1 du Code civil une mention sur l'exercice de l'autorité parentale. Ses titulaires ne « peuvent pas user de violences physiques ou psychologiques » à l'encontre de leurs enfants, dit le texte. L'objectif affiché était de mettre fin à un droit de correction, hérité du XIXe siècle et qui n'existe plus dans la loi, mais dans la jurisprudence. Aucune sanction pénale nouvelle n'y figure, ces dernières existant déjà pour les situations de maltraitance.

S. Cordier, « À l'issue de longs débats, l'Assemblée adopte la loi contre les violences éducatives ordinaires », *Le Monde*, 30 novembre 2018.

L'adoption de cette loi illustre l'intervention d'instances spécialisées dans des domaines relevant autrefois de la sphère privée.

Doc. 2 Répartition des ventes d'équipements de vidéosurveillance (en valeur) selon les secteurs, en 2020

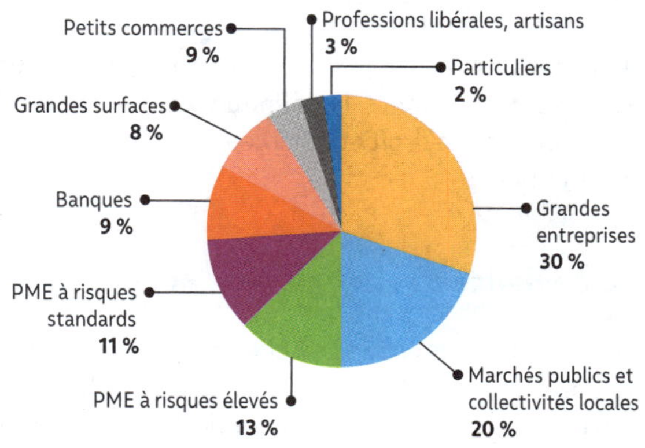

D'après l'étude d'En Toute Sécurité, 2021.

Les équipements de vidéosurveillance concernent les entreprises et particuliers pour protéger leurs biens, mais aussi les collectivités publiques dans le cadre de la lutte contre la délinquance.

Vocabulaire

- **Normes sociales :** règles de conduite, communément admises par un groupe et qui découlent des valeurs.
- **Contrôle social :** ensemble des moyens, formels et informels, dont dispose une société pour assurer la conformité du comportement de ses membres à un ensemble de règles.

FICHE 2 Les formes de la déviance

De quoi s'agit-il ?

Les individus ou groupes qui sont sanctionnés pour avoir transgressé les normes sociales sont considérés comme déviants, mais le cadre normatif d'une société évolue et le caractère déviant des comportements également.

1 Le caractère relatif de la déviance

- La **déviance** est un comportement jugé non conforme aux normes ou aux valeurs d'un groupe ou de la société, et qui entraîne l'application d'une sanction. La déviance est **universelle** : toutes les sociétés, à toutes les époques, sont confrontées à des phénomènes déviants, puisque toutes les sociétés produisent des normes sociales.
- Elle est **relative** dans le temps. Des conduites, jugées autrefois déviantes, ne le sont plus (le divorce, l'homosexualité). Inversement, l'évolution des mentalités conduit à réprouver, voire pénaliser des comportements jadis tolérés, ou considérés comme normaux (fumer dans les espaces publics, la violence éducative). Elle l'est aussi géographiquement, certains pays ne tolèrent toujours pas l'homosexualité ou n'admettent pas le principe de l'égalité homme-femme.
- Ce qui rend visible le caractère déviant d'un comportement, c'est la sanction que cela entraîne. Au sein des actes déviants, la **délinquance** désigne la transgression d'une **norme juridique**, sanctionnée par le droit et qualifiée, selon la gravité de l'acte, de contravention, de délits ou de crimes.

2 Le lien entre déviance et changement social

- L'évolution des normes juridiques est liée au **changement des mentalités**, des valeurs et des modes de vie dans une société. Ainsi, l'acceptation de l'homosexualité par la majorité de la population (**Doc. 1**) s'est traduite par l'adoption du Pacte civil de solidarité (PACS) en 1999, puis du Mariage pour tous en 2013. La loi réprime par ailleurs les discriminations envers les homosexuels. Mais c'est parfois l'évolution du cadre législatif qui contribue à définir de nouvelles pratiques déviantes (**Doc. 2**).
- La déviance n'est pas nécessairement le signe d'un **dysfonctionnement** social, elle est universelle, mais ses caractéristiques changent d'une époque à l'autre. Elle contribue au **changement social** en renouvelant la hiérarchie des normes et des valeurs. Le sociologue Émile Durkheim considérait que « le crime est normal parce qu'une société qui en serait exempte est tout à fait impossible ». Mais il affirme également que le crime sert au changement social, car le « criminel », le déviant, oblige la société à modifier son système de valeurs et à s'adapter à l'évolution des mœurs.

LA BOÎTE À DOCS

Doc. 1 Évolution de la perception de l'homosexualité depuis 1975, en France

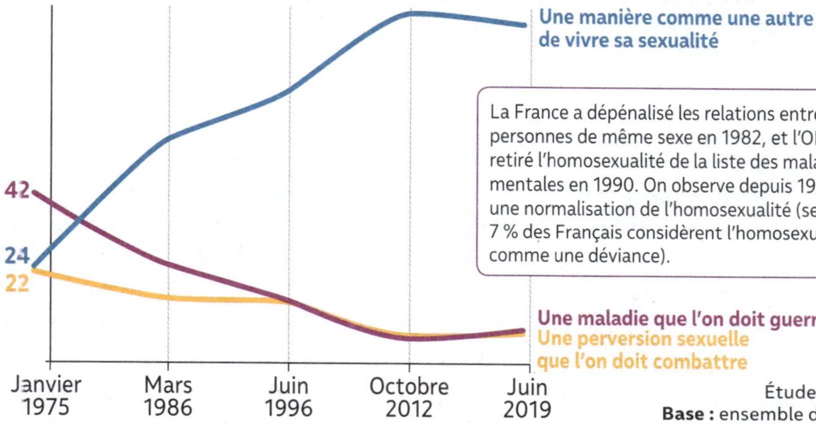

La France a dépénalisé les relations entre personnes de même sexe en 1982, et l'OMS a retiré l'homosexualité de la liste des maladies mentales en 1990. On observe depuis 1975 une normalisation de l'homosexualité (seuls 7 % des Français considèrent l'homosexualité comme une déviance).

Étude IFOP, 2019.
Base : ensemble des Français.

Doc. 2 La « dénormalisation » du tabac

La loi Évin du 10 janvier 1991 (modifiée en 2006), relative à la lutte contre l'alcoolisme et le tabagisme, permet de modifier en profondeur la norme sociale en matière de tabagisme et provoque une diminution de la consommation. Elle renforce considérablement le dispositif législatif (en favorisant la hausse du prix des cigarettes, en posant le principe de l'interdiction de fumer dans les locaux à usage collectif ou qui constituent des lieux de travail, en interdisant toute publicité directe ou indirecte en faveur du tabac et des produits dérivés). Le tabac devient un produit socialement « incorrect » contre lequel l'ensemble de la société doit lutter. En France, cette interdiction de fumer dans les lieux publics est une grande victoire. Elle est l'un des aboutissements de la dynamique de dénormalisation du tabagisme.

« Quelles sont les dispositions de lutte contre le tabagisme en France ? », *inpes.santepubliquefrance.fr*, 9 mai 2019.

On observe une forte baisse du nombre de fumeurs, avec 1 million de fumeurs quotidiens en moins en 2017.

En imposant une hausse du prix du tabac, des slogans de mise en garde, des images chocs, le paquet neutre, l'arsenal législatif anti-tabac a contribué à donner une image négative du tabac.

Vocabulaire

- **Déviance :** écart durable par rapport aux normes en vigueur, et pour lequel des sanctions sont appliquées.
- **Délinquance :** fait d'adopter un comportement contraire à la loi.
- **Norme juridique :** norme dont la transgression appelle l'application de sanctions préalablement établies et prises en charge par des institutions spécialisées (police, justice).

FICHE 3

Les analyses de la déviance

De quoi s'agit-il ?

La déviance peut être la réponse par rapport à une situation sociale, mais elle s'apparente aussi à un processus de désignation lors d'interactions sociales.

1 La déviance comme conséquence de l'anomie

- Avec l'émancipation des individus et la montée de l'**individualisme**, les normes ne s'imposent plus de façon aussi contraignante aux individus. C'est aussi le constat que fait Durkheim lors de bouleversements sociaux, accompagnés d'un **relâchement du contrôle social**. Les individus ne savent plus comment orienter leur conduite ou refreiner leurs désirs. Le sociologue parle d'**anomie** pour désigner ces situations de **désorganisation sociale**, où les normes applicables ne sont plus connues ni intériorisées.
- Reprenant le concept d'anomie, Robert King Merton l'introduit dans une autre analyse de la déviance, vue comme un **moyen d'adaptation** des individus pour répondre aux injonctions de la société. Certains individus ont parfaitement intériorisé les **buts fixés** par la société, mais, n'ayant pas les **moyens légitimes** pour les atteindre, ils adoptent des comportements déviants (**Doc. 1**).

2 La déviance comme résultat des interactions sociales

- La déviance est aussi le **résultat d'interactions sociales** entre un individu ou un groupe d'individus avec d'autres groupes ou des institutions, chargés de faire respecter l'ordre social. Un individu qui transgresse une norme (déviance primaire) ne sera qualifié de déviant que s'il est **désigné publiquement**, c'est-à-dire si son comportement fait l'objet d'une sanction. Alors désigné comme transgresseur, on lui attribue une étiquette de déviant. La conséquence de cet **étiquetage** (déviance secondaire) est l'identification du déviant à l'image que lui renvoie la société. Marginalisé et rejeté, il organise sa vie en fonction de ce statut et finit par intégrer un groupe de déviant à son image (**Doc. 2**). Le sociologue Howard Becker parle ainsi de **carrières déviantes**.
- L'étiquetage est la conséquence de la mobilisation des « entrepreneurs de morale » (groupe politique, association, ordre professionnel...) qui veulent imposer leur vision des valeurs à travers des normes qu'ils créent et font appliquer. Par conséquent, la déviance est bien perçue comme une construction sociale.
- Pour le sociologue Erving Goffman, c'est l'existence d'attributs particuliers, qu'il nomme *stigmates*, qui entraîne une réaction sociale conduisant à la déviance. Les personnes porteuses de ces *stigmates* (handicap, obésité...) sont étiquetées négativement et **marginalisées** par les personnes « normales » lors des interactions sociales. La **stigmatisation** discrédite socialement les personnes porteuses de ces « marques ».

Cours

LA BOÎTE À DOCS

Doc. 1 Les tensions sociales

Aux États-Unis, les idéaux et les aspirations liés à la réussite individuelle sont, selon Merton, des productions sociales. Le rêve américain, fondé sur le confort matériel et la prospérité, en est un exemple. Tout le monde ne peut pas atteindre ces buts par des moyens légitimes, en raison de certaines barrières, comme celles des classes sociales. Pour Merton, la déviance risque de se produire lorsqu'il existe une tension ou un décalage palpable entre les attentes de la société et la possibilité ou le désir d'y répondre.

S. Atkinson, *Sociologues, les grandes idées tout simplement*, DK Éditions, 2015.

Le manque d'argent est un obstacle pour satisfaire à la consommation, valorisée dans la société américaine. Le besoin de se conformer au modèle peut alors conduire les individus au vol.

Doc. 2 Le mouvement hippie

Dans l'Amérique puritaine, ségrégationniste et consumériste des années 1960, les hippies sont considérés comme déviants car leur mode de vie (liberté sexuelle, retour à la nature, refus de la guerre , tenues vestimentaires) et leurs valeurs (liberté, partage, écologie) s'éloignent de la norme.

Vocabulaire

- **Anomie :** situation de carence ou de déficience des règles sociales communément acceptées, de sorte que les individus ne savent plus comment orienter leur conduite.
- **Étiquetage :** mécanisme par lequel des individus ou des groupes sont publiquement désignés comme déviants.
- **Carrières déviantes :** concept désignant la déviance comme un processus comportant plusieurs étapes.
- **Stigmatisation :** processus social qui conduit à la disqualification d'un individu en raison de ses attributs et qui l'empêche d'être accepté par la société.

FICHE 4 La difficile mesure de la délinquance

De quoi s'agit-il ?

Le développement du sentiment d'insécurité, la montée des incivilités et des infractions constituent des enjeux sociaux, médiatiques et politiques majeurs. Si la délinquance est une réalité, sa mesure pose problème.

1 La délinquance, une forme de déviance difficile à mesurer

- Les chiffres de la **délinquance** publiés et commentés dans les médias sont constatés et enregistrés par les services de police et les unités de gendarmerie. Cette statistique n'offre qu'une **vision partielle** de la réalité de la délinquance. D'abord, un certain nombre de faits ne sont pas constatés, ou ne font pas l'objet d'une plainte ou d'une mise en cause des personnes responsables. Ensuite, les faits constatés par d'autres administrations compétentes ne sont pas non plus enregistrés (infractions routières, fiscales, au Code du travail...). Enfin, une hausse des faits constatés peut être le résultat d'une plus grande activité de la police ou de la gendarmerie dans un domaine particulier, sans que la délinquance soit véritablement en hausse. En 2018, les faits de violences sexuelles (viols et agressions sexuelles) ont fortement augmenté parce que les femmes victimes ont davantage porté plainte (**Doc. 1**).
- Il est difficile de disposer de statistiques fiables du fait de l'écart entre la délinquance réelle et la délinquance recensée par les statistiques. Le **chiffre noir de la délinquance** est particulièrement élevé pour certains faits, car les personnes victimes n'osent pas porter plainte (**Doc. 2**). L'**enquête de victimation** apporte un complément aux statistiques policières, car elle s'intéresse aux délits ne faisant pas l'objet d'une plainte.

2 Une société moins violente ?

- Les études menées à partir des enquêtes de victimation montrent que nous vivons aujourd'hui dans une **société moins violente**, mais, surtout, qui la tolère de moins en moins. Si les violences les plus graves (homicides) ont effectivement diminué depuis les années 1980, d'autres formes de violence ont pu augmenter, notamment les violences verbales (menaces, injures, racket). Par ailleurs, certaines violences qui ont pu être tolérées par le passé sont aujourd'hui dénoncées et sanctionnées (violences sexuelles, maltraitance envers les enfants, injures à caractère raciste, sexiste ou homophobe). Comme le souligne le sociologue Laurent Muchielli, notre **seuil de tolérance à la violence** s'est abaissé.
- La délinquance semble aussi avoir changé de nature : la délinquance des mineurs semble augmenter, en particulier la « délinquance expressive » (violences scolaires, dégradations, bagarres entre bandes, agressions sexuelles). C'est une violence plus souvent condamnée, les peines encourues sont plus lourdes et plus fréquentes qu'auparavant. Par ailleurs, le recours à la police pour ce qui se réglait autrefois par la communauté de voisinage ou la famille est croissant.

LA BOÎTE À DOCS

Doc. 1 Le mouvement #MeToo

Le mouvement #MeToo, qui a débuté en 2007, a encouragé les femmes à porter plainte en cas d'agressions et de harcèlement sexuels. Il a aussi permis de révéler que ces faits étaient bien plus nombreux que ce qui était supposé.

Doc. 2 Taux de plainte en gendarmerie ou à la police

En moyenne, parmi les victimes de cambriolages réussis, 85 % se sont déplacées en commissariat ou en gendarmerie pour faire un signalement : 78 % ont déposé plainte et 7 % ont déposé une main courante ou renoncé sur place à faire une déclaration.

EN % DES VICTIMES	TAUX DE DÉPLACEMENT EN COMMISSARIAT OU EN GENDARMERIE	PART DES VICTIMES AYANT DÉPOSÉ PLAINTE	PART DES VICTIMES AYANT DÉPOSÉ UNE MAIN COURANTE
Cambriolages réussis	85	78	7
Tentatives de cambriolages	46	34	12
Actes de vandalisme contre le logement	21	13	8
Vols de voitures	97	92	5
Escroqueries bancaires	50	39	11
Viols	18	11	5
Violences au sein du ménage	16	8	6

Les viols et les violences au sein du ménage font très rarement l'objet d'un dépôt de plainte.

Champ : France métropolitaine, ménages ordinaires et personnes de 14 ans ou plus, incident le plus récent dans les 24 mois précédant l'enquête.

Enquêtes « Cadre de vie et sécurité 2007-2016 », Insee-ONDRP-SSMSI.

Vocabulaire

- **Chiffre noir de la délinquance :** écart entre la délinquance réelle et la délinquance recensée.
- **Enquête de victimation :** enquête sur les infractions dont ont été victimes les individus d'un échantillon représentatif de la population.

Révision Express

LES POINTS IMPORTANTS À RETENIR

- Par le **contrôle social** qu'elle exerce, la société assure la conformité des comportements des individus aux **normes**, plus ou moins formelles, règles et usages en vigueur, assurant la **cohésion sociale**.
- Le **contrôle social** est **interne** lorsqu'un individu a intériorisé les normes (par la socialisation) et adapte son comportement aux attentes sociales (autocontrôle). On distingue le **contrôle social formel**, exercé par des institutions spécialisées, du **contrôle social informel**, exercé lors des interactions sociales. Les **sanctions** appliquées peuvent être négatives (punir, dissuader) ou positives (encourager des comportements valorisés).
- Les formes de contrôle social évoluent et tendent à devenir formelles, on se réfère plus souvent aux institutions spécialisées. Elles sont aussi plus diffuses du fait du recours aux **nouvelles technologies**, de plus en plus présentes.
- La **déviance** est relative dans le temps et l'espace, car les mentalités et les valeurs changent et les lois légitiment des pratiques acceptées par le corps social.
- La déviance peut être le résultat d'un étiquetage d'un groupe par un autre groupe, « **entrepreneur de morale** », mobilisé pour définir une norme et en faire reconnaître la transgression. Parfois, c'est l'existence d'un attribut spécifique qui conduit à désigner une personne comme déviante (**stigmatisation**). Le contexte social peut aussi conduire un individu à s'adapter à une situation en adoptant des comportements non conformes ou en situation d'**anomie**, lorsque le contrôle s'affaiblit.
- La **délinquance** est une forme de déviance qui enfreint les lois juridiques. Elle est difficile à mesurer du fait de l'écart entre la délinquance réelle et la délinquance recensée (**chiffre noir**). Les **enquêtes de victimation** font apparaître des faits peu recensés par les statistiques.

APPRENDRE AUTREMENT

Quels sont les processus qui conduisent à la déviance ?

Vidéo

LE COURS EN 10 MOTS-CLÉS

- Anomie
- Carrière déviante
- Contrôle social
- Délinquance
- Déviance
- Enquête de victimation
- Étiquetage
- Norme juridique
- Norme sociale
- Stigmatisation

> Les processus de la déviance

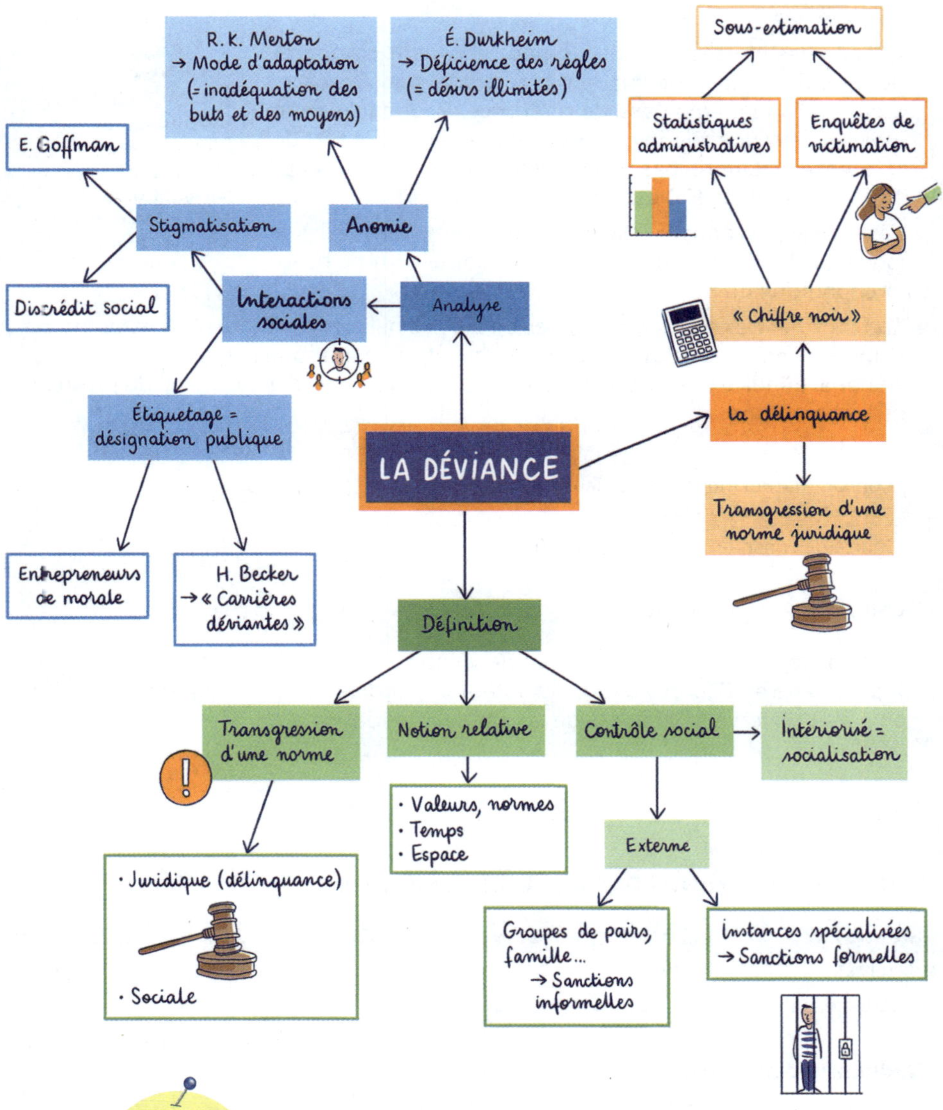

N'hésite pas à construire ta propre carte mentale

1 Calculer des indices simples

MÉTHODE

- À l'aide des indices simples, on peut aisément comparer des grandeurs qui évoluent dans le temps ou dans l'espace, à partir d'une même base de référence. Pour calculer un indice, il faut donc définir au préalable la valeur qui sert de référence (valeur de base), à laquelle on attribue la valeur 100 ; cette valeur **100 est l'indice de base**.
- Les indices des années suivantes s'obtiennent en divisant la valeur d'arrivée (Va) par la valeur choisie comme base, et en multipliant par 100.

Remarque
Attention, les indices n'ont pas d'unités et n'ont de sens que par rapport à la base (l'évolution observée se réfère toujours à l'année choisie comme base).

- Transformer des séries de données en indices permet d'effectuer facilement une **comparaison** de l'évolution de la variable étudiée, puisque l'on a la même valeur de départ (indice base 100), par exemple l'évolution de la quantité ou du prix d'un bien alimentaire.

	2010	2016
Consommation moyenne de viande (hors volaille) par semaine/personne	400 g	320 g
Indice de consommation de viande (hors volaille)	100	80

- **Calcul :** $I_{2016} = \frac{320}{400} \times 100 = 80$.
- **Interprétation :** La consommation de viande (hors volaille) a baissé de 20 % en France, entre 2010 et 2016. Si la valeur de l'indice avait été supérieure à 100, on aurait observé une hausse de la grandeur (variation en % = $I_t - 100$).

ÉNONCÉ

Doc. Prix de l'action BNP – Paribas à la Bourse de Paris

Date au 31/12	2018	2019	2020	2021	2022 (12/01)
Prix (en €)	39,4	43,1	52,8	60,7	65,3
Indice base 100	....	100	122,5	....	....

www.investir.lesechos, 2022.

1. **Rédigez une phrase avec les données en rouge.**
2. **Calculez les indices manquants et complétez le tableau.**
3. **Rédigez une phrase avec l'indice pour 2018.**
4. **Calculez l'écart en points d'indice entre 2020 et 2021.**

CORRIGÉ

1. Au 31 décembre 2020, l'action BNP – Paribas était cotée 52,80 euros à la Bourse de Paris. Son prix a augmenté de 22,5 % par rapport au 31 décembre 2019.

2. Pour calculer les indices manquants, on utilise la formule suivante : Indice = $\frac{Va}{43,1} \times 100$.

Date au 31/12	2018	2019	2020	2021	2022 (12/01)
Prix (en €)	39,4	43,1	52,8	60,7	65,3
Indice base 100	91,4	100	122,5	140,8	123,6

3. En 2018, le prix de l'action BNP – Paribas était inférieur de (100 – 91,4) = 8,60 euros à celui de 2019 (au 31 décembre).

4. Entre 2020 et 2021, le cours de l'action BNP – Paribas a augmenté de (140,8 – 122,5) = 18,3 points d'indice.

ÉNONCÉ

Doc. Coût de l'heure de travail au sein de l'UE

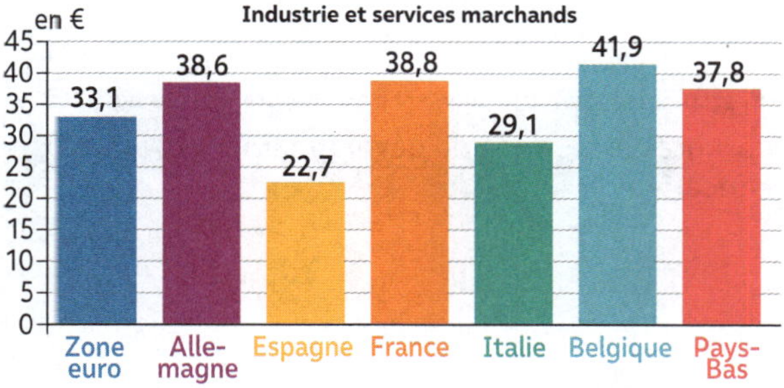

Eurostat, calcul Rexecode, janvier 2022.

1. Calculez les valeurs en indices du coût horaire du travail, en prenant comme base 100 la valeur du coût horaire du travail de la zone euro.

2. Formulez une phrase avec la donnée pour la France.

3. Comparez la valeur de l'Italie avec celle de la zone euro.

4. Comparez la Belgique et les Pays Bas.

CORRIGÉ

1. On calcule les valeurs indicielles du coût horaire du travail, en prenant comme base 100 la valeur pour la zone euro (valeur moyenne du coût horaire du travail).

Pays ou zone de pays	Zone euro	Allemagne	Espagne	France	Italie	Belgique	Pays-Bas
Indice du coût horaire du travail	100	116,6	68,5	117,2	88	126,5	114,1

2. Le coût horaire du travail est 117,2 % plus élevé en France, par rapport à la moyenne des pays de la zone euro.

3. Le coût horaire du travail est 12 % moins élevé en Italie par rapport à la moyenne des pays de la zone euro.

4. Le coût horaire du travail est 12,4 points d'indices plus élevé en Belgique qu'aux Pays-Bas.

② Lire et interpréter des indices synthétiques

MÉTHODE

- Un indice synthétique est une donnée qui permet de **synthétiser en une seule donnée** la variation d'un ensemble de valeurs. Il est donc différent d'un indice simple, qui ne permet pas d'observer la variation ou l'écart d'une grandeur simple.
- Un indice synthétique est donc **composé d'un « panier » de variables**. On peut citer l'exemple de l'IDH (indice de développement humain), qui se compose de trois indicateurs, pondérés de manière identique : indice d'espérance de vie, indice d'éducation et indice de RNB (revenu national brut). L'IDH a été créé par le PNUD en 1990 pour évaluer (et comparer) le niveau de développement entre pays ou observer l'évolution du développement d'un pays dans le temps. Il a l'avantage de ne pas tenir compte exclusivement de la dimension économique. Sa valeur est comprise entre 0 et 1 (1 correspondant au niveau de développement maximum).

Année	1990	1995	2000	2005	2010	2015
IDH de la Chine	0,5	0,55	0,59	0,65	0,71	0,74

« Perspective Monde », université de Sherbrooke, Canada, 2022.

Cet indicateur permet de voir les progrès en termes de développement grâce aux politiques de santé publiques et éducatives.

ÉNONCÉ

L'indice des prix à la consommation (IPC) est l'instrument de mesure de l'inflation. Il permet d'estimer, entre deux périodes données, la variation moyenne des prix des produits consommés par les ménages. Il est basé sur l'observation d'un panier fixe de biens et services, actualisé chaque année.
Chaque produit est pondéré, dans l'indice global, proportionnellement à son poids dans la dépense de consommation des ménages.

Doc. **Indice annuel des prix à la consommation, produits alimentaires Base 2015 – Ensemble des ménages**

Année	2000	2010	2011	2012	2014	2015	2016	2018
Valeur	77,2	94,5	96,2	98,8	99,5	100	100,6	103,9

1. **Que signifie « Base 2015 » ?**
2. **Expliquez, à l'aide de la phrase soulignée, pourquoi on a affaire ici à un indice synthétique.**
3. **Formulez une phrase avec chacune des deux données entourées dans le tableau.**

CORRIGÉ

1. L'expression « Base 2015 » signifie que l'on a choisi l'année 2015 comme année de référence pour calculer les indices de prix antérieurs ou postérieurs. Autrement dit, on a attribué l'indice 100 à la valeur du panier de biens. C'est donc par rapport à cette année que l'on mesure l'évolution des prix.

2. Il s'agit bien d'un indice synthétique, parce que la valeur de la consommation de produits alimentaires des ménages prend en compte le prix et la quantité de biens alimentaires consommés (coût du panier = prix × quantités).

3. En 2018, les prix des biens alimentaires ont augmenté en moyenne de 3,9 % (103,9 – 100). En 2000, les prix des biens alimentaires étaient inférieurs de 22,8 % par rapport à ceux de 2015 (100 – 77,2).

ÉNONCÉ

Doc. Comparaison des niveaux de développement humain (2019)

Pays (rang de l'IDH)	IDH	Espérance de vie à la naissance (années)	Durée attendue de scolarisation (années)	Durée moyenne de scolarisation (années)	RNB par habitant (en dollars constants de 2017, en ppa)
Allemagne (6)	0,947	81,3	17	14,2	55 314
Italie (29)	0,892	83,5	16,1	10,4	42 776
Estonie (29)	0,892	78,8	16	13,1	36 019

PNUD, Rapport sur le développement humain, 2020.

1. Comment peut-on expliquer la bonne performance de l'Allemagne ?
2. Comparez la situation de l'Italie et de l'Estonie.

CORRIGÉ

1. L'Allemagne est au 6e rang pour l'IDH, et cette performance est principalement due à la durée moyenne de scolarisation (14,2 ans) et à la richesse économique de ses habitants (55 314 dollars en 2019), 30 % plus élevé qu'en Italie.

2. L'Italie et l'Estonie partagent le même IDH (0,892), cependant leur situation diffère sur le plan de l'espérance de vie, moindre en Estonie (4,7 années d'espérance de vie en moins pour un Estonien par rapport à un Italien), et du revenu par habitant (le RNB par habitant est 15,8 % moins élevé en Estonie qu'en Italie). En revanche, la durée moyenne de scolarisation vient compenser les autres indicateurs, il est de 13,1 ans en Estonie contre 10,4 ans en Italie.

Fiche test *Ce que je sais*

VRAI FAUX

15 min

☐ À revoir
☐ Acquis

1 Cochez la bonne réponse.

1 La déviance est la transgression des normes.
- ☐ a. Vrai
- ☐ b. Faux

2 Les normes sont immuables et universelles.
- ☐ a. Vrai
- ☐ b. Faux

3 Le contrôle social s'exerce exclusivement par des autorités institutionnelles.
- ☐ a. Vrai
- ☐ b. Faux

4 Il existe des actes déviants qui ne sont pas de la délinquance.
- ☐ a. Vrai
- ☐ b. Faux

5 La déviance explique l'anomie.
- ☐ a. Vrai
- ☐ b. Faux

6 Un entrepreneur de morale agit pour dénoncer la montée de la délinquance.
- ☐ a. Vrai
- ☐ b. Faux

7 Un stigmate est forcément un caractère visible sur un individu.
- ☐ a. Vrai
- ☐ b. Faux

8 Un individu qui fraude le fisc sans se faire prendre est un déviant.
- ☐ a. Vrai
- ☐ b. Faux

9 Une hausse des chiffres de la délinquance traduit une hausse des faits.
- ☐ a. Vrai
- ☐ b. Faux

10 Les statistiques de la délinquance mesurent efficacement les actes commis.
- ☐ a. Vrai
- ☐ b. Faux

11 Le processus social qui conduit à la disqualification d'un individu est :
- ☐ a. la stigmatisation
- ☐ b. l'étiquetage
- ☐ c. l'anomie

12 Une enquête de victimation porte sur les infractions dont ont été victimes les individus d'un échantillon représentatif de la population.
- ☐ a. Vrai
- ☐ b. Faux

SCORE : ___ / 12

EXERCICES D'ENTRAÎNEMENT

2 Texte à trous

À l'aide de vos connaissances acquises en cours, complétez le texte suivant :

Le contrôle social consiste à maintenir la .... en permettant le respect des .... Il s'exerce à travers l'application de .... qui peuvent être .... ou .... Mais le contrôle social peut aussi être .... lorsque l'individu a intériorisé les .... sociales au cours de la .... La .... se définit comme une transgression des normes sociales, la .... étant la transgression des normes............. .

3 Lecture et interprétation des indices synthétiques

L'empreinte écologique d'une population humaine correspond à la superficie du territoire nécessaire au maintien durable de la population à son niveau de vie actuel, en assurant sa production et sa consommation. Cette mesure intègre aussi l'assimilation des rejets dans l'environnement et des déchets produits. L'empreinte écologique mesure donc les ressources utilisées pour le logement, la nourriture, le déplacement, etc. Tout cela est ensuite converti en surfaces de terre ou de mer nécessaires.

Doc. Empreinte écologique de l'Humanité et biocapacité de la Terre en hectares globaux, 1961-2020

Remarque
Le dépassement global, qui a commencé au début des années 1970, s'est accru depuis. La diminution de l'empreinte liée à la Covid-19 (couleurs plus claires à partir de 2016), est une estimation.

WWF, *Rapport planète vivante*, 2020.

- **Empreinte carbone** pour mesurer les émissions de carbone provenant de la combustion de combustibles fossiles et de la production de ciment
- **Empreinte espaces bâtis** pour accueillir les routes et les bâtiments
- **Empreinte zones de pêche** pour les produits de la mer sauvages et d'élevage provenant des océans et de l'eau douce
- **Empreinte produits forestiers** pour le bois de chauffage, la pâte à papier et les produits dérivés du bois
- **Empreinte pâturage** pour la viande, les produits laitiers, le cuir et la laine
- **Empreinte cultures** pour la nourriture, les fibres, les oléagineux, les aliments pour animaux et le caoutchouc
- Biocapacité mondiale

1. Faites une phrase avec l'empreinte écologique mondiale pour l'année 2020.
2. En quoi l'empreinte écologique est-elle un indice synthétique ?
3. Résumez les principales informations apportées par l'évolution de cet indice depuis 1961.

Fiche test Ce que je sais

1 1. a. 2. b. 3. b. 4. a. 5. b. 6. b. 7. b. 8. b. 9. b. 10. b. 11. a. 12. a.

EXERCICES D'ENTRAÎNEMENT

2 Texte à trous

Le contrôle social consiste à maintenir la **cohésion sociale** en permettant le respect des **normes**. Il s'exerce à travers l'application de **sanctions** qui peuvent être **formelles** ou **informelles**. Mais le contrôle social peut aussi être **interne** lorsque l'individu a intériorisé les **normes** sociales au cours de la **socialisation**. La **déviance** se définit comme une transgression des normes sociales, la **délinquance** étant la transgression des normes **juridiques**.

3 Lecture et interprétation des indices synthétiques

1. En 2020, l'empreinte moyenne mondiale s'élève à environ 19 milliards d'hectares globaux (hag), contre une biocapacité de 12 milliards d'hag.
2. L'empreinte écologique est un indicateur chiffré qui vise à rendre compte de l'impact de l'activité humaine sur l'environnement. Elle mesure la superficie de terres cultivées pour assurer à la population la production des ressources énergétiques et alimentaires, et pour absorber les déchets générés. Cette surface est exprimée en hectares globaux (hag).
3. L'empreinte écologique mondiale ne cesse de croître depuis le début des années 1960 et dépasse même le taux de régénération de la Terre, depuis 1971. Même si la biocapacité mondiale a progressé (d'environ 28 % = (12 – 9,5) / 9,5 × 100), cette hausse reste inférieure à la croissance de la « consommation globale » de la planète. Ainsi, selon les estimations, l'empreinte écologique a progressé de 171,4 % ((19 – 7) / 7 × 100). En 2019, l'empreinte écologique dépassait la biocapacité mondiale de 56 %, autrement dit, l'empreinte écologique est 1,56 fois plus élevée que la biocapacité (c'est-à-dire la quantité pouvant être régénérée par la Terre). On observe que les périodes de confinement dues à la crise sanitaire de la Covid ont permis de réduire l'empreinte écologique de 10 % environ.
   On observe également que la principale composante de l'empreinte écologique est l'empreinte carbone, qui en représente aujourd'hui environ 60 %, suivie ensuite de l'empreinte culture (20 %).

Remarque

En 2020, on estime que c'est à la date du 22 août que l'intégralité des ressources naturelles de la Terre a été consommée. Désignée sous le terme « jour du dépassement global », cette date arrive de plus en plus tôt chaque année.

Chapitre 9 La formation de l'opinion publique

FICHE 1 Émergence de la notion d'opinion publique

De quoi s'agit-il ?

Historiquement, l'opinion publique était l'opinion de personnalités « éclairées » qui, du fait de leurs savoirs, se prononçaient sur les enjeux importants afin de « conseiller » l'ensemble de l'opinion.

1 L'opinion publique, une notion ancienne

- **L'opinion publique** a fait l'objet de nombreuses réflexions depuis l'Antiquité. Platon la condamne (*doxa vulgus*) pour sa **versatilité**, sa trop grande sensibilité et sa **superficialité**.
- En France, la notion d'opinion publique est associée aux mouvements d'opinion qui ont émergé dans les dernières années de l'Ancien Régime. Elle a pris une place considérable depuis le XVIIIe siècle, après la mort de Louis XIV, puis avec la Révolution française et, plus largement, avec la **démocratisation des institutions occidentales**.
- C'est en effet avec les Lumières qu'apparaît la croyance d'une **opinion publique souveraine**. Le développement de la notion de **contrat social** par des auteurs comme Hobbes, Locke ou Rousseau conduit à faire de l'opinion publique une nécessité pour l'exercice du pouvoir politique.

Remarque

Pendant toute la première moitié du XVIIIe siècle, l'opinion qui s'exprime est avant tout l'opinion d'une élite sociale cultivée qui fréquente les académies et les salons littéraires.

2 Le développement de l'opinion publique

- L'opinion publique n'est, au XVIIIe siècle, que l'expression publique des opinions personnelles d'une petite partie de la population, **la bourgeoisie**, qui entend peser sur les autorités politiques (**Doc. 1**).
- Ces élites intellectuelles se rencontrent dans les «salons» (**Doc. 2**). Pendant la période révolutionnaire, elle désigne **l'opinion des élus**, celle du moins qui s'exprime à l'Assemblée nationale et dans les nombreux journaux, dits justement « d'opinion », qui accompagnent la forte agitation politique de l'époque.
- La notion d'opinion publique présente alors **deux propriétés majeures** : d'une part, elle désigne **l'opinion des seuls représentants élus** (et non celle de tous les citoyens, la plupart n'ayant pas le droit de vote) et, d'autre part, elle désigne **l'opinion qui émerge des débats se tenant dans des lieux politiques** (les clubs, les assemblées, etc.). Dans ce cadre, elle est l'opinion produite collectivement par les élites et elle se distingue de l'opinion du peuple.

LA BOÎTE À DOCS

Doc. 1 L'apparition de l'opinion publique

Jürgen Habermas a retracé dans son ouvrage, *L'Espace public* (1962), les conditions d'apparition de l'opinion publique : l'espace public, dans l'Europe occidentale, à partir du XVIIe siècle et particulièrement au XVIIIe siècle, se sépare progressivement de l'espace étatique, c'est-à-dire du pouvoir politique. Le développement des échanges économiques, l'essor des activités de commerce se traduisent par une montée en puissance d'un nouveau groupe social : la bourgeoisie. Habermas met en lumière le développement de nouvelles pratiques de sociabilité liées à la société bourgeoise (apparition des salons littéraires, des cafés, développement de la presse...) qui ont pour conséquence d'élargir sensiblement le champ des discussions publiques et notamment politiques. Peu à peu, s'élabore un nouvel espace où, en fonction de leurs compétences et de leurs savoirs – la culture est l'un des critères déterminants d'appartenance –, de nouvelles élites sociales en viennent à prendre position sur les affaires publiques et n'hésitent pas à critiquer le gouvernement, surtout lorsqu'elles estiment que leurs avis ne sont pas suffisamment entendus.

P. Riutort (dir.), « L'opinion publique. Qu'en pense le peuple ? », *Premières leçons de sociologie*, PUF, 2013, p. 111-118.

Doc. 2 Le salon de Madame de Tencin

L'un des premiers salons est fondé par madame de Tencin (au fond), qui tient son « bureau d'esprit » de 1726 à 1749, au début du règne de Louis XV. Sur ce tableau devisent, de gauche à droite, l'écrivain et scientifique Fontenelle, le poète La Motte Houdard et le mathématicien Saurin.

J. Autreau, *Mme de Tencin servant le chocolat*, 1716.

Vocabulaire

- **Opinion publique :** ensemble des convictions et des valeurs plus ou moins partagées, des jugements, des préjugés et des croyances de la population d'une société donnée.

FICHE 2

La conception moderne de l'opinion publique

De quoi s'agit-il ?

Forgée dans les salons littéraire au XVIIIe siècle, l'opinion publique s'élargit à l'ensemble de la population à partir du XIXe siècle et le développement d'une presse quotidienne politisée.

1 L'évolution de la notion d'opinion publique à partir du XIXe siècle

- L'adoption du suffrage universel masculin en 1848 modifie la notion d'opinion publique : la **démocratie représentative** conduit les membres de l'« élite sociale » à se considérer comme les porte-paroles du peuple. La constitution d'un large prolétariat, encadré par les partis politiques de gauche et les syndicats, va permettre l'expression d'une opinion publique populaire en dehors de l'enceinte parlementaire, sur les banderoles par exemple, lors des manifestations et, d'une façon plus générale, dans l'**espace public**.

- Le **développement d'une presse quotidienne** très politisée va être un nouveau vecteur de l'opinion publique. Les journalistes pensent exprimer l'opinion de leurs lecteurs, comme par exemple lors de **l'affaire Dreyfus** entre 1897 et 1899 (**Doc. 1**).

- À la veille de la Seconde Guerre mondiale, l'« opinion publique » est, selon Patrick Champagne, l'opinion des citoyens qui cherchent à faire pression dans le jeu politique, c'est-à-dire de ceux qui se mobilisent sous quelque forme que ce soit pour imposer leur opinion sur un sujet politique donné.

Remarque

L'adoption de la loi du 21 juillet 1881 sur la liberté de la presse, ainsi que le progrès technique, permettent l'essor de la presse qui va ainsi pouvoir alimenter le débat public.

2 L'usage contemporain de la notion d'opinion publique

- Le développement de la pratique des sondages d'opinion dans la seconde moitié du XXe siècle modifie la perception de cette notion. **L'opinion publique devient ce que mesurent les enquêtes d'opinion.**

- La technologie de ces sondages a tout ce qu'il faut pour donner à la notion d'opinion publique un fondement à la fois « démocratique », puisque tout le monde est, par échantillon représentatif interposé, censé être interrogé, et « scientifique » puisque les avis de chacun sont méthodiquement recueillis et comptabilisés.

- Cette opinion publique est obtenue en mobilisant des enquêteurs qui interrogent des enquêtés en majorité non mobilisés (« **majorité silencieuse** ») (**Doc. 2**). Ils ne recueillent pas des « opinions » mais des « réponses » exprimées dans le **cadre privé** de l'enquête en face-à-face.

LA BOÎTE À DOCS

Doc. 1 La presse et la mobilisation de l'opinion publique

Carte postale caricaturant le combat de Zola et des dreyfusards contre l'armée, 1899.

L'affaire Dreyfus constitue l'un des premiers cas de transformation d'une affaire en « cause » à travers la mobilisation de l'opinion publique.

Doc. 2 La majorité silencieuse

L'opinion publique qui émerge ainsi dans les années 1960 n'est plus immédiatement connaissable. Elle n'est plus réduite aux seules prises de position tapageuses et publiques des leaders d'opinion ou aux défilés spectaculaires des militants. Elle est faite principalement, selon une expression apparue surtout après Mai 68, « de majorités silencieuses » qu'il faut donc faire parler pour les connaître. Les instituts de sondage seront l'instrument de ce véritable processus d'inversion. D'où les réticences et les résistances d'une fraction importante du monde politique : en effet, l'opinion publique n'est plus le produit de l'addition (faite d'ailleurs assez librement) des opinions de ceux qui, sur un problème donné, ont une opinion et qui se mobilisent pour le faire savoir et tenter de l'imposer aux décideurs politiques ; elle est le produit de la mobilisation d'enquêteurs qui vont chercher des réponses auprès d'un échantillon non mobilisé mais censé être représentatif de l'ensemble des électeurs.

P. Champagne, « Le sondage et la décision politique », *Revue Projet*, vol. 268, n° 4, 2001.

Vocabulaire

- **Démocratie représentative :** système démocratique selon lequel la collectivité nationale délègue sa souveraineté potentielle à des représentants chargés de légiférer et de contrôler le pouvoir exécutif.
- **Espace public :** ensemble des lieux dans lesquels s'effectue, sans les entraves de la censure, une communication libre qui prend pour sujet tout ce qui concerne la culture et la collectivité et le met ouvertement en débat.

FICHE 3 Sondages et opinion publique

De quoi s'agit-il ?

La technique des sondages a été mise au point par George Gallup aux États-Unis dans les années 1930. Après la Seconde Guerre mondiale, le sondage a fini par apparaître comme la mesure de l'opinion publique.

1 Les techniques de sondage

- Un **sondage** vise à évaluer quantitativement les caractéristiques ou les préférences d'une population à partir de l'étude d'une fraction de cette population : l'**échantillon représentatif**. Le fondement théorique des sondages s'appuie sur **les lois des « grands nombres »**.
- En France, les échantillons sont généralement constitués selon la **méthode des quotas**, qui consiste à respecter au sein d'un échantillon des proportions égales à celles de la population étudiée, relativement à un certain nombre de critères caractéristiques de cette population. **La méthode aléatoire** consiste à tirer au sort certains individus, chaque élément ayant les mêmes chances d'être choisi. Depuis les années 1980, les instituts lui préfèrent **le téléphone**, et surtout **Internet**, depuis les années 2000-2010.
- Les sondages sont souvent critiqués aussi bien sur des problèmes techniques (qualité de l'échantillon par exemple) (**Doc. 1**) que sur le fond : ils légitiment certaines problématiques qui ne sont pas nécessairement celles qui préoccupent véritablement les enquêtés, et ils donnent une formulation particulière à ces questions qui peuvent en orienter les réponses (**Doc. 2**).

2 Le sondage, une simple image de l'opinion ?

- Comme la démocratie représentative est présumée être le moins mauvais des régimes, le sondage est sans doute la moins mauvaise des **approximations** si l'on veut connaître le point de vue des citoyens sur un sujet donné, selon Loïc Blondiaux. Cette opinion est approximative, biaisée ou artificielle (les sondés répondent parfois à des questions qu'ils ne se posaient pas).
- Les sondages sont parfois accusés de **transformer la réalité** en pesant sur les perceptions des individus. Ainsi, dans le cadre d'une campagne électorale, un candidat que les sondages donnent gagnant verrait se rallier à sa candidature les indécis qui prendraient le train en marche. C'est **l'effet *bandwagon*** (dernier wagon). À l'inverse, des électeurs ayant connaissance de ces données pourraient décider de reporter leurs intentions de vote sur l'autre candidat (**effet *underdog***).
- Les sondages exercent une influence qui est toujours sous-estimée par les personnes interrogées. Cependant, on surestime toujours l'influence qu'ils exercent sur les autres. On appelle cela **l'effet tierce personne**. Chacun pense que les autres vont être influencés et des stratégies sont élaborées en conséquence.

LA BOÎTE À DOCS

Doc. 1 La question de la marge d'erreur

Chacun sait qu'un échantillon représentatif est composé par un millier de personnes environ, comme l'indiquent toutes les fiches techniques. Les sondeurs savent par contre que ce chiffre est plus magique que pertinent mais qu'il donne aux sondages une taille appréciable tout en produisant une marge d'erreur statistique limitée mais parfois inadaptée (plus ou moins 3 %). Cette marge diminue à mesure que l'échantillon grandit (plus ou moins 1 % pour 10 000 personnes).

A. Garrigou, « Sondages d'opinion » Universalis.

Il existe une incertitude statistique qui varie en fonction de la taille de l'échantillon et du pourcentage observé. La marge d'erreur est donc toujours prise en compte dans la présentation des résultats.

Doc. 2 Une critique des sondages

Le sondage d'opinion est, dans l'état actuel, un instrument d'action politique ; sa fonction la plus importante consiste peut-être à imposer l'illusion qu'il existe une opinion publique comme sommation purement additive d'opinions individuelles ; à imposer l'idée qu'il existe quelque chose qui serait comme la moyenne des opinions ou l'opinion moyenne. L'« opinion publique » qui est manifestée dans les premières pages de journaux sous la forme de pourcentages (60 % des Français sont favorables à...), cette opinion publique est un artefact pur et simple dont la fonction est de dissimuler que l'état de l'opinion à un moment donné du temps est un système de forces, de tensions et qu'il n'est rien de plus inadéquat pour représenter l'état de l'opinion qu'un pourcentage.

P. Bourdieu, *Questions de sociologie*, Les Édition de Minuit, 2002 [1981].

Les enquêtes d'opinion supposent que la production d'une opinion est à la portée de tous. Pierre Bourdieu conteste ce postulat.

Vocabulaire

- **Sondage :** technique permettant d'observer l'évolution des opinions et des comportements.
- **Échantillon représentatif :** ensemble d'individus représentatifs d'une population que l'on veut étudier.
- **Méthode des quotas :** construction d'un échantillon représentatif de la population étudiée.
- **Méthode aléatoire :** détermination de l'échantillon par tirage au sort, afin que chaque élément ait la même probabilité d'être choisi.

FICHE 4 Sondages et démocratie

De quoi s'agit-il ?

Le recours fréquent aux sondages d'opinion contribue à forger l'opinion publique et modifie l'exercice de la démocratie et de la vie politique.

1 Sondages et campagnes électorales

- Une part importante de la couverture médiatique d'une élection consiste aujourd'hui à montrer quel candidat ou **parti politique** est « en avance » (ou « en retard ») sur les autres (**Doc. 1**) en s'appuyant sur les **sondages d'opinion**.
- Cet aspect de la couverture médiatique de la **campagne électorale** prévaut largement sur la présentation des **programmes**, des candidats et plus généralement sur le traitement des **enjeux de l'élection**.

2 Sondages et médias

- Les sondages assurent une **fonction d'information** sur les « attitudes de la population ». Depuis leur développement dans les années 1930, les sondages bénéficient d'une **diffusion très large** via les médias. Ce faisant, la fonction de porte-parole de l'homme politique est court-circuitée par la publication des sondages. Les partis et les hommes politiques sont écartés de la maîtrise de l'**agenda politique** : ils interviennent souvent de façon secondaire pour interpréter des données d'enquêtes recueillies par d'autres.
- Les hommes politiques, comme les journalistes, utilisent massivement les sondages. Cet usage excessif des sondages pose des problèmes : absence de sens critique des journalistes vis-à-vis des sources fournies par les instituts, **erreurs d'interprétation**, **généralisation abusive** des résultats, moindre importance portée aux phénomènes de long terme et aux aspects moins superficiels de l'opinion publique.

3 Sondages et système démocratique

- On reproche aux sondages de **fausser le jeu politique** en propageant des prédictions incorrectes ou biaisées, capables de modifier le résultat d'une élection.
- Au cours des pré-campagnes, les sondages contribuent à opérer une première **sélection** parmi les prétendants. Les sondages exercent un effet de « clôture » intellectuelle sur la perception des scénarios possibles. Cette mainmise des sondages sur l'anticipation des résultats a des conséquences sur les tactiques de campagne, les **efforts de mobilisation des partis**, et sur l'intérêt général pour la campagne.
- Cela peut conduire au développement d'une « **démocratie d'opinion** » qui peut conduire à une dérive vers le **populisme** ou la **démagogie** (**Doc. 2**).

LA BOÎTE À DOCS

Doc. 1 L'intention de vote au premier tour de l'élection présidentielle 2022

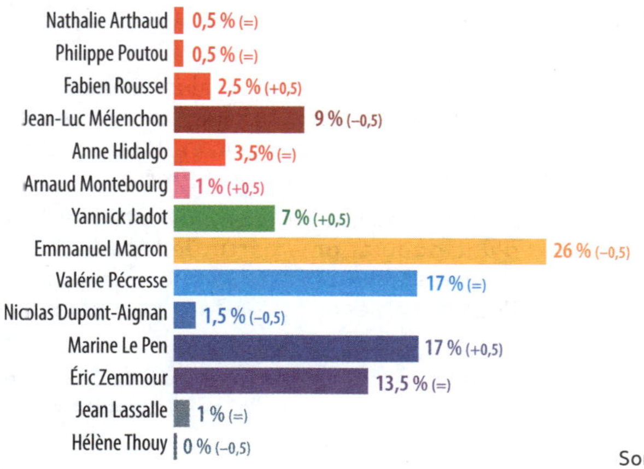

Sondage IFOP-Fiducial, 14 janvier 2022.

Doc. 2 Résister à l'opinion publique ?

Aussi bien, les plus éminents de nos hommes politiques ont été les véritables instituteurs de la démocratie, en alliant un respect scrupuleux du suffrage universel à une résistance déterminée aux entraînements de l'opinion. C'est ainsi qu'en 1870, Léon Gambetta prend la tête d'un gouvernement de guerre quand il sait pertinemment que l'opinion veut la paix à tout prix ; que Léon Blum en 1940 oppose son refus des pleins pouvoirs à Pétain, quand la majorité du groupe socialiste est d'avis contraire ; qu'en 1940, Charles de Gaulle renouvelle – et avec quel éclat ! – le geste de résistance à l'ennemi de Gambetta ; qu'en 1945, Pierre Mendès France préfère quitter le pouvoir plutôt que de renoncer à la rigueur financière qui lui paraît nécessaire ; que sur la peine de mort, François Mitterrand préfère honorer ses propres engagements plutôt que de se conformer à l'opinion.

J. Julliard, « XXVI. Le nouveau Léviathan : l'opinion publique ou De la démocratie périodique à la démocratie permanente », François d'Orcival éd., *Opinion publique et crise de la démocratie*, PUF, 2019.

Lorsque Mitterrand inscrit l'abolition de la peine de mort dans son programme de gouvernement, l'opinion publique y est dans l'ensemble opposée.

Vocabulaire

- **Parti politique :** organisation durable dont l'objectif est de conquérir et d'exercer le pouvoir.
- **Agenda politique :** ensemble des problèmes qui entraînent un débat public, puis une prise en charge par les pouvoirs publics.
- **Démocratie d'opinion :** mode de fonctionnement du pouvoir politique dans lequel les décisions sont prises pour répondre aux désirs de l'opinion publique.

Révision Express

LES POINTS IMPORTANTS À RETENIR

- L'opinion publique est une notion utilisée fréquemment dans les discours des hommes politiques, des syndicalistes et des journalistes. Si son existence est ancienne, elle a pris son essor avec les Lumières au XVIIIe siècle.
- D'abord expression d'une élite, la bourgeoisie, l'opinion publique est alors le résultat de débats qui se déroulent dans le cadre de l'enceinte parlementaire. L'avènement du suffrage universel permettra à l'opinion publique de devenir une opinion populaire. L'introduction des sondages d'opinion à partir du XXe siècle lui donnera une nouvelle forme.
- Les sondages d'opinion et les sondages électoraux visent à évaluer quantitativement les caractéristiques ou les préférences d'une population à partir de l'étude d'une fraction de cette population : l'échantillon, généralement constitué selon la **méthode des quotas** ou selon la **méthode aléatoire**. Ils sont réalisés en face-à-face, par téléphone ou par Internet.
- Les sondages sont parfois critiqués : on leur reproche leur **manque de fiabilité** (mauvaise qualité de l'échantillon, marges d'erreur…), de transformer la réalité et de poser des questions auxquelles les individus ne se seraient pas spontanément intéressés.
- Lors des campagnes électorales, les sondages conduisent à s'intéresser davantage à la position des candidats dans la course électorale qu'à leurs programmes et propositions et aux enjeux de l'élection.
- Si les sondages sont des **sources d'information**, l'utilisation très large qu'en font les médias conduit à court-circuiter la fonction de porte-parole des hommes politiques et à réduire l'analyse aux résultats du sondage. Plus généralement, on leur reproche de fausser le jeu démocratique et de mener à une **démocratie d'opinion**.

APPRENDRE AUTREMENT

Les sondages sont-ils un mal nécessaire en démocratie ?

Vidéo

LE COURS EN 10 MOTS-CLÉS

- Opinion publique
- Démocratie représentative
- Sondage
- Méthode des quotas
- Parti politique
- Agenda politique
- Démocratie d'opinion
- Méthode aléatoire
- Espace public
- Échantillon représentatif

CARTE MENTALE

> La formation de l'opinion publique

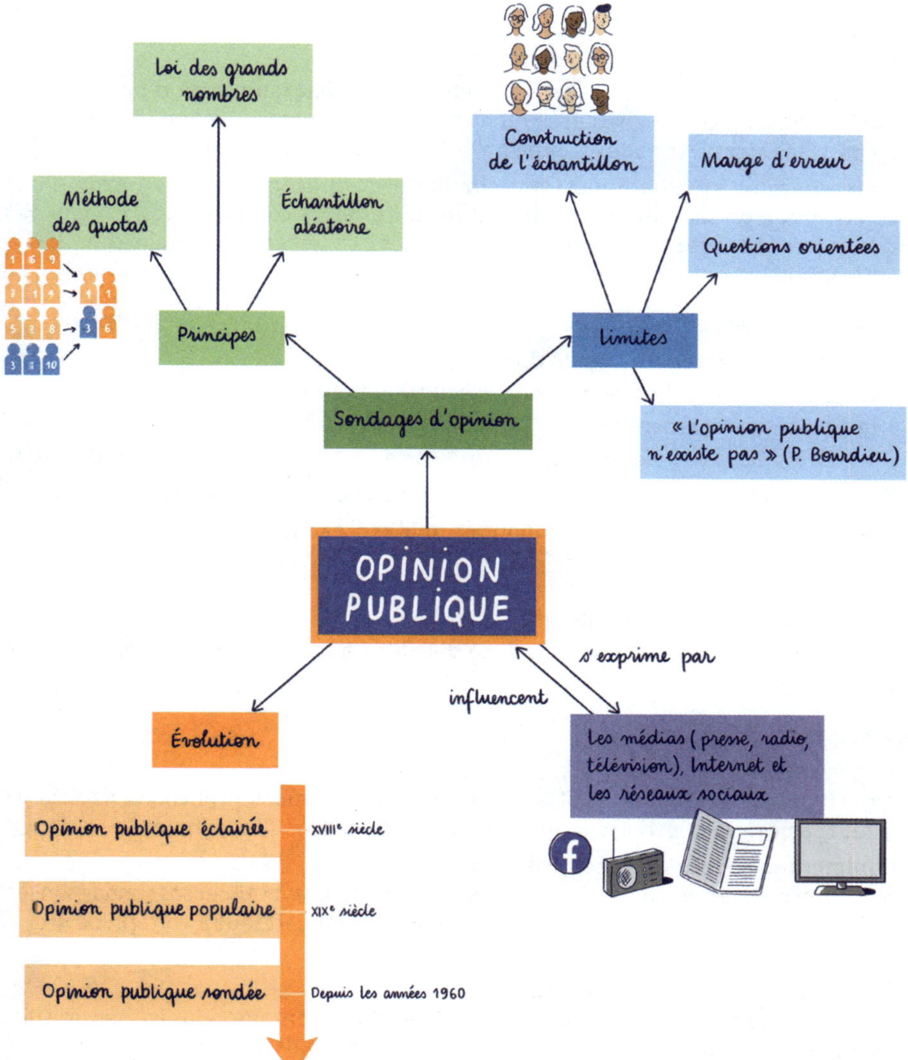

N'hésite pas à construire ta propre carte mentale

1 Le diagramme circulaire ou semi-circulaire

MÉTHODE

- Le diagramme circulaire ou semi-circulaire est un **diagramme de répartition**. Il montre donc la part de chaque élément dans un ensemble qui représente le total. La part des éléments est **exprimée en %** et le total fait donc 100 %.
- Le diagramme circulaire (ou semi-circulaire) se présente sous la forme d'un **cercle divisé en secteurs représentant les différentes composantes**. L'angle de chaque composante est proportionnel à l'effectif représenté, la totalité des 360° correspondant à l'effectif total (ou 180° pour un diagramme semi-circulaire).

1. Lire le graphique

- **Repérer les caractéristiques du document :**
  - le titre : il permet de prendre connaissance du thème étudié ;
  - la source du document ;
  - les autres éléments : les unités, les intitulés de parties, la date ou la période, etc.
- **S'assurer que l'on maîtrise la compréhension des données chiffrées.**
- **Présenter le graphique en expliquant ce qu'il représente.**

2. Observer

- **Repérer la tendance générale**
  En observant l'évolution de la surface des différents secteurs, on peut dégager des tendances.

3. Analyser

- **Dégager l'essentiel**
  Une constatation ne suffit pas ; il faut chercher des explications au phénomène observé. Il faut se poser la question suivante : de quoi s'agit-il dans ce document ?
- **Comment expliquer les tendances observées ?**
  Pour expliquer les évolutions, les faits mis en évidence, il faut utiliser ses connaissances. Cela peut conduire à un examen critique du graphique. Il faut à tout prix éviter la paraphrase.
- **Sélectionner les informations utiles**
  Le graphique fait souvent partie d'un dossier documentaire pour traiter un sujet de dissertation ou un sujet de question de synthèse. Il ne s'agit pas de faire un commentaire du graphique mais de l'analyser dans l'optique du sujet. Il faut donc relier le graphique à l'objet étudié.

ÉNONCÉ

Doc. Répartition des sièges par groupe politique au 1er février 2020 au Parlement européen (post Brexit)

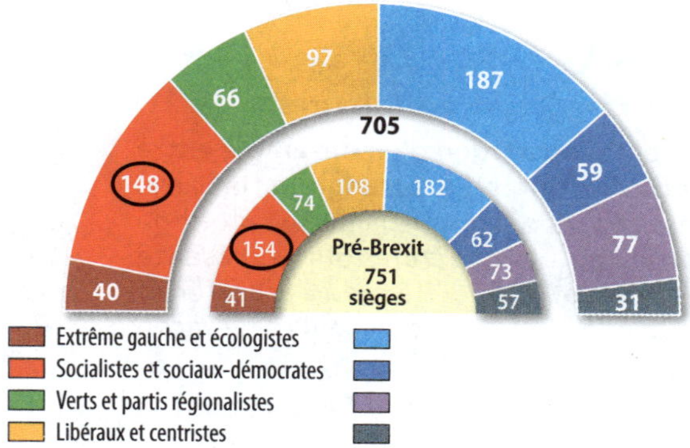

1. **Présentez le document.**
2. **Rédigez une phrase présentant l'information apportée par les données entourées.**
3. **Calculez le poids en pourcentage des socialistes et sociaux-démocrates, des verts et partis régionalistes et des démocrates-chrétiens (après le Brexit).**

CORRIGÉ

1. **Type de graphique :** il s'agit ici d'un diagramme semi-circulaire. Chaque secteur représente un sous-ensemble proportionnel à l'effectif représenté. Les sous-ensembles sont les partis politiques présents au Parlement européen : extrême gauche, socialistes et sociaux-démocrates, verts et partis régionalistes, libéraux et centristes, démocrates-chrétiens, conservateurs et eurosceptiques, extrême droite.
Objet du graphique : il s'agit de la répartition des sièges au Parlement européen par groupe politique au 1er février 2020, c'est-à-dire après le Brexit. Le document permet aussi une comparaison avec la situation antérieure au Brexit. La source est le Parlement européen.
2. Au 1er février 2020, selon les données du Parlement européen, le groupe « Socialistes et sociaux-démocrates » avait 148 députés contre 154 avant le Brexit, c'est-à-dire avant la sortie de l'Union européenne de la Grande-Bretagne.
3. • $\frac{148}{705} \times 100 = 21\ \%$. Au 1er février 2020, 21 % des députés européens appartenaient au groupe « Socialistes et sociaux-démocrates ».
• $\frac{66}{705} \times 100 = 9{,}4\ \%$. Au 1er février 2020, sur 100 députés européens, un peu plus de 9 appartenaient au groupe des verts et des partis régionalistes.
• $\frac{187}{705} \times 100 = 26{,}5\ \%$. Au 1er février 2020, un peu plus d'un quart des députés européens appartenaient au groupe des démocrates-chrétiens.

Remarque
Pensez à varier la formulation de vos réponses.

2 Les autres diagrammes de répartition

MÉTHODE

1. Le diagramme rectangulaire ou en barres

- Il s'agit de figurer la **répartition d'un ensemble entre ses différentes composantes**. Le rectangle (ou la barre) représente l'ensemble et est formé par la juxtaposition des sous-ensembles. Chaque zone qui représente un sous-ensemble est proportionnelle à l'effectif représenté. La bande peut être représentée de façon **verticale** ou **horizontale**.
- Chaque pourcentage correspond à la **différence** entre la borne haute et la borne basse d'un sous-ensemble.

Remarque
Lorsqu'on veut comparer la répartition d'au moins deux populations statistiques, le diagramme en barres est plus adapté que le diagramme circulaire.

2. Le diagramme de répartition en bâton

- Le graphique est constitué par **des rectangles placés côte à côte**. Leur hauteur est proportionnelle à la quantité à représenter. Le diagramme en bâton permet de mettre en évidence les **caractères prépondérants** (les bâtons les plus grands). Lorsque le diagramme en bâtons est présenté verticalement, les pourcentages sont en ordonnées et les catégories en abscisses.
- Ce diagramme est généralement utilisé lorsque l'étude est **comparative**.
- La méthodologie d'analyse de ces diagrammes est identique à celle présentée pour le diagramme circulaire. Il faut :
  - lire le titre pour en connaître le thème ;
  - repérer les variables étudiées, l'unité et la source ;
  - penser à lire les notes de lecture et le champ, s'il est indiqué ;
  - être capable de formuler une phrase avec n'importe quelle donnée chiffrée du graphique et d'en tirer les conclusions qui vous seront utiles.

Remarque
Il ne suffit pas de lire les données du graphique. Il faut aussi compléter votre analyse par des connaissances personnelles.

ÉNONCÉ

Proposez par une phrase une lecture des deux données entourées en rouge sur le Doc. 1, puis faites le même exercice avec le Doc. 2.

Doc. 1 Statut d'occupation des résidences principales en 2021 (en %)

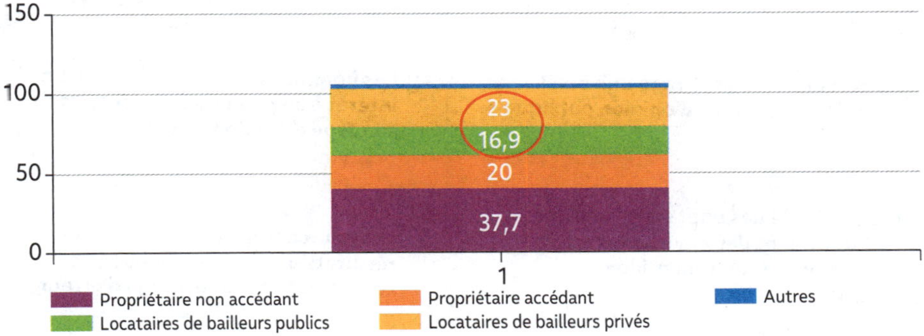

Champ : France hors Mayotte, résidences principales.
D'après Insee-SDES, « Estimations annuelles du parc de logements », 2022.

Doc. 2 Diplôme le plus élevé selon le sexe en 2020

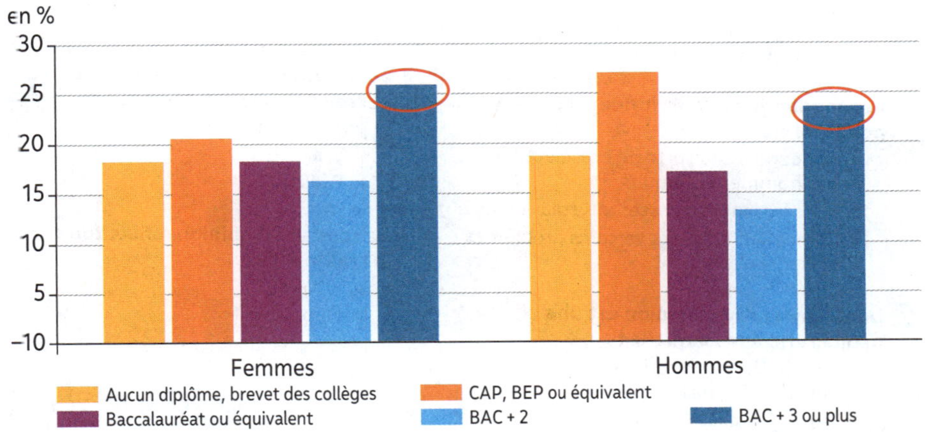

D'après Insee, « Enquête emploi », 2021.

CORRIGÉ

- **Doc. 1** : Au 1er janvier 2021, 23,0 % des résidences principales sont occupées par ces locataires de bailleurs privés, et 16,9 % par des locataires de bailleurs publics selon l'Insee.
- **Doc. 2** : En 2020, 26,0 % des femmes et 23,5 % des hommes ont un diplôme supérieur ou égal à Bac + 3, selon l'enquête « Emploi » menée par l'Insee.

Fiche test *Ce que je sais*

QCM

15 min

☐ À revoir
☐ Acquis

1 Cochez la bonne réponse.

1 L'avènement du suffrage universel a modifié la notion « d'opinion publique ».
- ☐ a. Vrai
- ☐ b. Faux

2 La méthode des quotas et la méthode aléatoire sont deux méthodes équivalentes pour élaborer un échantillon.
- ☐ a. Vrai
- ☐ b. Faux

3 L'effet tierce personne désigne le fait que :
- ☐ a. le sondeur influence la personne interrogée.
- ☐ b. l'on surestime l'influence qu'exercent les sondages sur nous.
- ☐ c. l'on surestime l'influence qu'exercent les sondages sur les autres.

4 Les sondages peuvent influencer le jeu politique car :
- ☐ a. ils opèrent une sorte de présélection des hommes politiques.
- ☐ b. ils diffusent de fausses informations.
- ☐ c. ils mettent en avant certains problèmes plus que d'autres.

5 Une démocratie d'opinion est une démocratie dans laquelle :
- ☐ a. les décisions sont prises après consultation des électeurs.
- ☐ b. le pouvoir est exercé par des représentants.
- ☐ c. les décisions sont prises en fonction de l'expression spontanée de l'opinion publique.

6 Les hommes politiques n'ont aucun intérêt à se procurer les résultats de sondage d'opinion avant des élections.
- ☐ a. Vrai
- ☐ b. Faux

7 Les pourcentages donnés dans les résultats d'enquête d'opinion ne comportent aucune marge d'erreur.
- ☐ a. Vrai
- ☐ b. Faux

8 L'opinion publique peut s'exprimer sous différentes formes.
- ☐ a. Vrai
- ☐ b. Faux

9 La méthode aléatoire consiste à prélever au hasard un certain nombre de personnes parmi l'ensemble de la population.
- ☐ a. Vrai
- ☐ b. Faux

10 Le sondage d'opinion reflète toujours la réalité sociale.
- ☐ a. Vrai
- ☐ b. Faux

SCORE : ____ / 10

EXERCICES D'ENTRAÎNEMENT

2 Questions courtes

1. Qu'est-ce que l'opinion publique ?
2. Lors d'un sondage, pourquoi trouve-t-on, dans les réponses fournies par l'échantillon, à peu près les mêmes réponses qu'aurait donné l'ensemble de la population ?
3. Quelles conséquences le développement des sondages d'opinion peut-il avoir sur la vie politique ?
4. Les hommes politiques peuvent-ils s'appuyer sur l'opinion publique pour faire voter une loi ?

3 L'utilisation des sondages par les acteurs politiques

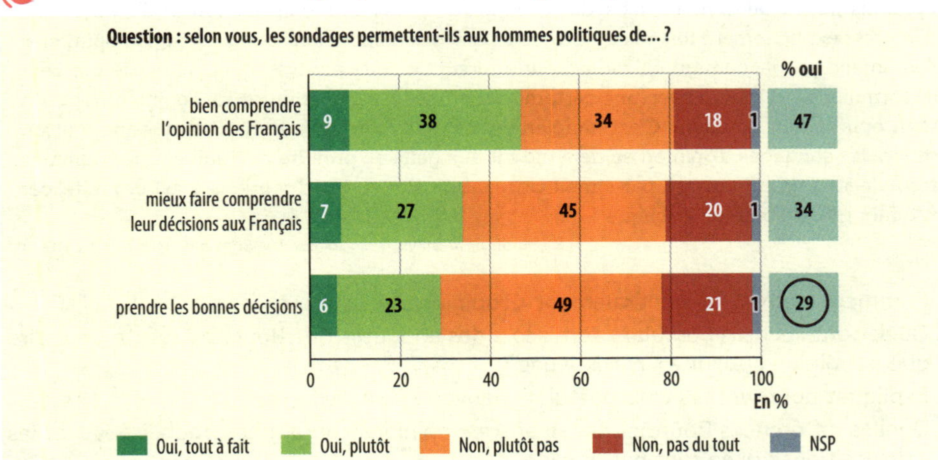

Baromètre « les Français et les sondages », Vaque 7, les acteurs politiques et les sondages, *Opinionway*, mars 2017.

1. Faites une phrase avec la donnée entourée.
2. Les sondages permettent-ils de comprendre l'opinion des citoyens ?
3. Que ressort-il de ce sondage ?

4 L'opinion publique n'existe pas

Je voudrais préciser tout d'abord que mon propos n'est pas de dénoncer de façon mécanique et facile les sondages, mais de procéder à une analyse rigoureuse de leur fonctionnement et de leurs fonctions. Ce qui suppose que l'on mette en question les trois postulats qu'ils engagent implicitement. Toute enquête d'opinion suppose que tout le monde peut avoir une opinion, ou autrement dit, que la production d'une opinion est à la portée de tous. Quitte à heurter un sentiment naïvement démocratique, je contesterai ce postulat. Deuxième postulat : on suppose que toutes les opinions se valent. Je pense que l'on peut démontrer qu'il n'en est rien et que le fait de cumuler des opinions qui n'ont pas du tout la même force réelle conduit à produire des artefacts dépourvus de sens. Troisième postulat implicite : dans le simple fait de poser la même question à tout le monde se trouve impliquée l'hypothèse qu'il y a un consensus sur les problèmes, autrement dit qu'il y a un accord sur les questions qui méritent d'être posées. Ces trois postulats impliquent, me semble-t-il, toute une série de distorsions qui s'observent lors même que toutes les conditions de la rigueur méthodologique sont remplies dans la recollection et l'analyse des données [...].

Bref, j'ai voulu dire que l'opinion publique n'existe pas, sous la forme en tout cas que lui prêtent ceux qui ont intérêt à affirmer son existence. J'ai dit qu'il y avait d'une part des opinions constituées, mobilisées, des groupes de pression mobilisés autour d'un système d'intérêts explicitement formulés, et d'autre part, des dispositions qui ne sont pas opinion si l'on entend par là, comme je l'ai fait tout au long de cette analyse, quelque chose qui peut se formuler en discours avec une certaine cohérence. Cette définition de l'opinion n'est pas mon opinion sur l'opinion. C'est simplement l'explication de la définition que mettent en œuvre les sondages d'opinion en demandant aux gens de prendre position sur des opinions formulées et en produisant par simple agrégation statistique d'opinions ainsi produite, cet artéfact qu'est l'opinion publique.

P. Bourdieu, *Questions de sociologie*, Les Édition de Minuit, 2002 [1981].

1. Comment connaît-on généralement « l'opinion publique » ?
2. Quels sont les trois postulats admis lors des enquêtes que Bourdieu réfute pour dire que « l'opinion publique » n'existe pas ?
3. Expliquez pourquoi ces trois postulats peuvent-être discutés.
4. Quelles différences Bourdieu fait-il entre « opinions constituées, mobilisées » et les « dispositions qui ne sont pas opinion » ?
5. Pourquoi certains ont-ils « intérêt à affirmer l'existence de l'opinion publique » ? À quoi correspond en fait ce qu'ils appellent « opinion publique » ?

Corrigés

Fiche test · Ce que je sais

1 **1.** a. **2.** b. **3.** c. **4.** a. et c. **5.** c. **6.** b. Les sondages ne prédisent pas nécessairement le résultat des élections mais ils peuvent informer les hommes politiques sur les attentes, les centres d'intérêt des électeurs et donc leur permettre d'adapter leur campagne électorale. **7.** b. Ils peuvent comporter une marge d'erreur mais les sondeurs doivent la préciser. **8.** a. L'opinion publique peut s'exprimer sous des formes variées : pétitions, manifestations... **9.** a. Le prélèvement se fait par tirage au sort. **10.** b. Les sondages peuvent déformer la réalité sociale.

Exercices d'entraînement

2 Questions courtes

1. Selon la définition générale du dictionnaire Larousse, l'opinion publique est ce que pense en général le public, ce qu'il croit. En sciences politiques, il s'agit de l'ensemble des convictions et des valeurs plus ou moins partagées, des jugements, des préjugés et des croyances de la population d'une société donnée.
2. Si l'échantillon est représentatif, c'est-à-dire qu'il présente les mêmes caractéristiques que la population, et qu'il est constitué d'un nombre suffisamment important de personnes, de par la loi des grands nombres, les réponses fournies par cet échantillon seront à peu près celles qu'aurait fournies l'ensemble de la population si on l'avait interrogé.
3. Les sondages donnent un semblant de légitimité à certaines personnes, certains comportements, certaines opinions qui peuvent aller à l'encontre de la légitimité sortie des urnes. Les hommes politiques sont de plus en plus souvent soumis à la pression de l'opinion publique qui s'exprime par les sondages, ce qui diminue l'autonomie de délibération des parlementaires qui peuvent difficilement se soustraire à cette pression. De plus, les sondages peuvent être facteurs d'inégalités car certains candidats en bénéficient et peuvent ajuster leur offre électorale pour gagner des électeurs alors que d'autres, faute de moyens, n'y ont pas accès.
4. Les hommes politiques peuvent s'appuyer sur l'opinion publique pour faire voter des lois qui ne rencontrent pas forcément l'approbation de la totalité de leur camp. Ainsi le président Valéry Giscard d'Estaing, qui voulait faire approuver par le Parlement une loi libéralisant l'IVG en 1974, a pu s'appuyer sur l'opinion publique qui y était favorable alors même qu'une partie de sa majorité y était hostile. L'opinion publique a fait pression sur les parlementaires de l'opposition pour qu'ils se joignent à la majorité pour voter la loi.

3 L'utilisation des sondages par les acteurs politiques

1. Sur 100 personnes interrogées par *Opinionway* en mars 2017, seulement 29 considèrent que les sondages peuvent aider les hommes politiques à prendre les bonnes décisions.
2. Seuls 47 % des personnes interrogées considèrent que les sondages peuvent permettre aux hommes politiques de bien comprendre l'opinion des citoyens. C'est un chiffre relativement bas si l'on considère qu'il s'agit d'un des objectifs mêmes du sondage d'opinion.

3. Les Français se montrent conscient de l'ambivalence de l'utilisation des sondages par les hommes politiques. Ils mettent en doute la capacité des sondages à aider les hommes politiques à échanger avec le peuple et à gouverner.

4 L'opinion publique n'existe pas

1. En général, on estime l'opinion publique grâce aux sondages.
2. Les trois postulats récusés par Pierre Bourdieu sont :
   - « tout le monde à une opinion » ;
   - « toutes les opinions se valent » ;
   - « il y a accord sur les questions qui méritent d'être posées ».
3. Poser une question à tout le monde suppose que chaque personne interrogée a une opinion, s'est intéressée aux problèmes posés, et a éventuellement recherché des informations sur ces questions, ce qui n'est pas le cas. Les résultats publiés par les sondages sont les réponses agrégées aux questions posées, chaque réponse ayant le même poids dans le résultat final, alors que certaines opinions auront été affirmées avec force et conviction et d'autres moins. Les sondages mettent en avant des problèmes qui ne sont pas forcément ceux qui paraissent prioritaires aux individus.
4. Les « opinions constituées, mobilisées » sont l'expression cohérente des idées et comportements de quelques groupes sociaux particuliers qui vont chercher à les faire partager à l'ensemble de la société. Les « dispositions qui ne sont pas opinion » sont des réponses fournies par des individus sur des problèmes, le tout pouvant être dépourvu de cohérence.
5. Certains affirment l'existence de l'opinion publique pour défendre leur système d'intérêts. Ce qu'ils appellent l'opinion publique est simplement l'agrégation de dispositions, de prises de position sur des opinions formulées.

Chapitre

10 Les explications du vote

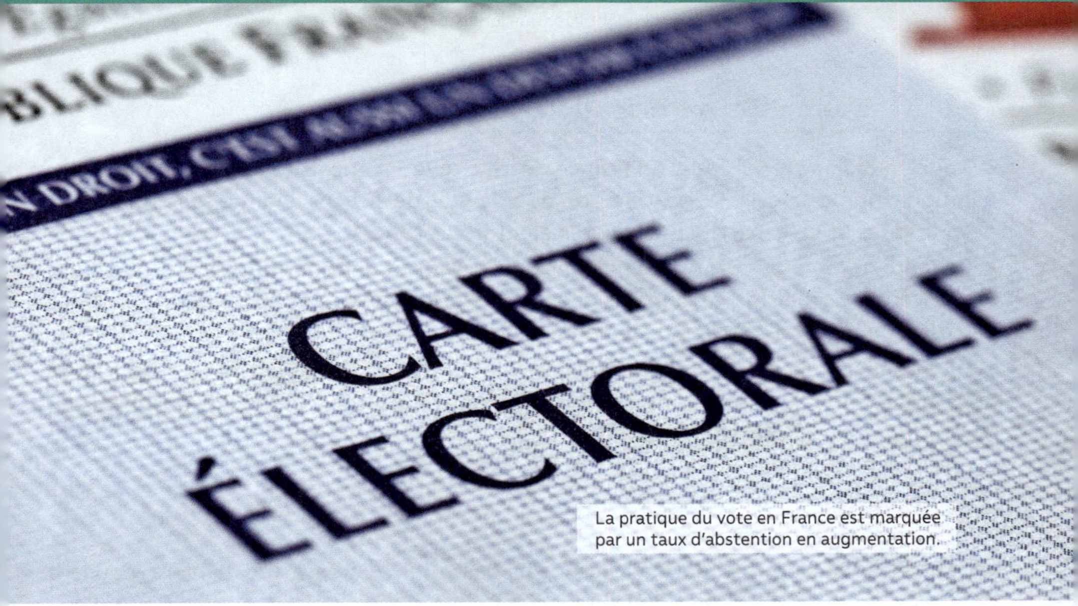

La pratique du vote en France est marquée par un taux d'abstention en augmentation.

FICHE 1

Comment mesurer la participation électorale ?

De quoi s'agit-il ?

L'effritement continu de la participation électorale en France traduit un sentiment d'indifférence face au jeu politique. Cependant, d'autres facteurs expliquent l'abstentionnisme.

1 La mesure de la participation électorale

- Pour pouvoir voter, il faut, en France : être citoyen français (ou européen pour les élections municipales), c'est-à-dire être âgé de plus de 18 ans, jouir de ses droits civils et politiques et être **inscrit sur les listes électorales** (**Doc. 1**).
- Cependant, en 2017, près de 6 millions de citoyens étaient non-inscrits et 7 millions **mal-inscrits**. La **mal-inscription** désigne le fait d'être inscrit dans un bureau de vote qui ne correspond plus à son lieu de résidence effectif.
- On mesure l'implication électorale des citoyens grâce au **taux d'inscription sur les listes électorales**, aux **taux de non-inscription** et de **mal-inscription**, au **taux de participation électorale** et au **taux d'abstention**.

2 La montée de l'abstention

- **L'abstention électorale**, qui est le fait de ne pas voter, augmente de manière régulière depuis les années 1980 (**Doc. 2**) et de manière plus ou moins marquée selon les enjeux électoraux. Elle peut être qualifiée de « passive » ou d'« active » selon qu'elle procède ou non d'un choix motivé.
- L'abstentionnisme électoral peut s'interpréter comme le symptôme d'une **crise de la représentation politique** : sentiment d'inefficacité du vote, insatisfaction devant l'offre électorale. Le recul de la participation électorale affaiblit la **légitimité de la représentation démocratique**.

3 Les explications de l'abstention

- L'abstention est qualifiée de **structurelle** lorsqu'elle est le reflet d'un défaut d'intégration. Elle est souvent le fait d'individus socialement fragilisés et faiblement diplômés (abstentionnistes « hors du jeu » politique). L'abstention traduit un **sentiment d'incompétence** à appréhender les enjeux et les débats des différentes élections.
- L'abstention **conjoncturelle** est liée aux enjeux du scrutin (abstention le plus souvent **intermittente**) et peut exprimer un sentiment d'insatisfaction ou de protestation. Elle concerne des individus plutôt intégrés (abstentionnisme dans le jeu), sensibles aux problèmes politiques et aux enjeux de l'élection.

LA BOÎTE À DOCS

Doc. 1 Taux d'inscription au 24 mai 2021 selon l'âge

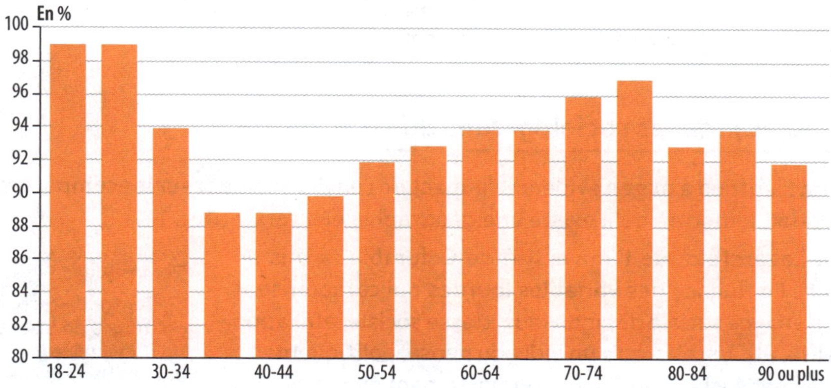

Insee, estimations de population (données provisoires arrêtées à fin mai 2021).

Doc. 2 Évolution du taux d'abstention aux premier et second tours des élections présidentielles

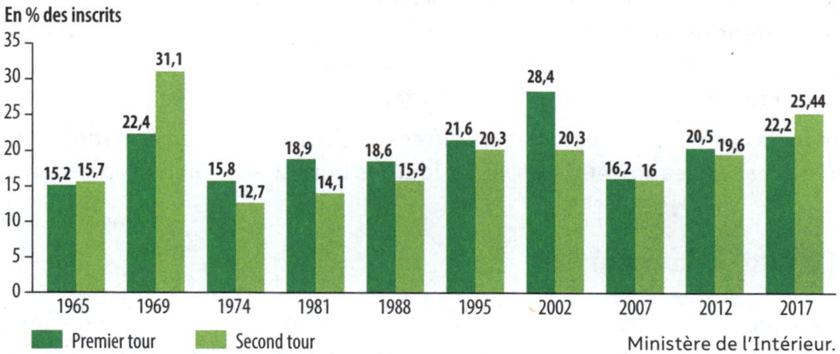

Ministère de l'Intérieur.

Aux élections présidentielles de 2022, l'abstention a été de 26 % des inscrits au premier tour et 28 % au second tour.

Vocabulaire

- **Taux d'inscription sur les listes électorales :** rapport entre le nombre d'inscrits et la population électorale potentielle.
- **Taux de participation électorale :** rapport entre le nombre de suffrages exprimés (blancs et nuls compris) et le nombre d'inscrits.
- **Taux d'abstention :** rapport entre le nombre d'abstentionnistes et le nombre d'inscrits.

FICHE 2 Les déterminants du vote

De quoi s'agit-il ?

La participation électorale est la forme élémentaire de participation politique dans une démocratie représentative. On peut distinguer différents déterminants du vote.

1 Les approches sociologiques du vote

- André Siegfried a mis en évidence l'impact de l'environnement sur les **comportements électoraux**. Il montre qu'il existe une géographie électorale (**Doc. 1**).

- Paul Lazarsfeld, de l'université de Columbia, a mis en évidence l'influence des **variables lourdes** qui caractérisent l'appartenance sociale des individus (classe sociale, affiliation religieuse, etc.), si bien qu'« **un individu pense, politiquement, comme il est socialement** ». Le comportement électoral d'un individu dépend donc de sa position sociale. On retrouve ce type d'analyses en France dans les études du Cevipof (**Doc. 2**).

Remarque

Le Centre de recherches politiques de Sciences Po (Cevipof) est une unité mixte de recherche sous la tutelle de l'Institut d'études politiques (Sciences Po) de Paris et du CNRS.

- Le troisième modèle classique du vote explique de manière plus psychologique la stabilité des comportements électoraux par l'« **identification partisane** ». Celle-ci est le produit de l'appartenance sociale, mais c'est aussi avant tout un attachement affectif, bien plus que politique, une loyauté quasiment identitaire construite depuis l'enfance.

- Ces modèles convergent malgré leurs différences : ils mettent en évidence que le vote dépend de la socialisation et de variables lourdes qui situent l'individu dans la société.

2 Le rôle de la religion

- Les variables dites « lourdes », comme le patrimoine ou la profession exercée, ne semblent plus expliquer que de manière secondaire le choix électoral qui dépend aussi des **choix culturels** et des ensembles de valeurs proposés par les candidats.

- Cependant, la religion reste un puissant prédicteur du choix électoral. La religion (que ce soit la confession ou le degré de pratique) implique en effet un système de valeurs qui influence les choix personnels et les priorités politiques.

- La recomposition du paysage politique s'appuie sur une **fragmentation de l'électorat** dont les ressorts principaux ne sont plus les « positions de classe » mais une combinaison complexe de variables liées à la vie individuelle. Le déclin du **vote de classe** se fait au profit du vote privatif, défini comme le résultat d'un **compromis personnel** qui oriente le choix électoral.

- Cette évolution rend le **processus électoral très instable**, sensible aux personnalités comme aux discours des candidats et des élus, car ce qui est privatif est aussi affectif.

LA BOÎTE À DOCS

Doc. 1 Résultats au second tour des élections présidentielles 2017

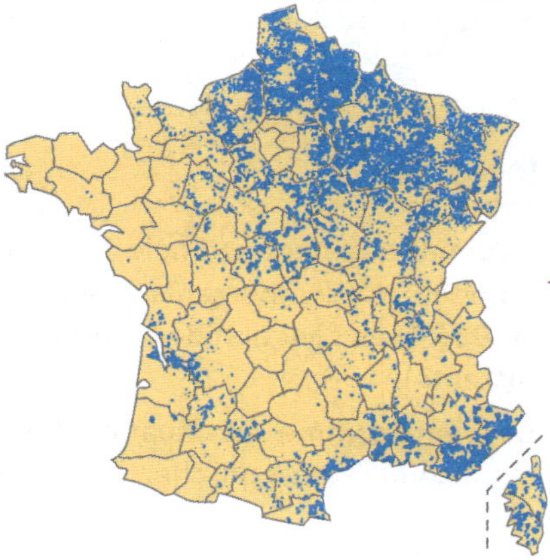

En orange, les territoires où Emmanuel Macron (LREM) est arrivé en tête, en bleu ceux où Marine Le Pen (RN) est arrivée en tête.

Ministère de l'intérieur, 2017.

Doc. 2 Vote au second tour des élections présidentielles de 2017 (en %)

	E. MACRON	M. LE PEN
ENSEMBLE	65,5	34,5
CSP		
• Cadres	82	18
• Professions intermédiaires	67	33
• Employés	54	46
• Ouvriers	44	56
Diplôme		
• Inférieur au bac	55	45
• Baccalauréat	64	36
• Bac + 2	69	31
• Supérieur à Bac +3	81	19

Insee, enquête sur la participation électorale, 2017.

Vocabulaire

- **Variables lourdes :** ensemble des variables sociales et culturelles qui sont les plus explicatives du comportement électoral d'un individu.
- **Identification partisane :** attachement d'ordre quasi affectif des individus à l'égard des partis, des programmes et des candidats qui fait varier les préférences politiques.
- **Vote de classe :** les choix électoraux des individus seraient déterminés par leur appartenance à une classe sociale donnée (dimension objective) et à leur identité de classe (dimension subjective).

FICHE 3 La volatilité électorale

De quoi s'agit-il ?
De plus en plus d'électeurs ne votent pas pour les candidats du même parti lors de deux élections successives ou alors s'abstiennent de façon intermittente.

1 Le phénomène de volatilité électorale

- La part des électeurs stables (votant systématiquement et fidèle à un parti) reste importante mais la **volatilité électorale** augmente. Le comportement le plus fréquent est **l'alternance du vote et de l'abstention** (**Doc. 1**) en fonction de l'offre électorale et des enjeux de l'élection (abstention intermittente).
- Le **modèle de l'électeur rationnel** envisage le vote comme une situation de choix sur le marché dans laquelle les électeurs sont des consommateurs qui cherchent à maximiser leur satisfaction par un calcul rationnel.
- L'**offre politique** est constituée de l'ensemble des choix possibles lors de l'élection. Elle est définie par la **conjoncture** (économique et sociale) et la configuration électorale (stratégie des partis, nature du scrutin).
- La **demande politique** est déterminée par le positionnement des électeurs et leurs attentes. À partir de ses prédispositions politiques, l'électeur effectue des arbitrages qui le conduisent au choix électoral le plus satisfaisant. Il devient **stratège** et développe un **comportement utilitariste**, favorable à la volatilité électorale.

2 L'explication de la volatilité électorale par le vote sur enjeu

- Le **vote sur enjeu** (**Doc. 2**) est une des explications proposées de la volatilité électorale. Il est plus largement influencé par les **conjonctures politiques** (thème des campagnes électorale, rôle des médias). Le vote sur enjeu aurait tendance à se substituer au **vote de clivage** (soutenu par l'appartenance partisane et influencé par des **variables lourdes**, telle que l'appartenance de classe).
- L'électeur rationnel est supposé être capable de **choisir** et de **hiérarchiser** les alternatives proposées par les candidats, ce qui favorise la mobilité électorale. **L'affaiblissement des identités partisanes** et de l'attachement à un parti renforce le poids des enjeux dans une campagne, et contribue à accroître la part des électeurs volatils.
- Les **thèmes et enjeux des campagnes électorales** deviennent essentiels pour les partis politiques, car à travers leurs programmes, ils cherchent à capter cet électoral volatil. Le rôle de la communication politique devient déterminant.

LA BOÎTE À DOCS

Doc. 1 Vote aux élections présidentielles et législatives

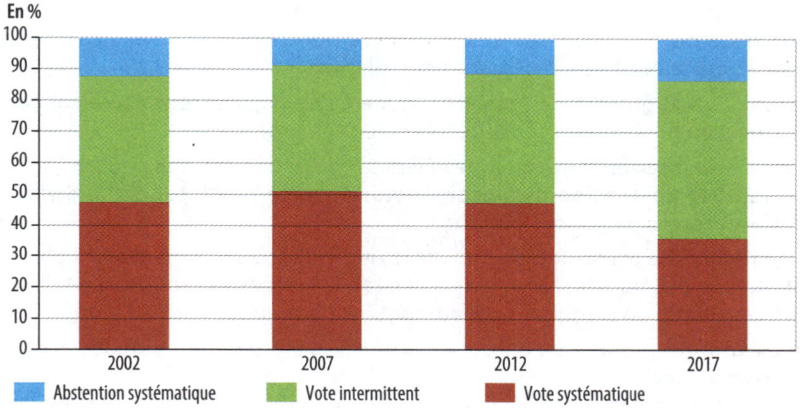

Insee, enquête sur la participation électorale de 2002 à 2017.

En 2017, seuls quatre inscrits sur dix ont participé à tous les tours des élections. La pratique d'un vote intermittent est donc nettement plus répandue en 2017, au détriment du vote systématique.

Doc. 2 Le vote sur enjeu

« Dis-moi ce qui t'importe, je te dirai comment tu votes ». C'est aussi ce que l'on a appelé le vote « sur enjeu ». Cette nouvelle vision permet d'expliquer la plus grande mobilité électorale que l'on observe depuis cette époque, et la progression de nouvelles forces politiques (écologistes, extrême droite, régionalistes, etc.). Cet électeur « stratège » ou « sophistiqué » correspondrait à l'élévation du niveau général d'éducation de la population depuis 1945. Plus éduqué en moyenne, plus intéressé par la politique que ses prédécesseurs, l'électeur occidental voterait désormais pour le candidat incarnant la politique publique qu'il considère comme la meilleure pour lui ou pour le pays.

C. Bouillaud, « Dis-moi qui tu es, je te dirai pour qui tu votes », *Sciences Humaines*, vol. 236, n° 4, 2012.

Vocabulaire

- **Volatilité électorale :** propension à changer de parti d'un scrutin à un autre, ou à passer du vote à l'abstention.
- **Électeur rationnel :** individu dont le vote est guidé par une forme de rationalité, qu'il s'agisse d'envisager les ressorts de la participation électorale ou les déterminants du vote lui-même.
- **Offre politique (offre électorale) :** ensemble des programmes des candidats proposés aux électeurs lors d'un scrutin.
- **Vote sur enjeu :** comportement électoral reposant sur la maîtrise des problèmes sur lesquels se jouent les élections, la connaissance des solutions proposées par les politiques et la perception que s'en font les électeurs.

Révision Express

LES POINTS IMPORTANTS À RETENIR

- On mesure l'implication des citoyens grâce au **taux d'inscription sur les listes électorales**, aux **taux de non-inscription** et de **mal-inscription**, au **taux de participation électorale**. La participation électorale est le comportement d'un électeur inscrit sur les listes électorales et qui se déplace pour aller voter.
- L'abstention a **augmenté** de manière régulière depuis une trentaine d'années et de manière plus ou moins marquée selon les enjeux électoraux.
- Elle peut être **intermittente** lorsque l'électeur ne se déplace pas systématiquement pour voter. Cet **abstentionnisme conjoncturel** concerne plutôt des individus bien intégrés, intéressés par la vie politique.
- L'abstentionnisme est **structurel** lorsque les individus ne se reconnaissent plus dans le jeu politique. Il est alors fortement lié à une faible intégration sociale, un faible degré de politisation et à un sentiment d'incompétence politique.
- Paul Lazarsfeld montre qu'on peut prédire le vote d'un individu à partir de ses **caractéristiques sociales** (statut social, lieu de résidence, religion…). En France, les travaux du Cevipof mettent en évidence l'existence de **variables lourdes du comportement électoral** (la religion, la classe sociale, le patrimoine et le statut professionnel…).
- D'autres travaux mettent l'accent sur **le choix de l'électeur** qui répond à une **identification partisane** qui s'acquiert au travers de la socialisation politique.
- À partir des années 1970, on a observé une **volatilité électorale** accrue. Cela semble confirmer l'hypothèse d'un **affaiblissement du vote de classe**, d'une **montée de l'individualisme** et d'une indépendance grandissante de l'électeur, qui ferait son choix en fonction de **l'offre politique**. La volatilité électorale peut aussi s'expliquer par une plus grande sensibilité des électeurs aux **enjeux** propres à une élection.

APPRENDRE AUTREMENT

Droit de vote ou devoir de vote ?

Podcast

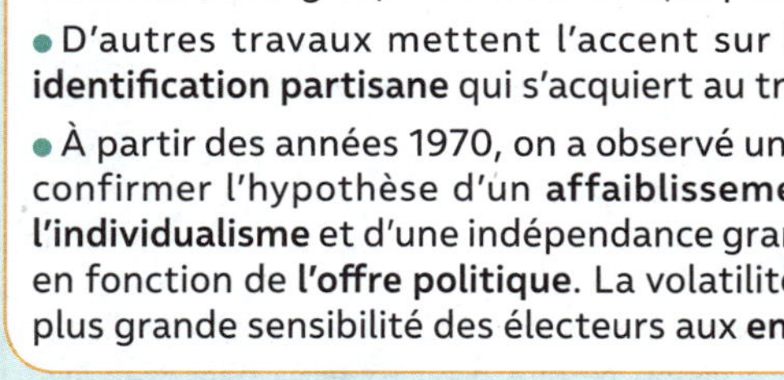

LE COURS EN 10 MOTS-CLÉS

- Abstention
- Électeur rationnel
- Identification partisane
- Participation électorale
- Offre politique
- Offre électorale
- Variables lourdes
- Volatilité électorale
- Vote de classe
- Vote sur enjeu

> Les explications du vote

CARTE MENTALE

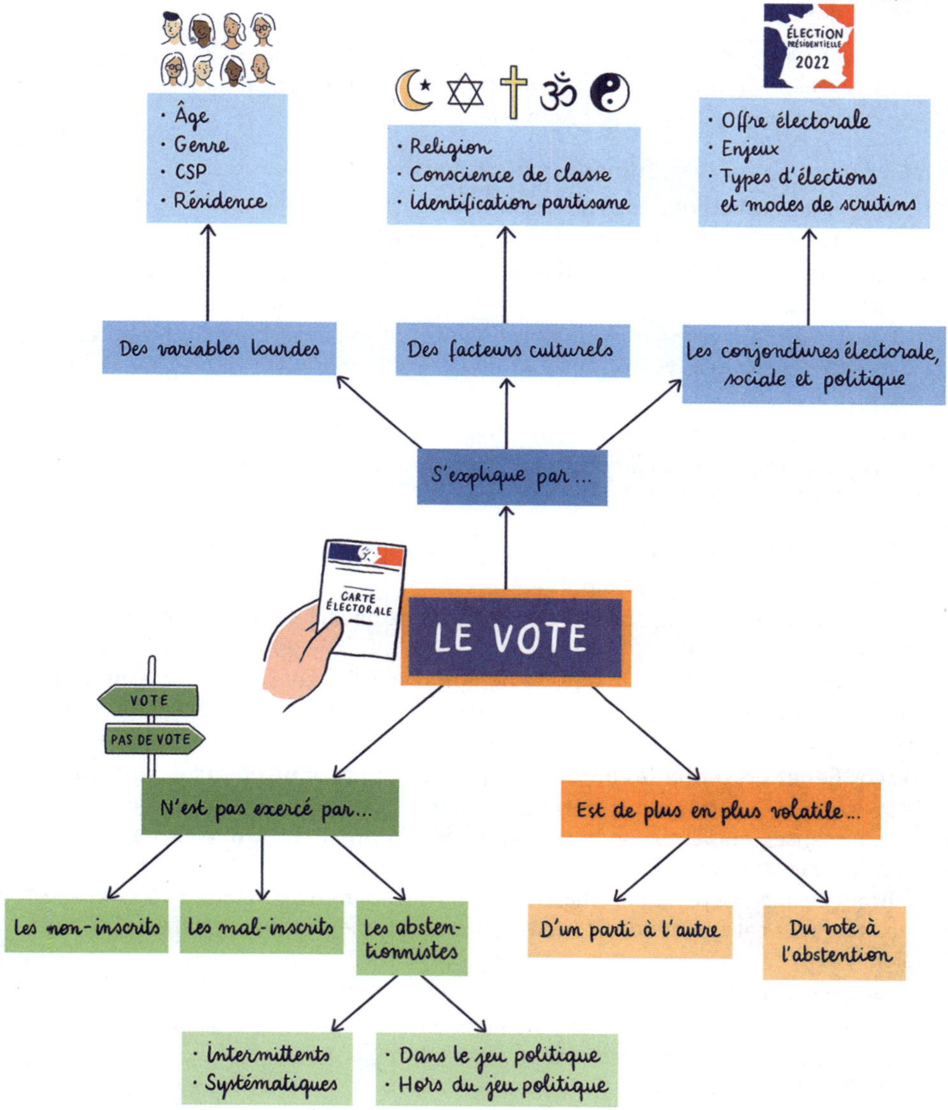

N'hésite pas à construire ta propre carte mentale

Analyser une série chronologique

MÉTHODE

- Une série chronologique est une série statistique qui présente l'évolution d'une variable dans le temps. Elle peut être présentée sous forme d'un tableau statistique ou d'un graphique (courbe par exemple).

1. Comment situer le document et le présenter

- **Repérer les caractéristiques du document.**

  – **Le titre** : il permet de prendre connaissance de l'objet du document.

  – **La source** : elle permet d'identifier l'origine des informations chiffrées.

  – **La période étudiée** : elle permet de situer l'évolution dans un contexte bien précis.

  – **Les unités de mesure** : il peut s'agir d'unités physiques (tonnes, personnes...), d'unités monétaires (euros, dollars...) ou encore de pourcentages (proportion, taux de variation).

- **S'assurer que l'on maîtrise la compréhension des données chiffrées.**
- **Rédiger la présentation du document** (lorsqu'il s'agit d'utiliser le document dans un paragraphe argumenté, par exemple).

2. Observer l'évolution présentée

- **Repérer la tendance générale.**

  – La tendance générale s'observe entre le point de départ de la série chronologique et son point d'arrivée.

  – Justifier votre affirmation à l'aide de données chiffrées : soit en « lisant » les données chiffrées, soit en effectuant des calculs (taux de variation, coefficient multiplicateur, écarts en points de pourcentages...).

- **Identifier et présenter les différentes périodes à partir de points de rupture.**

  – Lorsque l'évolution de la série n'est pas continue (toujours croissante ou décroissante), on peut repérer les points de rupture, c'est-à-dire les dates où le sens de variation s'inverse.

  – Il faut justifier vos propos en utilisant les données chiffrées de la série chronologique. Vous pouvez calculer un écart relatif ou présenter les données chiffrées les plus significatives.

- **Présenter le rythme de l'évolution.**

  – Un point de rupture peut aussi être une date à partir de laquelle l'évolution change de rythme (accélération/décélération de la hausse ou de la baisse de la variable étudiée). Cela permet de préciser la périodisation de la série chronologique.

Remarque

Sur une courbe, le rythme de l'évolution se repère facilement : il suffit d'observer la pente de la courbe. Mais si vous travaillez sur un tableau, il vous faudra effectuer un calcul du taux de croissance sur différentes périodes pour connaître le rythme des évolutions.

ÉNONCÉ

Doc. Évolution de l'abstention au premier tour des élections législatives (en %)

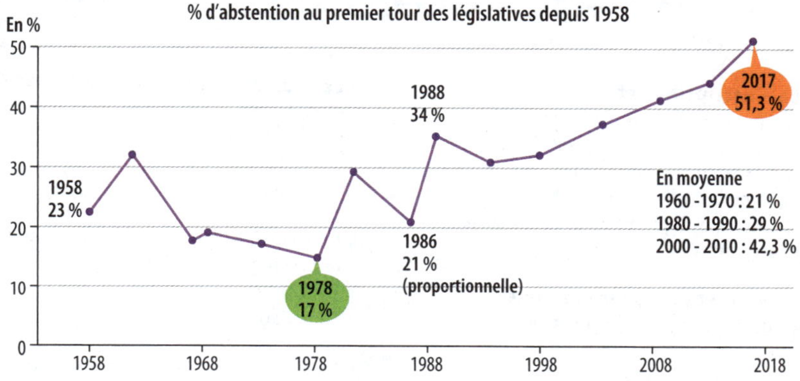

Ministère de l'Intérieur, © Radio France, 2019.

1. Présentez le document.

2. Quelles observations tirez-vous de ce document ?

CORRIGÉ

1. • **Les caractéristiques du document :**
   - Le titre : Évolution de l'abstention au premier tour des élections législatives.
   - La source : données du ministère de l'Intérieur, reprises par le site de Radio France.
   - La période : 1958-2017 (1958 est la date du début de la Vᵉ République).
   - Les unités de mesure : ce sont des pourcentages (proportions).

   • **Signification des données chiffrées :** Lors des élections législatives françaises de 1978, sur 100 électeurs inscrits, 17 se sont abstenus au premier tour.

   • Ce graphique, tiré des chiffres du ministère de l'Intérieur, montre l'évolution de l'abstention au premier tour des élections législatives depuis le début de la Vᵉ République.

2. On constate que depuis le début de la Vᵉ République (1958), l'abstention (qui est le fait de ne pas aller voter lors d'une élection) a fortement augmenté.
   - On peut distinguer deux grandes périodes sur le graphique et l'année 1978 constitue un point de rupture.
   - Entre 1962 et 1978, la proportion d'électeurs s'étant abstenus diminue (elle passe de 31,3 à 17 %). À partir de 1978, cette proportion augmente de 34,3 points de pourcentage (51,3 – 17).
   - Lors de la première période, la baisse de l'abstention est relativement régulière.
   - La deuxième période peut se diviser en deux sous-périodes : entre 1978 et 1988, l'évolution est importante mais très heurtée : l'abstention est volatile. À partir de 1993, il y a une accélération de la hausse de l'abstention, elle augmente de 20,5 points de pourcentages (51,3 – 30,8).

Fiche test Ce que je sais

QCM

15 min

☐ À revoir
☐ Acquis

1 Cochez la bonne réponse.

1 La mal-inscription est :
- ☐ a. synonyme de non-inscription.
- ☐ b. le fait d'être inscrit sur une liste électorale dans une autre commune que celle où on réside.
- ☐ c. le résultat d'une plus forte mobilité géographique.

2 L'abstention est souvent le signe d'un désintérêt pour la politique.
- ☐ a. Vrai
- ☐ b. Faux

3 L'abstentionnisme « hors du jeu politique » :
- ☐ a. est le fait d'individus bien intégrés.
- ☐ b. concerne des individus en retrait de la vie politique.
- ☐ c. est un choix politique conscient.
- ☐ d. touche plus souvent des individus faiblement diplômés.

4 Les déterminants sociologiques du vote permettent d'expliquer tous les comportements électoraux.
- ☐ a. Vrai
- ☐ b. Faux

5 Au cours des dernières décennies, la volatilité électorale a diminué dans les démocraties occidentales.
- ☐ a. Vrai
- ☐ b. Faux

6 La volatilité électorale désigne uniquement le passage du vote à gauche au vote à droite (ou l'inverse).
- ☐ a. Vrai
- ☐ b. Faux

7 L'abstention aux élections européennes est souvent plus forte que lors des autres scrutins.
- ☐ a. Vrai
- ☐ b. Faux

8 Le taux d'inscription sur les listes électorales est le même quel que soit l'âge des individus.
- ☐ a. Vrai
- ☐ b. Faux

9 Le sentiment d'incompétence accroît la probabilité de s'abstenir.
- ☐ a. Vrai
- ☐ b. Faux

10 Le vote de classe existe toujours.
- ☐ a. Vrai
- ☐ b. Faux

11 Le vote sur enjeu relève d'une approche par les variables sociologiques.
- ☐ a. Vrai
- ☐ b. Faux

12 Le sentiment d'incompétence politique favorise l'inflation.
- ☐ a. Vrai
- ☐ b. Faux

13 L'abstention au premier tour des législatives de 2017 a atteint un niveau record.
- ☐ a. Vrai
- ☐ b. Faux

14 L'environnement géographique ne joue aucun rôle dans le comportement électoral.
- ☐ a. Vrai
- ☐ b. Faux

SCORE : ____ / 14

EXERCICES D'ENTRAÎNEMENT

2 Relier chaque terme à sa définition

1. Abstention
2. Vote sur enjeu
3. Variables lourdes
4. Identification partisane
5. Volatilité électorale

a. Propension à changer de parti d'un scrutin à un autre, ou à passer du vote à l'abstention.
b. Attachement d'ordre quasi affectif des individus à l'égard des partis et des candidats.
c. Comportement électoral reposant sur la maîtrise des problèmes sur lesquels se jouent les élections et la connaissance de l'« offre politique ».
d. Ensemble des variables sociales et culturelles qui sont les plus explicatives du comportement électoral d'un individu.
e. Phénomène de non-participation aux élections.

3 Texte à trous

Complétez le texte avec les termes suivants :

- abstention
- conjoncturelle
- abstentionnisme « dans le jeu »
- désengagement politique
- intégrée
- diplômée
- abstentionnisme « hors-jeu »
- offre politique
- structurelle

L'.................... semble donc pouvoir prendre deux formes principales. Elle peut être constante (ou ....). Et dans ce cas, elle est souvent le signe d'un .... d'une partie de la population peu .... et peu .... On parle alors d'.................... . Mais lorsqu'elle est intermittente (ou ....), elle peut aussi être le fait de citoyens intéressés par la politique mais qui ne trouvent pas dans l'.................... du moment, une réponse à leur demande. Il s'agit d'.................... .

4 La défiance à l'égard du politique (2009-2019)

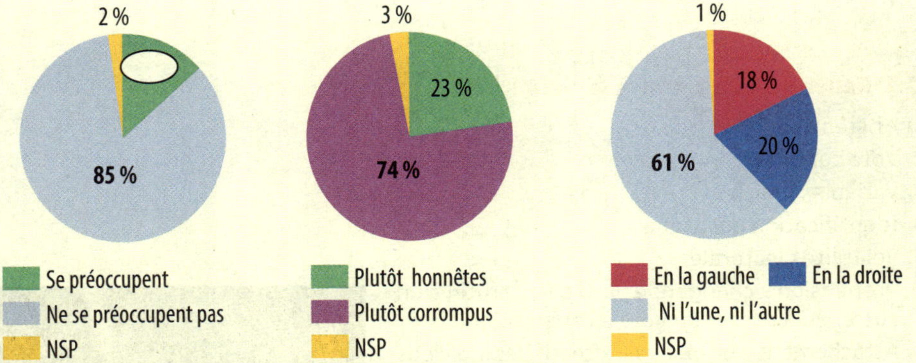

En dix ans, 85 % des personnes interrogées ont considéré que les responsables politiques ne se préocupent pas d'elles. Ces mêmes personnes ont pensé, à 74 %, que ce personnel politique est plutôt corrompu.
Pour gouverner le pays, 61 % des interrogés, n'ont eu confiance ni en la gauche, ni en la droite.

Baromètre de la confiance, Cevipof, janvier 2019.

1. Faites une phrase avec la donnée entourée.
2. Quelle vision les citoyens ont-ils du système politique ?
3. Cette vision peut-elle expliquer la montée de l'abstention ?

5 Le profil des abstentionnistes

Les données sont en %	Vote systématique	Vote intermittent	Abstention systématique
Ensemble des inscrits	35,5	50,8	13,8
Pour les inscrits âgés de 25 ans ou plus :			
Diplôme			
Sans diplôme	28,7	46,3	25,0
Inférieur au Bac	37,5	48,6	13,9
Bac	34,7	53,4	11,9
Supérieur au Bac	41,6	50,2	8,2
Catégorie sociale			
Agriculteurs exploitants	44,1	48,8	7,1
Artisans, commerçants et chefs d'entreprise	36,2	54,0	9,8
Cadres et professions intellectuelles supérieures	45,1	48,5	6,4
Professions intermédiaires	35,4	55,9	8,7
Employés	30,3	57,6	12,1
Ouvriers	26,1	57,9	16,0
Retraités	45,8	38,2	16,0
Autres personnes sans activité professionnelle	25,9	52,6	21,5

G. Buisson et S. Penant, *Insee Première*, n° 1 670.

1. Faites une phrase avec les données entourées.
2. Dans quelles catégories retrouve-t-on le plus d'abstentionnistes systématiques ?
3. Inversement, quelles sont les catégories qui votent le plus sytématiquement ?
4. Quelles explications peut-on avancer ?

6 L'affaiblissement du vote de classe

Pour expliquer cet effritement du vote de classe, les chercheurs américains des années 1970 avancent une explication : l'électeur, affirment-ils, est entré dans l'ère de l'esprit critique. Plus éduqué, mieux informé mais aussi plus libre que jadis, il n'est plus assigné à résidence par ses ancrages politiques et sociaux : il se comporte comme un consommateur avisé qui juge l'action des dirigeants, qui s'intéresse de près à certains enjeux et qui évalue les programmes. Cet « électeur rationnel » est le « frère jumeau de l'Homo œconomicus », résument Nonna Mayer et Daniel Boy : plus exigeant, plus politisé et plus autonome que ses aînés, il fait son choix sur le marché des dirigeants politiques.

[...] Les proximités politiques ou les positions sociales, affirment ces chercheurs, sont devenues impuissantes à éclairer les variations du vote.

L'électeur ne joue pas son vote aux dés : il exerce un jugement critique sur l'action des gouvernants et il se réserve le droit de changer de camp ou de s'abstenir ».

A. Chemin, « Comment expliquer la volatilité grandissante des électeurs », *Le Monde*, 30 mars 2017.

1. Rappelez ce qu'est le « vote de classe ».
2. Expliquez la phrase soulignée.
3. En quoi l'individualisation du vote conduit-elle à la montée de la volatilité électorale ?

Fiche test *Ce que je sais*

1 **1. b.** et **c.** Lorsque les individus déménagent, lorsque les étudiants partent de chez leurs parents pour aller étudier, ils ne pensent pas systématiquement à effectuer les démarches pour se réinscrire sur les listes électorales. **2. a.** Mais cela peut aussi être l'expression d'un mécontentement quant à l'offre politique. **3. b.** et **d.** Ces caractéristiques distinguent ces abstentionnistes des abstentionnistes « dans le jeu ». **4. b.** Les déterminants sociologiques expliquent une grande part des comportements électoraux, mais le vote demeure un acte individuel qui peut être déterminé par la conjoncture économique et politique, par les enjeux du scrutin… **5. b.** Elle a eu tendance à s'accroître au contraire. **6. b.** La volatilité électorale désigne aussi l'alternance entre le vote et l'abstention. **7. a.** Les élections européennes sont généralement marquées par une très forte abstention (49,6 % lors des élections de 2019, un chiffre cependant en baisse par rapport au scrutin précédent). **8. b.** Le taux varie avec l'âge : il est plus élevé chez les moins de 30 ans que chez les 35-44 ans. **9. a.** Les individus qui se sentent le moins compétents face aux enjeux politiques ont tendance à s'abstenir davantage. **10. a.** Le vote de classe se recompose mais il existe toujours. **11. b.** Le vote sur enjeu relève d'une approche par les choix individuels. **12. a.** Abstentionnisme hors du jeu politique. **13. a.** Le taux d'abstention au 1er tour des législatives a atteint 51,3%, taux qui n'avait jamais été atteint sous le Ve République. **14. b.** Les travaux de Siegfried montrent le contraire.

EXERCICES D'ENTRAÎNEMENT

2 Relier chaque terme à sa définition

1. Abstention
2. Vote sur enjeu
3. Variables lourdes
4. Identification partisane
5. Volatilité électorale

a. Propension à changer de parti d'un scrutin à un autre, ou à passer du vote à l'abstention.

b. Attachement d'ordre quasi affectif des individus à l'égard des partis et des candidats.

c. Comportement électoral reposant sur la maîtrise des problèmes sur lesquels se jouent les élections et la connaissance de l'« offre politique ».

d. Ensemble des variables sociales et culturelles qui sont les plus explicatives du comportement électoral d'un individu.

e. Phénomène de non-participation aux élections.

3 Texte à trous

L'**abstention** semble donc pouvoir prendre deux formes principales. Elle peut être constante (ou **structurelle**). Et dans ce cas, elle est souvent le signe d'un **désengagement politique** d'une partie de la population peu **intégrée** et peu **diplômée**. On parle alors d'**abstentionnisme « hors-jeu »**. Mais lorsqu'elle est intermittente (ou **conjoncturelle**), elle peut aussi être le fait de citoyens intéressés par la politique mais qui ne trouvent pas dans l'**offre politique** du moment, une réponse à leur demande. Il s'agit alors d'**abstentionnisme « dans le jeu »**.

4 La défiance à l'égard du politique

1. Sur 100 personnes interrogées par le Cevipof en 2018, seulement 13 considèrent que les responsables politiques se préoccupent d'elles.

2. Sur les 10 dernières années, les personnes interrogées ont une vision très pessimiste des hommes politiques et du système politique. Les trois quarts des sondés considèrent que le personnel politique (hommes et femmes politiques) sont plutôt corrompus. Entre 2009 et 2019, 61 % n'ont eu confiance ni en la droite ni en la gauche pour gouverner le pays. Les responsables politiques, de gauche comme de droite, sont donc perçus comme indifférents, éloignés et corrompus.

3. Cette méfiance, voire ce rejet, à l'encontre des responsables politiques peut expliquer au moins en partie l'abstention : certains citoyens ne se reconnaissent plus dans l'offre politique et en particulier dans les grands partis de gouvernement.

5 Le profil des abstentionnistes

1. En France, lors des élections présidentielles et législatives de 2017, sur 100 inscrits, un peu plus de 35 ont voté lors des quatre scrutins. Lors de ces mêmes élections, 16 % des ouvriers n'ont voté à aucun de ces quatre scrutins.

2. Moins les inscrits sont diplômés, plus l'abstention systématique est forte : 25 % des inscrits sans diplôme âgés de 25 ans ou plus se sont abstenus à tous les tours des élections de 2017. L'abstention systématique est plus forte chez les ouvriers (16 %). Ainsi, les électeurs qui s'abstiennent systématiquement aux élections de 2017 sont plus souvent sans diplôme, ont un niveau de vie plus faible, sont plus souvent ouvriers ou inactifs sans être à la retraite. L'abstention systématique est ainsi surtout répandue chez les électeurs les plus défavorisés socialement.

3. La participation systématique augmente avec le diplôme : 41,6 % des personnes titulaires d'un diplôme supérieur au baccalauréat ont voté lors des quatre scrutins. De manière générale, ce sont les agriculteurs, les cadres et les retraités qui votent le plus systématiquement.

4. Il semble que plus les personnes sont intégrées socialement, plus elles votent. Les personnes peu instruites et désaffiliées se considèrent comme hors-jeu de la politique. La crise du travail a déstabilisé la solidarité ouvrière, les syndicats et les partis de gauche. Les instances traditionnelles de socialisation politique (familles, partis) sont affaiblies. Ainsi, les parents de famille monoparentale ou les personnes seules votent moins que les couples, avec ou sans enfant. Enfin ces populations intériorisent un sentiment d'incompétence qui les détournent des urnes.

6 L'affaiblissement du vote de classe

1. Le vote de classe est le fait que les choix électoraux des individus seraient déterminés par leur appartenance à une classe sociale donnée (dimension objective) et à leur identité de classe (dimension subjective).

2. Le « nouvel électeur » serait un « homo politicus » sur le modèle de l'« homo œconomicus ». Il aurait un comportement rationnel et consumériste. En comparant les coûts et les avantages de son vote, il choisirait la solution (aller voter ou non, voter pour tel ou tel candidat) qui maximiserait son bien-être. À partir de ses prédispositions politiques, il effectue des arbitrages qui le conduisent au choix électoral le plus satisfaisant.

3. Ces comportements d'électeur « stratège et utilitariste » sont favorables au développement de la volatilité électorale. L'électeur rationnel est capable de choisir et de hiérarchiser les propositions faites par les partis politiques. Il peut être amené à changer son vote si un autre parti que celui pour lequel il vote d'habitude répond mieux à ses demandes. Il peut aussi s'abstenir si l'offre politique ne correspond pas à ses attentes.

Partie 3 Regards croisés

Chapitre 11 La gestion des risques par l'assurance et la protection sociale dans les sociétés développées

Plusieurs institutions contribuent à gérer les risques sociaux.

FICHE 1

À quels risques sociaux les individus sont-ils exposés ?

De quoi s'agit-il ?

Les individus sont confrontés au cours de leur existence à une diversité de risques sociaux. Néanmoins, l'exposition à ces risques n'est pas la même pour tous.

1 Les risques sociaux

- Les **risques** sont les dangers rattachés à certaines activités ou situations. Ils peuvent être naturels, liés à la fatalité ou résulter de l'imprévoyance individuelle ou de la faute.
- Quand il ne s'agit pas d'accidents naturels, les risques et leurs conséquences ne sont plus seulement imputés à l'imprévoyance mais aussi aux imperfections du système économique et social.
- Les risques sont qualifiés d'économiques et sociaux car ils concernent l'ensemble de la société et ont des conséquences financières.
- Une **maladie**, un **accident** ou la **perte d'emploi** empêchent l'individu de travailler, ce qui affecte sa situation financière. La **vieillesse**, est un risque économique et social car, à la fin de l'activité professionnelle, les ressources financières diminuent.

2 L'exposition au risque diffère selon les individus

- Les **risques sociaux** ne touchent pas les individus de la même manière. Certains groupes **d'âge**, **de sexe**, de **catégorie socioprofessionnelle** ou de **niveau de vie** sont plus exposés que d'autres.
- Le **chômage** est un risque qui touche davantage les jeunes, les moins diplômés et les moins qualifiés (**Doc. 1**).

Remarque

Ne pas confondre exposition aux risques et aversion aux risques.

- Le **risque vieillesse** et le **risque maladie** sont eux aussi inégaux. L'espérance de vie à 35 ans diffère entre les cadres et les ouvriers, de plus de 3 ans pour les femmes et de plus de 6 ans pour les hommes (**Doc. 2**).
- Plus on est aisé, plus l'espérance de vie est élevée. L'espérance de vie à la naissance des 5 % des hommes les plus aisés est supérieure de plus de 13 ans à celle des 5 % les plus pauvres. Chez les femmes, 8 ans séparent les plus aisées des plus pauvres.

LA BOÎTE À DOCS

Doc. 1 Taux de chômage par âge en 2020

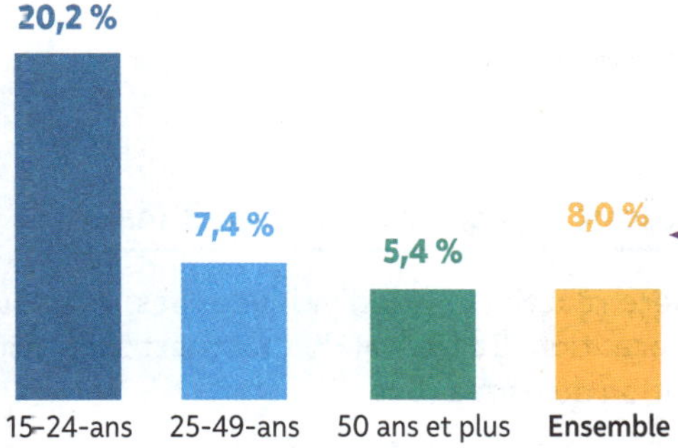

En 2020, il atteint 20,2 % en moyenne sur l'année chez les 15-24 ans, contre 7,4 % chez les 25-49 ans et 5,4 % chez les 50 ans ou plus. Le taux de chômage est calculé au sein des seuls actifs. Or, avant 25 ans, la plupart des jeunes sont encore en études et peu sont donc actifs. Rapportée à la population totale, la part des chômeurs parmi les 15-24 ans (7,2 %) est plus proche de celle mesurée parmi les 25-49 ans (6,5 %).

Champ : France hors Mayotte, personnes vivant en logement ordinaire, actives.

Insee, enquête « Emploi », 2020.

Doc. 2 Espérance de vie à 35 ans par sexe pour les cadres et les ouvriers

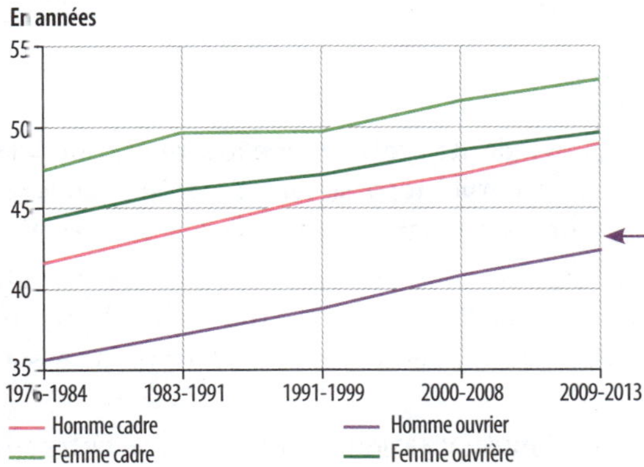

- Quelle que soit la catégorie socioprofessionnelle, l'espérance de vie des femmes est supérieure à celle des hommes.
- Quel que soit le sexe, les cadres ont toujours une espérance de vie supérieure à celle des ouvriers.

Lecture : en 2009-2013, l'espérance de vie à 35 ans des femmes cadres est de 53 ans.
Champ : France métropolitaine.

Insee, Échantillon démographique permanent.

Vocabulaire

- **Risques sociaux :** événements provoquant soit des dépenses importantes, comme la maladie ou la maternité, soit une diminution sensible de ses revenus, comme le chômage ou la vieillesse, et nécessitant une prise en charge collective.
- **Aversion au risque :** attitude d'un agent économique qui préfère un gain ou une perte certains à un gain ou une perte risqués.

FICHE 2

Quelles institutions contribuent à la gestion des risques ?

De quoi s'agit-il ?

Les risques sont pris en charge par une diversité d'acteurs, individuels et collectifs, privés et publics.

1 L'individu et la famille contribuent à la gestion des risques

- Face à l'existence de risques, la première réaction est individuelle. Les individus cherchent à constituer une **épargne de précaution**. Ce capital doit permettre de faire face à la baisse de revenu en cas de réalisation du risque (**Doc. 1**).
- Mais la grande majorité de la population ne possède pas de patrimoine en-dehors de son logement et c'est vers la **famille** ou le groupe professionnel que les individus se tournent. Il est peu probable que tous les membres du groupe voient un risque se réaliser en même temps, ce qui rend la prise en charge du risque possible par le groupe. Mais cette solidarité est incertaine, inégale et suppose des capacités financières suffisantes.

2 La mutualisation des risques

- Dans la deuxième moitié du XIXe siècle, la solidarité professionnelle s'institutionnalise dans le milieu ouvrier. Des sociétés de secours mutuel apparaissent, organisées au niveau des professions. Mais les salaires ouvriers sont bas et permettent difficilement de cotiser.
- L'État rend l'**assurance** obligatoire afin de financer les risques qui se réalisent. Préférant le présent, les jeunes, dans une situation où ils ont le choix, ont du mal à accorder de l'importance à leurs revenus de futurs retraités. Ils auront tendance à ne pas s'assurer ou pas suffisamment.
- L'**assurance privée** est une autre forme de **mutualisation** des risques. Une entreprise prend en charge un risque contre rémunération. Contrairement aux assurances privées, les **mutuelles** n'ont pas pour objet de faire du bénéfice, elles organisent la solidarité entre leurs membres (**Doc. 2**).
- L'assurance privée, et dans une moindre mesure la mutuelle, ne sont pas accessibles à tout le monde. De plus, il y a **asymétrie d'information** entre l'assureur et l'assuré. L'assureur est alors conduit à élever ses tarifs afin que les « bons risques » (les conducteurs prudents, les bien-portants) payent pour les « mauvais risques » (les mauvais conducteurs, les malades). De ce fait, les « bons risques » cessent de s'assurer et seuls les « mauvais risques » s'assurent.

LA BOÎTE À DOCS

Doc. 1 La théorie du cycle de vie

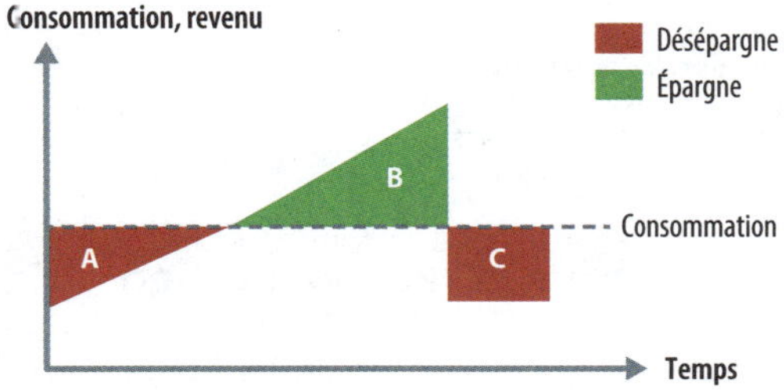

D'après *lafinancepourtous.com*

Au début de sa vie active l'individu s'endette, puis il constitue peu à peu un capital dans lequel il puisera lorsqu'il sera plus âgé et que ses revenus seront plus faibles.

Doc. 2 Parts de marché des organismes en 2015, selon leur nature juridique

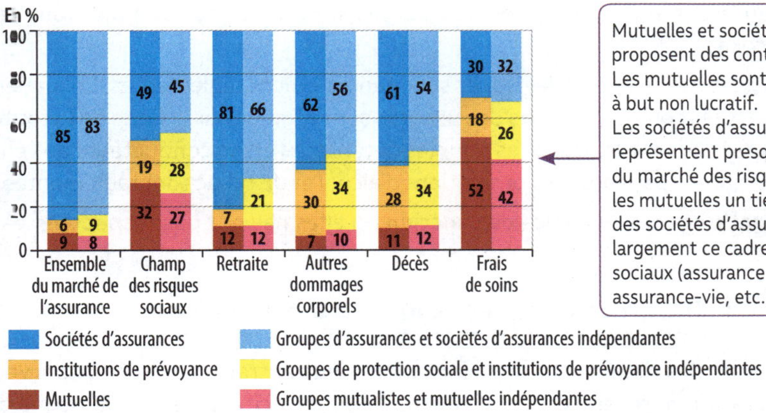

Mutuelles et sociétés d'assurances proposent des contrats d'assurance. Les mutuelles sont des organismes à but non lucratif.
Les sociétés d'assurances représentent presque la moitié du marché des risques sociaux, les mutuelles un tiers. L'activité des sociétés d'assurance dépasse largement ce cadre des risques sociaux (assurance automobile, assurance-vie, etc.).

Lecture : en assurance « frais de soins », les mutuelles ont collecté 52 % des cotisations en 2015. Après prise en compte des groupements, les organismes du groupement mutualiste (mutuelles indépendantes et organismes appartenant à un groupe dont la tête est une mutuelle) ont collecté 42 % des cotisations en frais de soins en 2015.

Champ : affaires directes réalisées par les organismes d'assurances contrôlés par l'Autorité de contrôle prudentiel et de résolution (ACPR), ayant fourni leurs comptes et hors mutuelles substituées (encadrées).

ACPR - états C1 et C4, DRESS - états statistiques et enquête retraite supplémentaire, calculs DRESS.

Vocabulaire

- **Mutualisation :** répartir solidairement parmi les membres d'un groupe ou mettre en commun.
- **Asymétrie d'information :** situation dans laquelle deux agents économiques, dans le cadre d'un rapport d'échange, disposent d'une inégale information.

FICHE 3

La gestion des risques et ses effets

De quoi s'agit-il ?

Outre la mutualisation, la gestion des risques passe par de la prévention et de la réglementation. Néanmoins, l'existence de cette gestion des risques entraîne des effets pervers.

1 La gestion des risques entre prévention et réglementation

- La gestion des risques passe souvent par une action des pouvoirs publics sur les comportements visant à limiter ou éviter les conduites à risques, dans une démarche de **prévention**.
- Des campagnes de **sensibilisation** sont menées en matière de santé et de **sécurité routière afin d'éviter le développement des effets des facteurs de risques**.
- Par ailleurs, en matière de santé, des **dépistages** sont organisés afin d'établir des diagnostics précoces.
- Les comportements générateurs de risques sont généralement règlementés. En matière d'usage de la route, les comportements des usagers sont régulés par le Code de la route. De plus, des assurances sont obligatoires pour les détenteurs et/ou conducteurs de véhicules. Dans de nombreux pays, les consommations d'alcool et de tabac sont réglementées.
- Ces **réglementations** sont assorties de **sanctions** si elles ne sont pas respectées.

2 La prise en charge des risques, source d'effets pervers

- La prise en charge des risques par des assurances peut entraîner des effets pervers (**Doc. 1**). Ainsi, garantir un revenu en cas de perte d'emploi incite à prendre le risque de monter son entreprise ou de chercher un autre emploi. Cette garantie de revenu peut aussi susciter des comportements de maintien volontaire au chômage.
- La régulation des risques sociaux par les assurances apparaît complexe étant donné les **asymétries d'information**. L'assureur et l'assuré ne disposent pas des mêmes informations.
- En étant assuré contre un certain type de risque, un agent économique va adopter un comportement plus risqué que celui qui aurait prévalu en l'absence de cette assurance : manque de prévention par exemple. Il peut aussi entraîner une surconsommation médicale, les médicaments étant remboursés. Il s'agit là d'un **aléa moral** du fait de l'assuré (**Doc. 2**).
- Un remboursement partiel de l'assuré et/ou une prime d'assurance proportionnelle au risque visent à réduire cet **aléa moral**.

LA BOÎTE À DOCS

Doc. 1 Des effets pervers de l'assurance

L'assurance a des effets pervers. Les assurés, parce qu'ils se savent couverts, peuvent adopter des comportements que l'assureur ne peut pas contrôler. C'est ce que les économistes appellent l'aléa moral, en distinguant généralement aléa moral *ex ante* et aléa moral *ex post*. On parle d'aléa moral *ex ante* lorsqu'un assuré néglige de se prémunir contre les risques que son assurance couvre. La souscription d'un contrat d'assurance maladie avec un taux de couverture complet peut ainsi désinciter les individus à se protéger.

L'aléa moral *ex post* survient lorsque, se sachant assurée, une personne malade « sur-consomme » les médicaments et les soins qui lui sont proposés. Il y a aléa moral *ex post* si l'on dépense plus quand on est mieux assuré. [...]

Les économistes ont préconisé l'instauration de mécanismes de participation financière des patients aux soins. Ces mécanismes incitatifs sont efficaces s'ils se traduisent par une diminution des dépenses inutiles, mais dangereux s'ils conduisent des patients à renoncer, pour des raisons financières, à des soins nécessaires. Il y a donc un arbitrage entre efficacité économique et efficacité sanitaire, entre incitation financière et justice sociale.

G. de Lagasnerie, « Justice sociale et efficacité : pour une nouvelle régulation de la demande de soins », *Regards croisés sur l'économie*, 2009/1, n° 5.

Doc. 2 Consommation de soins et de biens médicaux (CSBM) en % du PIB

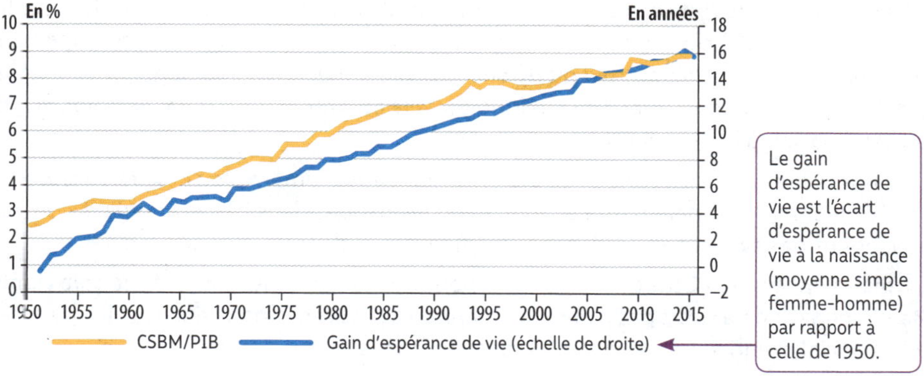

DREES, comptes de la santé pour la CSBM ; Insee pour le PIB base 2010 et l'espérance de vie à la naissance.

Vocabulaire

- **Réglementation :** mise en place de prescriptions et interdits qui règlent la vie en société.
- **Aléa moral :** situation d'asymétrie d'information dans laquelle une des parties à l'échange peut difficilement contrôler que l'autre agit conformément à ses engagements.

FICHE 4 Qu'est-ce que la protection sociale ?

De quoi s'agit-il ?
L'État social (*Welfare State*) vise à assurer le bien-être économique et social des individus à travers la protection sociale. Mais quels en sont les principes ?

1 Entre redistributions verticale et horizontale

- La **redistribution** désigne l'ensemble des mesures prises par les pouvoirs publics pour modifier la répartition des revenus primaires par l'intermédiaire des prélèvements obligatoires, des prestations sociales. On distingue deux logiques à la redistribution.
- La **redistribution horizontale** des revenus désigne les flux de transferts sociaux au bénéfice des ménages ou des individus victimes des risques sociaux. Elle s'opère donc des actifs vers les inactifs, des biens portants vers les malades.
- La **redistribution verticale** des revenus désigne les flux de transferts sociaux destinés à réduire les inégalités de revenus entre les individus ou les ménages. Elle s'opère donc des plus « riches » vers les plus « pauvres ».

2 La protection sociale fondée sur l'assurance

- Le système d'**assurance sociale** est financé par des cotisations sociales assises sur les salaires. Il permet à ceux qui sont victimes des risques sociaux et qui ont participé à son financement de recevoir un **revenu de substitution** (allocation chômage par exemple). Ces droits sociaux constituent en quelque sorte la contrepartie (citoyenneté sociale) de la participation à la production.
- Les principes de **l'assurance sociale** diffèrent radicalement de ceux de **l'assurance privée** : alors que les paiements se font selon les risques dans l'assurance classique, ils dépendent des salaires, donc des moyens financiers, dans l'assurance sociale.
- **L'intervention de l'État** est nécessaire pour que le système d'assurance soit viable. Mais l'obligation ne suffit pas à parer au manque de moyens financiers des plus pauvres. L'État social prend alors des d'autres formes variées.

3 Assistance et prestations universelles

- Face à la montée du chômage, de la précarité et de la pauvreté, l'État a développé un système d'**assistance** (par exemple : le minimum vieillesse, le RSA, l'allocation adulte handicapé, etc.) qui est financé par l'impôt et centré sur les plus pauvres, afin de leur offrir un « filet de sécurité » (**Doc. 1**). La logique n'est donc pas contributive.
- Enfin, il existe des **prestations universelles** (par exemple les allocations familiales), accordées à tous et financées par l'impôt (**Doc. 2**).

La boîte à docs

Doc. 1 Composition des prestations de protection sociale en 2017 par risque en milliard d'euros

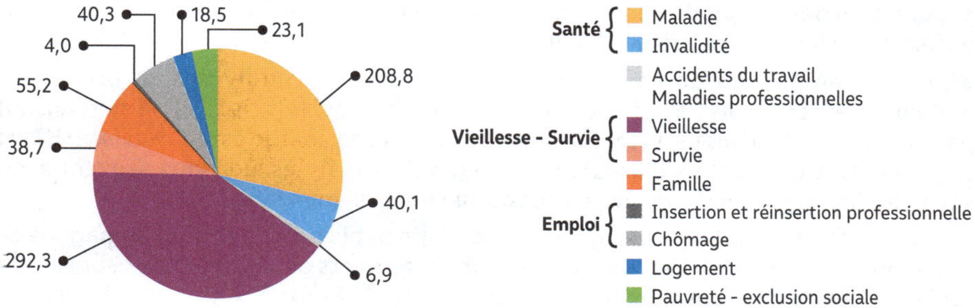

Doc. 2 Indemnisation du chômage en Europe : Bismarck vs Beveridge

Modèle bismarckien : **Assurance professionnelle**	VS	Modèle beveridgien : **Assurance universelle**
• Maintenir un niveau de vie et assurer un revenu de remplacement • Solidarité interprofessionnelle • Bénéficie aux salariés et leurs familles • Prestations proportionnelles au salaire • Financé par des cotisations assises sur les revenus professionnels • Rôle des partenaires sociaux dans la gouvernance		• Lutter contre la pauvreté et couvrir les besoins primaires • Solidarité nationale • Bénéficie à toute la population • Prestations forfaitaires et identiques pour tous • Financement par les cotisations sociales et l'impôt • Géré par l'État

Vocabulaire

- **Redistribution :** transferts effectués par les pouvoirs publics entre les ménages grâce aux prélèvements obligatoires et à des transferts monétaires ou en nature (services collectifs).
- **Protection sociale :** prise en charge par la collectivité des conséquences économiques de risques.
- **Assurance sociale :** système de protection dans lequel seuls ceux qui ont cotisé sont couverts par la protection.
- **Assistance :** système de protection sociale qui consiste à couvrir les risques d'une population qui n'a pas toujours contribué au financement.

Révision Express

LES POINTS IMPORTANTS À RETENIR

- Les **risques sociaux** sont les dangers et menaces liés à certaines activités ou situations (maladie, emploi, vieillesse, maternité) qui entraînent une **diminution ou une suppression des ressources financières**. Néanmoins, l'exposition à ces risques sociaux diffère selon les individus (selon l'âge, le sexe ou le milieu social).
- La prise en charge de ces risques est plurielle. Les individus se protègent **individuellement** mais cela dépend de leurs ressources. Les risques ne se réalisant pas pour tous les individus en même temps, leur prise en charge est **mutualisée**. L'**État** a mis en place un système **d'assurances obligatoires** mais les individus peuvent aussi souscrire des **assurances privées** ou se tourner vers les **mutuelles**.
- Afin d'éviter les conduites à risques, les pouvoirs publics mènent des **campagnes de prévention et d'information**. De plus, les comportements générateurs de risques sont **réglementés** et des sanctions sont prises si les règles sont enfreintes. Néanmoins, l'existence d'une prise en charge des risques entraîne des **effets pervers** : moindre prévention, surconsommation de soins…
- La **protection sociale** est le système de prise en charge par la collectivité des conséquences économiques de risques. Il est fondé d'une part sur l'**assurance**, c'est-à-dire qu'il faut avoir cotisé et donc financé la protection sociale pour en bénéficier. D'autre part, il existe un principe d'**assistance** offrant, sans contribution préalable, un « filet de sécurité » pour que chacun ait accès à un revenu ou à un panier de soins minimum. Enfin, il existe des **prestations universelles** accordées à tous et financées par l'impôt.

APPRENDRE AUTREMENT

Faut-il réinventer notre modèle de protection sociale ?

Podcast

LE COURS EN 10 MOTS-CLÉS

- Risques sociaux
- Mutualisation
- Asymétrie d'information
- Réglementation
- Aléa moral
- Protection sociale
- Assurance sociale
- Assistance
- Aversion au risque
- Redistribution

CARTE MENTALE

> La gestion des risques par l'assurance et la protection sociale dans les sociétés développées

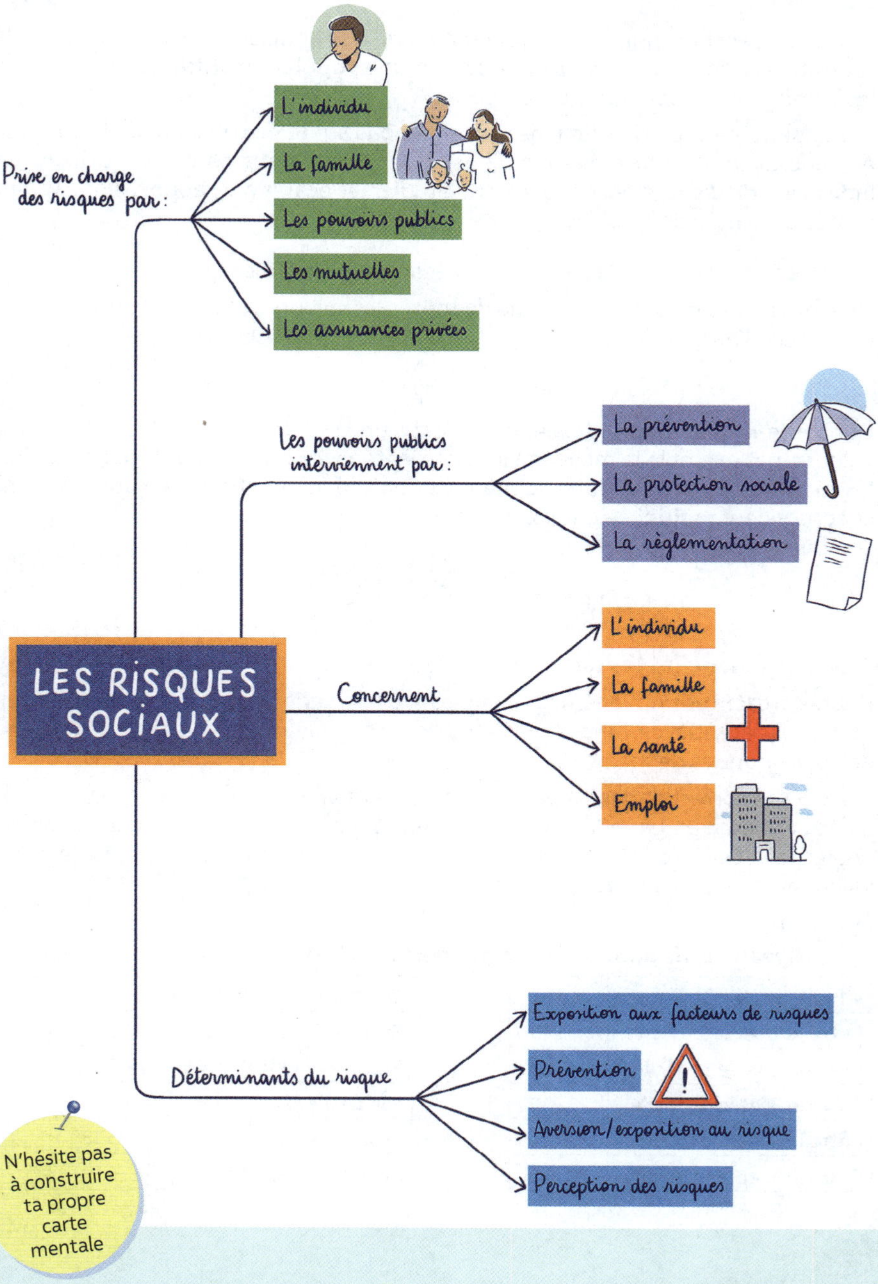

N'hésite pas à construire ta propre carte mentale

Moyenne et médiane

MÉTHODE

- La moyenne est un indicateur fréquemment utilisé en sciences économiques ; elle fournit des **informations synthétiques sur une population statistique**, et facilite les comparaisons spatiales ou temporelles.
- Cependant, ce type de calcul ne renseigne pas sur la distribution de la variable étudiée autour de la moyenne. Il est donc également courant d'utiliser un **indicateur de dispersion**, qui permet d'étudier les écarts par rapport à une valeur centrale : la médiane.

1. Calculer une moyenne arithmétique (simple ou pondérée)

- Une **moyenne simple** est la somme de toutes les valeurs observées ($x_1 + x_2 + \dots + x_n$) divisée par l'effectif (n), soit :

$$\text{ms} = \frac{x_1 + x_2 + \dots + x_n}{n}$$

- Dans une **moyenne pondérée**, on affecte un coefficient de pondération aux valeurs (par exemple la moyenne « coefficientée » au baccalauréat, dans laquelle les matières n'ont pas toutes le même « poids »). Elle s'obtient en additionnant chaque valeur multipliée par son coefficient de pondération, et en divisant par la somme des coefficients, soit :

$$\text{mp} = \frac{(n_1 x_1) + (n_2 x_2) + \dots + (x_n x_n)}{n_1 + n_2 + \dots + n_n}$$

2. Lire la médiane (et les quantiles)

- Pour représenter simplement la dispersion d'une série statistique, on la divise en **quantiles** : après avoir rangé les valeurs de la série par ordre croissant, on la divise en sous-groupes de même effectif.
- Les déciles correspondent à des dixièmes, les quartiles à des quarts, les centiles à des centièmes… La médiane est la valeur qui partage la série en deux parties égales (c'est-à-dire telle que la moitié de l'effectif se situe au-dessus de cette valeur et l'autre moitié au-dessous).
- Par exemple :

Doc. Niveau de vie annuel moyen par décile en 2019

< 1er décile (1)	8 710
Entre le 1er et le 2e décile	13 310
Entre le 2e et le 3e décile	16 120
Entre le 3e et le 4e décile	18 610
Entre le 4e et le 5e décile	20 850
Entre le 5e et le 6e décile	23 250
Entre le 6e et le 7e décile	25 970
Entre le 7e et le 8e décile	29 560
Entre le 8e et le 9e décile	35 310
> 9e décile (2)	60 170
Ensemble (3)	25 180
Rapport (1)/(2)(4)	6,91

D'après l'Insee.

– (1) En 2019, les 10 % des individus ayant le niveau de vie le plus faible avaient un niveau de vie moyen de 8 710 €.
– (2) En 2019, les 10 % des individus ayant le niveau de vie le plus élevé avaient un niveau de vie moyen de 60 170 €.
– (3) En 2019, le niveau de vie moyen était de 25 180 €.
– (4) En 2019, les 10 % de la population ayant le niveau de vie le plus élevé avaient un niveau de vie moyen 6,91 fois plus élevé que celui des 10 % les plus pauvres.

ÉNONCÉ

Voici les notes obtenues par un élève au cours de son année scolaire, et leurs coefficients respectifs.

Note /20	08	12	10	09	12	14	11
Coeff.	1	1	1	2	2	2	4

1. **Ordonnez les notes par ordre croissant et déterminez la note médiane de l'élève.**
2. **Calculez sa moyenne simple.**
3. **Calculez sa moyenne pondérée.**

CORRIGÉ

1.

Note /20	08	09	10	11	12	12	14

Sa note médiane est de 11/20 : la moitié de ses notes est supérieure à cette valeur, et l'autre moitié est inférieure à cette valeur.

2. $$\text{ms} = \frac{8 + 12 + 10 + 9 + 12 + 14 + 11}{7} = 10{,}8$$

Sa moyenne est de 10,8/20.

3. $$\text{ms} = \frac{1 \times (8 + 12 + 10) + 2 \times (9 + 12 + 14) + 4 \times 11}{3 + 6 + 4} = 11{,}7$$

Sa moyenne pondérée est de 11,07/20.

Fiche test *Ce que je sais*

QCM

15 min

☐ À revoir
☐ Acquis

1 Cochez la bonne réponse.

1 Un risque social se réalise obligatoirement.

☐ a. Vrai
☐ b. Faux

2 En matière de risques sociaux, la prévention est :

☐ a. la mise en place de règles.
☐ b. la mise en place de sanctions.
☐ c. la mise en place de campagne d'information et de dépistage.

3 L'assistance correspond à une logique non-contributive.

☐ a. Vrai
☐ b. Faux

4 L'aléa moral est :

☐ a. une conséquence de l'existence des risques sociaux.
☐ b. une conséquence de la prise en charge des risques sociaux.

5 La redistribution verticale s'opère :

☐ a. des plus « riches » vers les plus « pauvres ».
☐ b. envers chacun sans condition de ressources.
☐ c. des biens portants vers les malades.

6 L'exposition aux risques :

☐ a. est la même pour tous.
☐ b. dépend de la catégorie socioprofessionnelle.
☐ c. dépend uniquement de l'attitude des individus.
☐ d. est la même selon les lieux et les époques.

7 Quelle proposition est fausse au sujet de la logique de prévention des risques ?

☐ a. Elle vise à diminuer la probabilité qu'un risque se réalise.
☐ b. Elle est souvent mise en œuvre par l'État.
☐ c. Elle devrait contribuer à diminuer les conduites imprudentes des individus.
☐ d. Elle permet de répartir les risques dans plusieurs domaines afin d'en assurer leur prise en charge financière.

8 Pour pouvoir être couvert par des prestations d'assurance sociale, il faut avoir contribué à son financement.

☐ a. Vrai
☐ b. Faux

9 Dans une logique beveridgienne, le financement de la protection sociale est assuré par :

☐ a. les impôts.
☐ b. les cotisations sociales.

10 Le montant des cotisations sociales versées par chaque assuré social dépend :

☐ a. de son état de santé.
☐ b. de son âge.
☐ c. de ses revenus.

SCORE : ____ / 10

EXERCICES D'ENTRAÎNEMENT

2 Texte à trous

Complétez le texte avec les termes suivants :
assurance, mutualisation, horizontale, verticale, risques sociaux, redistribution, inégalités, impôt, assistance, universelles.

La .... vise à garantir une protection contre les ....
La redistribution est dite .... quand elle vise à diminuer les .... économiques. Elle est dite .... quand elle se contente de couvrir les risques sociaux. En France, trois logiques coexistent :

– Le versement de prestations ....

– L'............................ sociale repose sur le versement d'une cotisation qui est fonction du revenu, et qui ouvre ainsi le droit à percevoir une prestation en cas de survenue d'un risque. Elle s'inspire des principes de l'assurance privée : elle fonctionne sur la base de la ... . des risques sans sélectionner leurs assurés.

– L'............................ est financée par l'............................ sans contrepartie de cotisation et octroie une aide aux personnes dont les ressources sont insuffisantes.

3 Les effets de la redistribution

Doc. Part des prestations sociales, contributives ou non, rapportées au revenu disponible en 2017 (hors prestations d'assurance maladie)

	Décile de niveau de vie										Ensemble des ménages
	1er	2e	3e	4e	5e	6e	7e	8e	9e	10e	
Niveau de vie moyen	9 400	13 100	15 400	17 600	19 900	22 200	24 900	28 400	33 900	56 800	24 200
Part de chômage et préretraites (en %)	11	7	5	4	3	3	2	2	2	1	3
Part des retraites (en %)	14	26	30	33	31	29	28	28	28	22	27
Part des prestations familiales (dont allocations familiales)	14	8	5	4	3	3	3	2	1	0	3

Part des allocations logement (en %)	16	8	3	1	0	0	0	0	0	0	1
Part des minima sociaux et prime d'acticité (en %)	20	10	5	3	1	1	1	0	0	0	2
Total des prestations sociales rapportées au revenu disponible (en %)	75	59	49	44	40	37	34	33	31	24	36

Champ : France métropolitaine, population des ménages ordinaires dont la personne de référence n'est pas étudiante et dont le revenu déclaré au fisc est positif ou nul.

Modèle INES (Insee – DREES), enquête Revenus fiscaux et sociaux 2015 actualisée 2017, calculs DREES.

1. Qu'est-ce que le revenu disponible ?
2. Reliez les propositions entre elles.

Prestations sociales contributives	Assurance
Prestations sociales non-contributives	Assistance

3. Donnez un exemple de prestation sociale contributive.
4. Donnez un exemple de prestation sociale non contributive.
5. Complétez la phrase suivante :

   Le niveau de vie moyen des ménages du 1er décile est de .... euros par an. Pour ces ménages, les prestations sociales représentent .... % de leur revenu disponible.
6. Quelle est la part des prestations sociales dans le revenu de l'ensemble des ménages ?
7. Quel lien pouvez-vous établir entre niveau de vie et prestations sociales ?
8. Quelles sont les prestations les plus redistributives pour les « plus pauvres » ? Pour les « plus riches » ?

Fiche test *Ce que je sais*

1 **1. b.** Un risque peut ne jamais se réaliser. Ainsi, si un individu décède prématurément, le risque vieillesse ne se réalisera pas. De la même manière, un individu peut ne jamais être au chômage ou même malade.

2. c. La prévention et le dépistage se réalisent *a priori*. Des populations sont ciblées, selon leur âge, leur sexe ou leur probabilité de survenue du risque afin d'être informées voire dépistées.

3. a. La logique d'assistance constitue un « dernier filet de sécurité » pour les individus qui font face aux risques sociaux et ne sont pas ou plus couverts par la logique d'assurance. L'assistance est financée via l'impôt.

4. b. La prise en charge des risques sociaux génère des effets pervers. Il y a aléa moral, par exemple, lorsqu'une personne qui se sait couverte par l'assurance adopte des comportements à risques ou surconsomme des médicaments.

5. a. La redistribution verticale vise à corriger les inégalités de revenus. Elle s'opère des plus riches vers les plus pauvres.

6. b. L'exposition aux risques dépend des lieux et des époques puisque, par exemple, les normes de sécurité ne sont pas les même partout et que la prévention a permis de réduire certains risques.

7. d. La prévention des risques se situe en amont de la survenue du risque. Elle consiste à éviter que le risque ne se réalise.

8. a. L'assurance, contrairement à l'assistance, suppose une contribution préalable.

9. a. L'assistance est financée via l'impôt alors que l'assurance est financée par les cotisations sociales.

10. c. Les cotisations sociales sont un pourcentage des revenus. Elles en dépendent donc.

EXERCICES D'ENTRAÎNEMENT

2 Texte à trous

La **redistribution** vise à garantir une protection contre les **risques sociaux**. La redistribution est dite **verticale** quand elle vise à diminuer les **inégalités** économiques. Elle est dite **horizontale** quand elle se contente de couvrir les risques sociaux. En France, trois logiques coexistent :

- Le versement de prestations **universelles**.
- L'**assurance** sociale repose sur le versement d'une cotisation qui est fonction du revenu, et qui ouvre ainsi le droit à percevoir une prestation en cas de survenue d'un risque. Elle s'inspire des principes de l'assurance privée : elle fonctionne sur la base de la **mutualisation** des risques sans sélectionner leurs assurés.
- L'**assistance** est financée par l'**impôt**, sans contrepartie de cotisation et octroie une aide aux personnes dont les ressources sont insuffisantes.

3 Les effets de la redistribution

1. Le revenu disponible est le revenu dont dispose un ménage pour consommer et épargner. Il se compose du revenu primaire auquel on soustrait les prélèvements obligatoires et on ajoute les prestations sociales (appelées aussi revenus de transfert).

2. Prestations sociales contributives → Assurance

   Prestations sociales non-contributives → Assistance

3. Les allocations chômage, les pensions de retraite, etc., sont des prestations sociales contributives.

4. Le RSA, la CMU, le minimum vieillesse, etc., sont des prestations sociales non contributives.

5. Le niveau de vie moyen des ménages du 1er décile est de **9 400** euros par an. Pour ces ménages, les prestations sociales représentent **75** % de leur revenu disponible.

6. La part des prestations sociales (hors prestations d'assurance maladie mais y compris retraites et allocations chômage) atteint 36 % du revenu disponible de l'ensemble des ménages

7. La part des prestations sociales dans le revenu disponible décroit fortement avec le niveau de vie.
   En effet, en 2017, les prestations sociales reprennent 75 % du niveau de vie pour les ménages du 1er décile, contre 24 % pour ceux du 10e décile, soit une part environ trois fois plus petite.

8. Les minima sociaux, la prime d'activité et les allocations logement concernent essentiellement les deux premiers déciles. Ces prestations représentent 36 % du revenu disponible au sein du 1er décile et 18 % dans le 2e décile. Les prestations familiales contribuent aussi à la redistribution puisqu'elles représentent 14 % du revenu disponible des ménages du 1er décile. Les prestations de chômage et de préretraités ont également un fort effet redistributif. Elles représentent 11 % du revenu disponible des ménages du 1er décile.
   Les pensions de retraite représentent quant à elles 22 % du revenu disponible du 10e décile. Cela s'explique par leur caractère fortement contributif, la perception et le montant des pensions étant conditionnés aux cotisations versées.

Chapitre 12 L'organisation et la gouvernance des entreprises

Organisation, coordination et régulation désignent certains éléments de la gouvernance d'entreprise.

FICHE 1 Le cycle de vie d'une entreprise

De quoi s'agit-il ?

Les entreprises sont des personnes morales. À l'image des personnes physiques, elles naissent, grandissent et disparaissent parfois.
Le cycle de vie d'une entreprise schématise et théorise cela.

1 De la création à la croissance

- À la **création** de l'entreprise (**Doc. 1**), cette dernière a généralement peu de clients. Du fait des coûts fixes, ses coûts de production sont élevés alors même que les recettes sont faibles. L'entreprise peut donc subir des pertes.
- Peu à peu, elle va conquérir de nouveaux clients : c'est la phase de croissance. La **part de marché** est de plus en plus importante, le chiffre d'affaires augmente. L'entreprise peut alors réaliser des économies d'échelle ce qui lui permet de baisser ses coûts de production et d'accroître son profit. Le but des dirigeants est de faire en sorte que cette période de croissance soit la plus longue possible.

2 La phase de maturité

- La phase de **maturité** (**Doc. 1**) est la période de stagnation voire de ralentissement des ventes. L'entreprise est alors connue par la plupart des acheteurs potentiels, le marché peut être saturé ou l'entreprise rattrapée par des concurrents.
- Les profits commencent à décliner du fait de la baisse du chiffre d'affaires et de l'augmentation des dépenses (publicité, recherche et développement) rendues nécessaires pour maintenir la position de l'entreprise face à la concurrence.

2 Le déclin : restructuration ou disparition

- Au cours de la phase de **déclin** (**Doc. 1**), les ventes et les profits diminuent considérablement. Pour reconquérir des parts de marché et ramener l'entreprise en phase de croissance, une baisse des coûts de production, le développement de nouveaux produits, etc., doivent être envisagés.
- Pour y parvenir, l'entreprise peut être amenée à se **restructurer** en réduisant sa masse salariale, en automatisant une partie de sa production, en délocalisant ou encore en réalisant des opérations de fusion avec des concurrents.
- Si elle ne parvient pas à renouer avec la croissance, l'entreprise **disparaîtra** (**Doc. 2**). Elle peut être rachetée par une autre entreprise qui souhaite en garder la marque ou les brevets ou elle peut disparaître définitivement. Près de 54 000 entreprises ont fait faillite en 2018 en France, ce sont essentiellement des micro-entreprises et des très petites entreprises.

LA BOÎTE À DOCS

Doc. 1 Le cycle de vie d'une entreprise

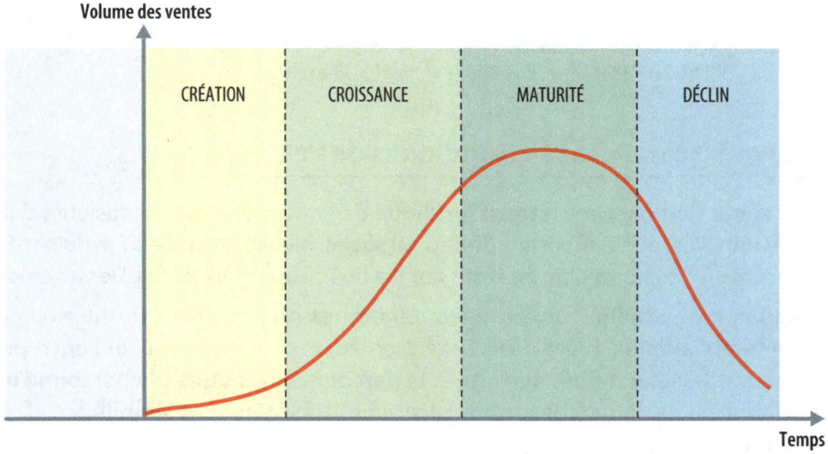

L'entreprise naît (création), grandit (croissance) puis devient mature, vieillit et finit par mourir (déclin).

Doc. 2 Défaillances et créations d'entreprises (en milliers, annuel)

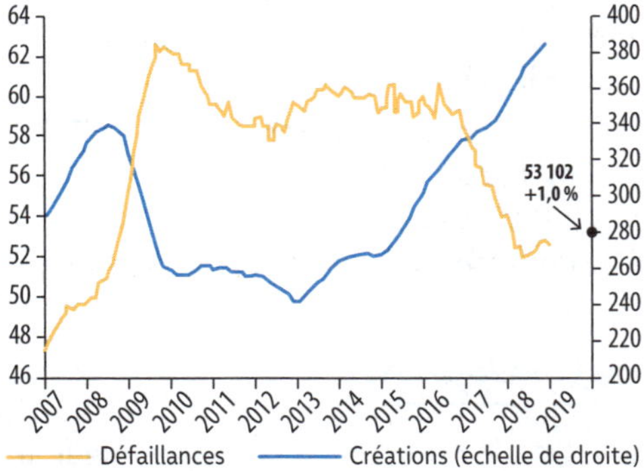

Ellisphère, Insee, Coface.

Sur l'ensemble de l'année 2018, 52 665 défaillances d'entreprises ont été recensées, soit 2,9 % de moins qu'en 2017. Le nombre de défaillances a ainsi atteint l'an dernier son plus bas niveau depuis 2008. Toutefois, la tendance est au rebond des défaillances depuis le mois de mai, quand 52 073 défaillances avaient été enregistrées au cours des 12 mois précédents.

Vocabulaire

- **Part de marché :** position par rapport à l'ensemble de la concurrence. Se calcule en faisant le rapport entre le chiffre d'affaires de l'entreprise et le chiffre d'affaires de l'ensemble du secteur.

FICHE 2

La diversité des entreprises et des entrepreneurs

De quoi s'agit-il ?

Les entreprises ont toutes un statut juridique et un (ou des) dirigeant(s) dont le profil et les motivations peuvent varier.

1 La diversité des statuts juridiques de l'entreprise

- L'entrepreneur doit choisir le **statut juridique** de l'entreprise selon plusieurs critères : présence ou non d'associés, montant du **capital social**, niveau de protection du patrimoine de l'entrepreneur. Ce choix est important car il a des conséquences fiscales et juridiques.
- **L'entreprise individuelle** concerne les personnes physiques désirant exercer une activité commerciale sans créer de société. L'entrepreneur individuel et l'entreprise ne forment qu'une seule et même personne : la **personne physique** et la **personne morale** sont confondues. Les démarches administratives et fiscales sont simplifiées.
- Il existe différents **statuts de société** : Société à responsabilité limitée (SARL), Société par actions simplifiées (SAS), Société Anonyme (SA), etc.
- La personne morale de l'entreprise se distingue de celle du chef d'entreprise.
- Dans le cas d'une SARL, les biens personnels du chef d'entreprise ne sont pas confondus avec ceux de la société et ne pourront pas être saisis en cas de faillite. Une SARL peut comporter jusqu'à 100 associés. Si elle n'en comporte qu'un, il s'agit d'une **Entreprise unipersonnelle à responsabilité limitée (EURL).**
- En 2018, 96,2 % des entreprises en France sont des **micro-entreprises (MIC)** (**Doc. 1**). Le régime de **micro-entrepreneur** qui permet d'obtenir de nombreuses simplifications n'est ouvert qu'aux **entreprises individuelles** (EI) et aux entreprises unipersonnelles à responsabilité limitée (EURL) dont l'activité ne dépasse pas certains seuils de chiffre d'affaires.

2 La diversité des figures de l'entrepreneur

- **L'innovateur au sens schumpetérien** (**Doc. 2**) est le seul réel entrepreneur. Il a le goût du risque et l'innovation est la clé de son succès. Elle lui permet de se distinguer de ses concurrents et de satisfaire ses clients. L'entrepreneur est, pour Schumpeter, le moteur de l'économie. Il distingue l'entrepreneur, réel innovateur, du manager.
- Les propriétaires de l'entreprise, les **actionnaires**, recherchent le profit à court terme afin de maximiser leurs dividendes. Ils confient la gestion de l'entreprise à un dirigeant, le **manager**, qui est un gestionnaire, un administrateur au sens de **Fayol** (**Doc. 2**). Il doit, dans une logique rationnelle, permettre la meilleure allocation des ressources tout en minimisant le risque. Le manager met donc en œuvre la stratégie de l'entreprise qui est au service des actionnaires.

LA BOÎTE À DOCS

Doc. 1 Créations d'entreprises par activité en 2020

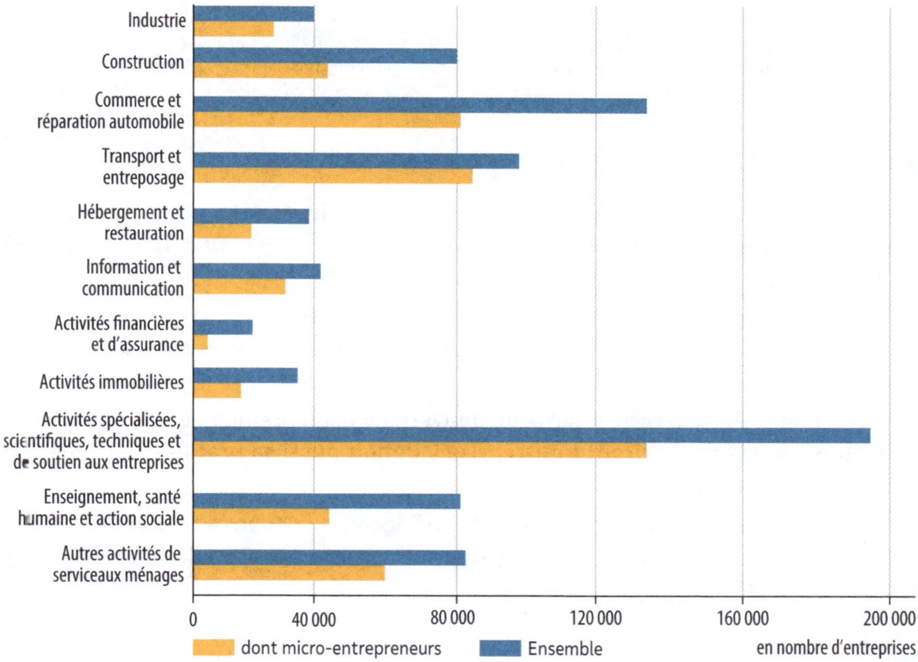

Lecture : En 2020, 40 079 entreprises ont été créées dans le secteur de l'industrie, dont 27 406 sous le regime du micro-entrepreneur.
Champ : France, ensemble des activités marchandes non agricoles.

Insee, Répertoire des entreprises et des établissements (Sirene).

Doc. 2 Schumpeter et Fayol

Joseph Aloïs Schumpeter (1883-1950) est un économiste autrichien qui a montré le rôle des innovations dans les fluctuations économiques.

Henri Fayol (1842-1925) est l'un des précurseurs de la gestion d'entreprise et de ce qu'on appelle aujourd'hui le management.

Vocabulaire

- **Capital social :** ensemble des apports du ou des propriétaires de l'entreprise.
- **Actionnaire :** personne physique ou morale qui détient des actions. Il détient une part de l'entreprise, peut assister et voter aux assemblées générales et perçoit des dividendes.

FICHE 3

Comment s'exerce la gouvernance d'entreprise ?

De quoi s'agit-il ?

Les entreprises sont des lieux de prise de décisions. Cela se déroule en fonction de principes choisis et adoptés par l'organisation.

1 La gouvernance d'entreprise

- La **gouvernance d'entreprise** désigne un mode de contrôle, d'organisation, de coordination et de régulation qui s'exerce au sein d'une entreprise (**Doc. 1**). C'est un cadre conceptuel duquel découle l'organisation.
- Elle est encadrée par des règles qui concernent la répartition et l'exercice de l'**autorité**. Elle repose sur un ensemble de références (principes, codes, bonnes pratiques, etc.) que l'entreprise choisit d'adopter.
- L'entreprise définit un code interne de gouvernance. En premier lieu, la gouvernance d'entreprise se réfère au droit. L'entreprise y définit aussi sa pratique, les valeurs et l'éthique sur lesquelles elle se fonde.
- Le conseil d'administration, en nommant les dirigeants, met en œuvre la gouvernance. Cette dernière est évolutive et l'entreprise est supposée veiller au maintien voire à l'amélioration des pratiques dans ce domaine.

2 La structure hiérarchique de l'entreprise

- L'**organisation** de l'entreprise détermine sa structure hiérarchique. Celle-ci peut être représentée à l'aide d'un **organigramme** (**Doc. 2**). Il schématise les relations hiérarchiques et fonctionnelles entre les membres d'une organisation.
- La **structure hiérarchique** de l'entreprise peut être centralisée ou décentralisée. La différence repose essentiellement sur la délégation de l'autorité. La manière dont l'entreprise est organisée va déterminer la façon dont se prennent les décisions.
- Les décisions sont qualifiées de **centralisées** lorsque l'autorité est concentrée au niveau hiérarchique supérieur. L'organisation repose alors sur le dirigeant placé au sommet de la structure qui prend l'ensemble des décisions à partir des informations qui doivent toutes remonter vers lui. Néanmoins, du fait de la multiplicité de ces informations, des métiers dans l'entreprise, etc., l'organisation centralisée peut vite devenir inefficace.
- Si, au contraire, l'autorité est partagée par un nombre de responsables et s'étend jusqu'aux niveaux hiérarchiques inférieurs des cadres, les décisions sont dites **décentralisées**. Des unités de travail indépendantes disposent alors d'une autonomie de prise de décision.

LA BOÎTE À DOCS

Doc. 1 Actionnariat salarié : fonctionnement et avantages

L'actionnariat salarié concerne tout salarié détenant une ou plusieurs valeurs mobilières donnant accès au capital de la société dans laquelle il travaille en bénéficiant d'une aide de cette dernière. [...] L'actionnariat salarié [...] permet aux salariés d'acquérir des actions dans des conditions préférentielles : décote sur les prix (rabais), complément versé par l'entreprise (abondement) et avantages fiscaux substantiels. Le bénéfice de ces avantages est lié à des conditions de durée de détention. [...] Cette formule est positive pour le chef d'entreprise à qui elle permet de stabiliser une fraction de son actionnariat et de fidéliser ses employés en les associant à la bonne marche de ses affaires. Pour les salariés, elle procure notamment les avantages suivants :

– la décote (différence entre la valeur nominale du titre et son cours de marché) et l'abondement permettent à la fois de devenir actionnaire d'une entreprise à moindre coût et d'épargner plus grâce à l'aide financière qu'elle verse à ses salariés ;

– [...] de bénéficier du cadre fiscal et social avantageux de l'épargne salariale [...] ;

– le fait d'être actionnaire permet de participer à certaines prises de décisions [...].

Au chapitre des inconvénients [...], on trouve la prise de risque inhérente à la détention d'actions : si l'entreprise va mal, la valeur des titres qu'elle a émis diminue [...].

L. Boluze, « Actionnariat salarié : fonctionnement et avantages », *www.capital.fr*, déc. 2020.

Doc. 2 Organigramme du groupe Bouygues

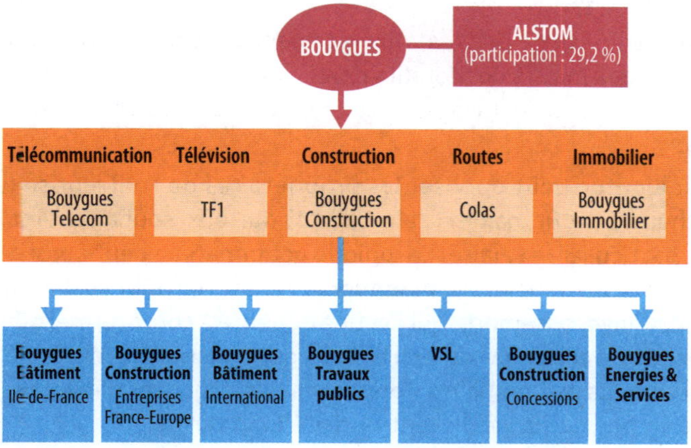

Bouygues est un groupe français fondé en 1952 et structuré autour de plusieurs activités telles que la construction, les télécoms et les médias.

Vocabulaire

- **Organigramme :** représentation de la structure d'une organisation.
- **Hiérarchie :** structure de pouvoir telle que chacun des éléments de l'organisation soit subordonné au suivant.

FICHE 4

L'entreprise est un lieu de relations sociales

De quoi s'agit-il ?

L'entreprise réunit de nombreux acteurs qui sont amenés à coopérer pour produire. Ils peuvent aussi entrer en conflit.

1 L'entreprise est un lieu de coopération

• Salariés et dirigeants ont intérêt à ce que l'entreprise génère des revenus afin de rémunérer leur contribution à la production. Pour atteindre ses objectifs, l'entreprise doit alors favoriser la mise en place d'une bonne **coopération** entre ses membres. Elle dépend de sa capacité à faire adhérer ses salariés à des objectifs communs.

• Elle est obtenue par l'imposition de règles légales ou contractuelles qui figurent dans le **contrat de travail**. Mais les salariés ne coopèrent pas que par la **contrainte**.

• Ils coopèrent par intérêt lorsque l'entreprise fait l'usage d'incitations (rémunération, avancement, primes) et parce qu'ils se sentent impliqués dans la vie de l'entreprise. Cette implication passe par leur bien-être au travail et par la **culture d'entreprise**.

2 L'entreprise est un lieu de conflit

• Lorsque les acteurs de l'entreprise ne peuvent ou ne veulent coopérer, il arrive qu'ils entrent en **conflit**. Les principaux motifs des conflits portent sur les salaires, le partage des richesses produites, les conditions de travail, les relations avec la hiérarchie ou encore les droits des travailleurs.

• Le partage de la valeur ajoutée peut opposer les propriétaires de l'entreprise (les actionnaires), qui recherchent le profit maximal, aux salariés qui, eux, souhaitent maximiser leurs revenus et en particulier le salaire. La logique actionnariale peut aussi être en opposition avec la logique managériale. Les **managers** dirigent l'entreprise dans une optique de long terme. Ainsi l'investissement, qui est une dépense à court terme, générera du profit à long terme. Or les actionnaires recherchent généralement la rentabilité, et donc le profit à court terme. Ils peuvent ainsi s'opposer à des dépenses d'investissement au risque de mettre en péril la survie de l'entreprise à long terme.

• La **grève** est une manifestation du conflit, elle constitue une action collective décidée par les salariés. Il existe d'autres formes d'expression collective à travers lesquelles les salariés témoignent de leurs divergences avec leur hiérarchie : absentéisme, manifestation, pétition, occupation de locaux…

• Afin de résoudre les conflits, voire de les éviter, il existe des dispositifs de **négociations** entre salariés et dirigeants (comme les représentants du personnel, les syndicats, les comités d'entreprise et les conventions collectives) (**Doc.**).

LA BOÎTE À DOCS

Doc. **Négociations et grèves dans les entreprises en 2014**

TAILLE DES ENTREPRISES	NÉGOCIATIONS ENGAGÉES			GRÈVES : ENTREPRISES AYANT CONNU AU MOINS UN ARRÊT COLLECTIF DE TRAVAIL
	ENTREPRISES AYANT NÉGOCIÉ AU MOINS UNE FOIS	SALARIÉS CONCERNÉS PAR CES NÉGOCIATIONS	ENTREPRISES AYANT SIGNÉ AU MOINS UN ACCORD PARMI CELLES AYANT NÉGOCIÉ EN 2014	
10 à 49 salariés	6,8	6,1	74,2	0,5
50 à 99 salariés	38,0	39,5	82,1	2,1
100 à 199 salariés	61,8	62,5	82,4	4,7
200 à 499 salariés	77,5	78,8	89,0	11,5
500 salariés ou plus	92,8	96,2	90,0	27,5
Ensemble	14,9	61,5	78,8	1,4

Dares, enquête Acemo « Dialogue social en entreprise ».

Les grèves n'empêchent pas les négociations, au contraire. Ainsi, en 2014, 92,8 % des entreprises de plus de 500 salariés avaient connu au moins une fois des négociations et 27,5 % de ces entreprises avaient aussi connu un mouvement de grève.

Vocabulaire

- **Coopération :** processus par lequel des individus, des groupes ou des organisations entrent en relation et travaillent ensemble à la réalisation d'un but commun.
- **Contrat de travail :** type de contrat par lequel une personne s'engage à effectuer un travail pour un autre moyennant une rémunération.
- **Culture d'entreprise :** vise à faire partager des valeurs aux membres de l'organisation.
- **Conflit :** différence de point de vue sur la manière et les moyens nécessaires pour réaliser une mission ou une tâche.
- **Manager :** personne dirigeant une ou des équipes et faisant le lien avec la direction.

Révision Express

LES POINTS IMPORTANTS À RETENIR

- Le **cycle de vie** d'une entreprise désigne les différentes étapes : de sa création à son déclin en passant par sa **croissance** et sa **maturité**. Les éléments qui indiquent dans quelle phase se trouve l'entreprise sont le **chiffre d'affaires**, les profits de l'entreprise et les **parts de marché**.
- Les **statuts juridiques** des entreprises sont divers et on distingue les **sociétés** des **entreprises individuelles**. Face à l'essor des entreprises ne comportant qu'une seule personne, et afin d'en simplifier la création et la gestion, le statut de micro-entrepreneur a été créé. Les dirigeants d'entreprises ont des profils différents allant du manager à l'**entrepreneur schumpetérien**, réel innovateur ayant le goût du risque.
- Les dirigeants de l'entreprise ont pour rôle d'en organiser la **gouvernance**. La **structure hiérarchique** peut alors se traduire par un **organigramme** qui reflète la manière centralisée ou décentralisée dont se prennent les décisions.
- Si les différents acteurs de l'entreprise ont pour objectif qu'elle génère des revenus, il faut, pour que cela se réalise, qu'ils **coopèrent**. Les règles communes et la culture d'entreprise partagée ne suffisent pas à éviter les **conflits**, à l'image de la grève. Les **négociations** permettent à la fois de l'éviter et de la résoudre.

APPRENDRE AUTREMENT

D'où vient la pratique de la grève en France ?

Vidéo

LE COURS EN 10 MOTS-CLÉS

- Part de marché
- Capital social
- Actionnaire
- Hiérarchie
- Coopération
- Conflit
- Organigramme
- Culture d'entreprise
- Manager
- Contrat de travail

CARTE MENTALE

> L'organisation et la gouvernance des entreprises

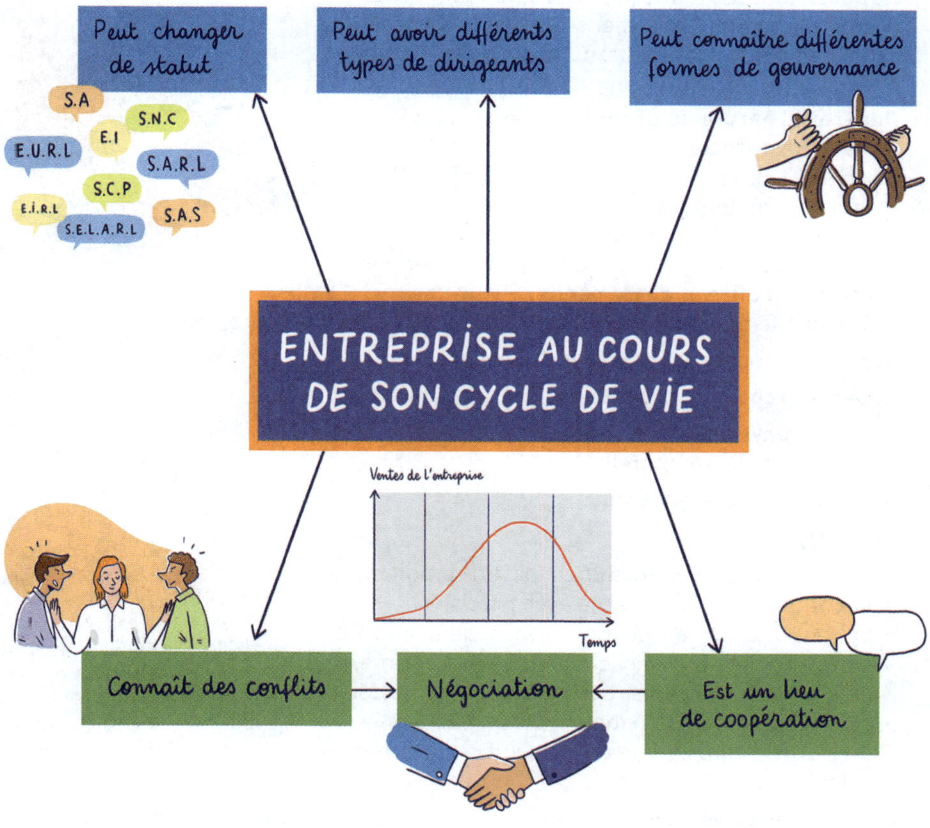

N'hésite pas à construire ta propre carte mentale

1 Mobilisation des connaissances et traitement

MÉTHODE

Avant de répondre aux questions, au brouillon :

- **Repérez la notion** abordée par le document en prenant le temps d'analyser son titre. Associez-la à un thème correspondant à un chapitre du programme officiel.
- **Repérez la nature du document à analyser :**
  - Tableau statistique
  - Histogramme
  - Série chronologique
  - Diagramme de répartition
  - Graphique représentant un marché avec ses courbes d'offre et de demande
  - Graphique représentant les fonctions de coûts d'une entreprise
- **Repérez la source et les unités de mesure.**
- **Repérez le cadre spatio-temporel du document :**
  - Quel(s) pays ou quelle zone économique ?
  - Quelle échelle temporelle ?
- **Puis, pour chaque question :**
- **Repérez :**
  - le thème correspondant à un chapitre du programme ;
  - la notion-clé : définissez-la avec précision ;
  - la consigne de la question : vous demande-t-on une définition, une explication d'un mécanisme, de développer un argument ou d'effectuer un calcul ?
  - l'outil statistique demandé et les unités de mesure (milliards d'euros, pourcentage, indice, données en valeur ou en volume, etc.).
- **La rédaction de votre réponse** doit être précise, claire et avec un ton d'une parfaite neutralité. L'objectif principal est de montrer que vous connaissez votre cours et/ou que vous savez interpréter une donnée statistique ou effectuer un calcul.

Remarque

S'il s'agit d'un calcul, pensez à bien expliciter la formule utilisée et surtout à rédiger une phrase montrant que vous avez compris la signification de votre calcul et de votre résultat.

Méthode

ÉNONCÉ

Doc. **Nombre de créations d'entreprises par secteur d'activité en 2017**

Secteur d'activité	Nombre de créations en 2017 (en milliers)			
	Ensemble	Sociétés	Entreprises individuelles classiques	Micro-entrepreneurs
Industrie	25,1	8,9	9,4	6,8
Construction	61,0	27,8	20,3	12,8
Commerce ; réparation d'automobiles et de motocycles	98,6	36,9	36,5	25,2
Transport et entreposage	41,9	9,7	8,2	24,0
Hébergement et restauration	31,1	17,4	7,5	6,2
Information et communication	29,8	12,0	1,8	16,0
Activités financières et d'assurance	16,6	13,4	1,2	2,0
Activités immobilières	22,3	12,7	6,3	3,3
Activités spécialisées, scientifiques et techniques	103,2	30,0	11,6	61,5
Activités de services administratifs et de soutien	36,6	12,8	10,5	13,3
Enseignement	29,3	3,7	1,7	23,9
Santé humaine et action sociale	43,2	3,2	24,3	15,7
Arts, spectacles et activités récréatives	20,2	3,2	2,6	14,4
Autres services aux ménages	32,4	6,2	9,5	16,7
Ensemble	591,3	197,9	151,6	241,8

Lecture : en 2017, le nombre de créations d'entreprises dans l'industrie s'élève à 25,1 milliers.
Champ : ensemble des activités marchandes non agricoles.

Insee, répertoire des entreprises et des établissements (Sirene), *Insee Première,* n° 1 685, janvier 2018.

1. Distinguez les notions de société et d'entreprise individuelle.

2. Calculez la part des micro-entreprises dans les entreprises créées en 2017.

3. Dans quel secteur la création d'entreprise était-elle la plus dynamique en 2017 ?

CORRIGÉ

Avant de répondre aux questions, effectuez l'analyse du document au brouillon en vous référant à la méthode.

- Le document traite de la création d'entreprises. Il renvoie au thème « L'organisation et la gouvernance des entreprises » qui correspond au second thème de la partie « Regards croisés » (c'est-à-dire le chapitre 12).
- Le document proposé est un tableau statistique.
- Les données sont exprimées en milliers.
- On y observe le nombre d'entreprises créées en 2017 en fonction du statut juridique de l'entreprise (les colonnes) et du secteur d'activité (les lignes).
- Il a été élaboré par l'Insee et publié dans Insee Première de janvier 2018.

1. Cette question est centrée sur les deux mots-clefs « société » et « entreprise individuelle ». La consigne est de les distinguer, c'est-à-dire de les différencier.

Exemple de réponse :
Les sociétés et les entreprises individuelles sont des statuts juridiques d'entreprises.

L'entreprise individuelle concerne les personnes physiques désirant exercer une activité commerciale sans créer de société. L'entrepreneur individuel et l'entreprise ne forment qu'une seule et même personne : la personne physique et la personne morale sont confondues. Les démarches administratives et fiscales sont simplifiées.

À l'inverse, dans une société, la personne morale de l'entreprise se distingue de celle du chef d'entreprise.

Il existe différents statuts de société : Société à Responsabilité limitée (SARL), Société par actions simplifiées (SAS), Société Anonyme (SA), etc.

2. Il s'agit d'effectuer un calcul de part.

Rappel de la méthode de calcul :

$$\text{Part} = \frac{\text{Sous-ensemble}}{\text{Ensemble}} \times 100 = \frac{241{,}8}{591{,}3} \times 100 = 40{,}89$$

Ainsi, 40,89 % des entreprises créées en 2017 étaient des micro-entreprises.

3. Il s'agit ici de repérer quelle est la donnée la plus importante dans chaque colonne. La réponse doit être construite en allant du général au particulier et doit s'appuyer sur des données chiffrées voire de petits calculs.

Exemple de réponse :

En 2017, c'est dans le secteur des activités spécialisées, scientifiques et techniques que la création d'entreprise a été la plus dynamique. En effet, 103 200 (attention aux unités ici) entreprises ont été créées dans ce secteur, soit 17,4 % ($\frac{103,2}{591,3} \times 100$) du total des entreprises créées.

Le dynamisme de ce secteur s'explique par la création de micro-entreprises.

61 500 micro-entreprises ont été créées dans ce secteur, soit 25,4 % ($\frac{61,5}{251,8} \times 100$) du total de la création de micro-entreprises. Toutefois, en ce qui concerne les sociétés et les entreprises individuelles, le secteur le plus dynamique est celui du commerce, réparation d'automobiles et de motocycles. En effet, sur 197 900 sociétés créées, 36 900 l'étaient dans ce secteur qui représentait donc 18,6 % de la création des sociétés. De la même manière, on peut constater que sur 151 600 entreprises individuelles créées, 36 500 l'étaient dans ce secteur qui représentait donc 24 % de la création des sociétés.

2 Raisonnement appuyé sur un dossier documentaire

MÉTHODE

1. Analyser le sujet

- Cette étape est à réaliser avant même de regarder les documents.
- Repérez à quel **thème** et à quel **chapitre** le sujet fait référence.
- Repérez la **notion-clé** du sujet, définissez-la avec précision et recherchez les autres notions gravitant autour de son thème du programme. Il s'agit de réaliser une sorte de *brainstorming*.
- Repérez les éléments liés à la **consigne du sujet :** s'agit-il d'analyser un mécanisme ou de discuter d'une thèse ?
- Repérez les éléments permettant de cerner le cadre spatio-temporel.

2. Exploiter le dossier documentaire

- Pour chaque document, repérerez :
  – sa **nature** (texte, graphique, tableau statistique),
  – sa **source** (en faisant attention à la date de publication),
  – les **notions-clés**,
  – les **arguments** ou les **mécanismes**,
  – les **exemples.**
- **Les deux documents vont-ils dans le même sens ou l'un nuance-t-il l'autre ?**

3. Rédiger le devoir

- Votre **introduction** doit, idéalement, comporter **une accroche** (chiffre, fait d'actualité, etc.) en lien avec le sujet. Elle doit aussi comporter une **définition** de la notion-clé, une présentation des enjeux du sujet et une **annonce de plan** qui répond à la question posée.
- Votre **développement** doit comporter deux ou trois parties éventuellement structurées en sous-parties. Votre raisonnement doit à la fois mobiliser le **dossier documentaire** (chiffres ou arguments de l'auteur) et **vos connaissances personnelles.**

ÉNONCÉ

À l'aide du dossier documentaire et de vos connaissances, vous vous demanderez si l'entreprise est uniquement un lieu de conflits.

Doc. 1 Être chargé de veiller au bien-être des salariés est un métier

Nathalie Forestier est « chief happiness officer » (CHO) chez Just Eat (ex-Allo Resto). Salariée depuis une douzaine d'années de cette entreprise parisienne de livraison de repas à domicile, elle est chargée, comme l'indique la traduction française de son poste – « responsable du bonheur » –, de veiller au bien-être des salariés. *Happy lunchs* entre collègues, *birthday parties*, séminaires, ateliers de co-développement... Nathalie a carte blanche « pour favoriser la cohésion entre les équipes ». Cela passe par de l'événementiel interne, mais pas seulement. La dynamique quadragénaire, en jeans et sweat à capuche, assure que ses missions « sont très variées » : « C'est moins visible, mais je fais aussi en sorte que les pratiques managériales soient comprises de tous. À l'écoute, prête à désamorcer les conflits potentiels. »

Né dans la Silicon Valley au début des années 2000, le métier de CHO en entreprise fait une timide percée en France depuis trois ou quatre ans. [...]

Le nombre de CHO reste encore marginal en France – quelques centaines tout au plus, essentiellement des femmes –, mais la fonction a séduit des grands groupes, comme Kiabi, Decathlon, Bouygues, Carrefour ou encore Publicis. [...]

Derrière cette image « feel good » et bienveillante des CHO se cache cependant un objectif de rentabilité, résumé d'une formule : un salarié heureux est un salarié qui produit plus. [...]

Amélie Motte, CHO du think tank la Fabrique Spinoza, le reconnaît volontiers : « Si le *chief happiness officer* est réduit au gentil organisateur d'apéritifs, son influence sera faible. L'entreprise doit être sincère, elle ne doit pas faire du "*happy washing*". » Il existe, selon elle, plusieurs profils de CHO, parmi lesquels certains agissent à la transformation profonde de l'entreprise. Une minorité, admet-elle toutefois.

Alors les CHO : francs-tireurs du management moderne ou poudre aux yeux ? [...]

Les CHO et le bonheur au travail érigé en dogme ne seraient à leurs yeux qu'un outil au service de la direction pour mieux contrôler les salariés. « Il n'y a rien de bienveillant. C'est un prétexte pour augmenter la rentabilité et diminuer l'absentéisme », observe Michel Guillemin, professeur émérite de l'université de Lausanne (Suisse).

N. Lepeltier, « "*Chief happiness officer*" en entreprise, entre chouchoutage et quête de productivité », *lemonde.fr*, 23 mars 2019.

Doc. 2 **Négociation collective, signature d'accords et grèves dans les entreprises en 2014 (en %)**

Taille des entreprises	Grèves : entreprises ayant connu un arrêt collectif de travail	Négociations engagées	
		Entreprises ayant négocié au moins une fois	Entreprises ayant signé un accord parmi celles ayant négocié
De 10 à 49 salariés	0,5	6,8	74,2
50 à 99 salariés	2,1	38,0	82,1
100 à 199 salariés	4,7	61,8	82,4
200 à 499 salariés	11,5	77,5	89,0
500 salariés ou plus	27,5	92,8	90,0
Ensemble	1,4	14,9	78,8

Champ : France métropolitaine, entreprises de 10 salariés ou plus du secteur marchand non agricole.
Lecture : 6,8 % des entreprises de 10 à 49 salariés ont engagé au moins une négociation collective durant l'année 2014. Pour 74,2 % d'entre elles, ces négociations ont abouti à la signature d'au moins un accord collectif courant 2014. 0,5 % des entreprises de 10 à 49 salariés ont connu au moins un arrêt collectif de travail en 2014.

D'après « La négociation collective d'entreprise en 2014 », Dares Résultats, n° 86, décembre 2016.

CORRIGÉ

Votre **développement** pourrait comporter deux parties répondant au sujet, en voici une proposition détaillée.

Introduction

En avril 2019, l'entreprise lyonnaise Pizzorno Environnement, chargée de ramasser les poubelles, a connu d'importantes grèves de ses agents qui revendiquaient notamment une hausse des salaires.

Cet exemple illustre le fait que les entreprises sont des lieux de conflits puisqu'il existe une différence de point de vue sur la manière et les moyens nécessaires pour réaliser une mission ou une tâche.

Toutefois, on peut se demander si réduire les relations sociales dans l'entreprise aux conflits n'est pas réducteur.

Pour répondre à cette question, nous verrons dans un premier temps que l'entreprise est un lieu de conflits avant de montrer que l'entreprise est aussi un lieu de coopérations.

I- L'entreprise est un lieu de conflit

Lorsque les acteurs de l'entreprise (salariés, dirigeants, propriétaires) ne peuvent ou ne veulent coopérer, il arrive qu'ils entrent en conflit. La **grève** est une manifestation du conflit, elle constitue une action collective décidée par les salariés. Ainsi en 2014 en France, 1,4 % des entreprises avaient connu une grève (**Doc. 2**). Ce type de conflit touche toutefois davantage les grandes entreprises puisqu'en 2014, 27,5 % des entreprises de plus de 500 salariés avaient connu une grève.

Il existe d'autres formes d'expression collective à travers lesquelles les salariés témoignent de leurs divergences avec leur hiérarchie et donc d'une relation conflictuelle : absentéisme, manifestation, pétition, occupation de locaux...

Les principaux motifs des conflits portent sur les rémunérations et plus largement sur le partage des richesses produites. Le partage de la valeur ajoutée peut opposer les propriétaires de l'entreprise (les actionnaires) qui recherchent le profit maximal, aux salariés qui eux souhaitent maximiser leurs revenus et en particulier le salaire. Les conflits en entreprise portent aussi sur les conditions de travail, les relations avec la hiérarchie ou encore les droits des travailleurs.

II- L'entreprise est un lieu de coopération

Les salariés et dirigeants, bien que pouvant être en conflit, ont intérêt à ce que l'entreprise génère des revenus afin de rémunérer leur contribution à la production. Pour atteindre ses objectifs, l'entreprise doit alors favoriser la mise en place d'une bonne coopération de ses membres ce qui suppose d'éviter les conflits ou, s'ils surviennent, de les désamorcer.

L'entreprise, parce qu'elle fonctionne sur des bases juridiques, favorise la coopération par l'imposition de règles légales mais aussi contractuelles. Ces dernières figurent dans le contrat de travail.

Néanmoins, lorsque des conflits potentiels (**Doc. 1**) existent, l'entreprise cherche à les éviter. En effet, les salariés ne coopèrent pas que par la contrainte. Ils coopèrent par intérêt lorsque l'entreprise fait l'usage d'incitations : rémunération, avancement, primes... et parce qu'ils se sentent impliqués dans la vie de l'entreprise. C'est dans cette optique que des entreprises cherchent à améliorer le bien-être au travail des salariés en y dédiant parfois même des personnels spécialisés (**Doc. 1**). L'objectif est d'une part de faire partager des valeurs, une culture d'entreprise commune aux membres de l'organisation, mais aussi d'accroître leur efficacité et les fidéliser.

Afin de résoudre les conflits voire de les désamorcer, il existe des dispositifs de négociation entre salariés et dirigeants. En 2014 en France, 14,9 % des entreprises avaient ainsi négocié au moins une fois et 78,8 % d'entre elles avaient signé un accord suite à ces négociations (**Doc. 2**). Les négociations, en débouchant sur des accords, favorisent donc la coopération.

Conclusion

L'entreprise, où se côtoient de multiples acteurs : dirigeants, salariés, actionnaires..., est un lieu où des conflits peuvent survenir. À l'origine de ces conflits se trouve en particulier la question de la répartition de la valeur ajoutée, chaque acteur en recherchant la part la plus élevée possible. Toutefois, si les acteurs de l'entreprise peuvent s'opposer sur le partage de la valeur ajoutée, il n'en demeure pas moins qu'ils ont tous pour objectif que l'entreprise crée des richesses. Pour ce faire, les membres de l'entreprise ont intérêt à coopérer. Pour y parvenir, des dispositifs existent, à l'image des négociations ou de la culture d'entreprise qui est véhiculée.

Fiche test *Ce que je sais*

QCM

15 min

☐ À revoir
☐ Acquis

1 Cochez la bonne réponse.

1 Au cours de quelle étape du cycle de vie d'une entreprise ses parts de marché déclinent-elles ?

☐ a. La création
☐ b. La croissance
☐ c. La maturité

2 Un dirigeant est aussi toujours un actionnaire.

☐ a. Vrai
☐ b. Faux

3 Personne physique et personne morale sont confondues :

☐ a. dans une entreprise individuelle.
☐ b. dans une SARL.

4 Pour Schumpeter, l'entrepreneur est :

☐ a. un gestionnaire.
☐ b. un innovateur.
☐ c. un manager.

5 Le conflit peut être :

☐ a. compatible avec la négociation.
☐ b. incompatible avec la négociation.

6 Elon Musk (Tesla) correspond davantage à un dirigeant de type :

☐ a. manager.
☐ b. entrepreneur innovateur.

7 En général, les entreprises, après leur création, connaissent toutes une phase de croissance puis poursuivent leur développement.

☐ a. Vrai
☐ b. Faux

8 La présence de syndicats favorise le dialogue social.

☐ a. Vrai
☐ b. Faux

9 Les grèves sont les seules formes de conflit au sein des entreprises.

☐ a. Vrai
☐ b. Faux

10 Les actionnaires sont les propriétaires de l'entreprise.

☐ a. Vrai
☐ b. Faux

11 L'ensemble des connaissances, des formes et valeurs partagées par les membres d'une entreprise et mises en avant par des dirigeants pour créer un sentiment d'adhésion est :

☐ a. la culture d'entreprise.
☐ b. l'organigramme.
☐ c. le management.

12 Les termes actionnaires et managers sont synonymes.

☐ a. Vrai
☐ b. Faux

13 Les actionnaires ont pour but :

☐ a. la hausse des salaires des salariés.
☐ b. la hausse des salaires des managers.
☐ c. la hausse des dividendes.

14 Il ne peut pas y avoir de conflits entre mangers et actionnaires.

☐ a. Vrai
☐ b. Faux

SCORE : ____ / 14

EXERCICES D'ENTRAÎNEMENT

2 Texte à trous

Complétez le texte avec les termes suivants :
risque, déclin, dirigeant, innovation, cycle de vie, entreprise individuelle, croissance, création, morale, entrepreneur, statut juridique, sociétés.

Au cours de son .... l'entreprise connaît différentes phases : ...., ... puis sa maturité avant le .... Au cours de ces différentes phases, l'entreprise peut changer de .... Dans le cas d'une ...., la personne physique du dirigeant est confondue avec la personne .... de l'entreprise. Dans les ...., à l'inverse, personnes physique et morale sont distinctes. À la tête de l'entreprise se trouve son .... , que Schumpeter distingue de l'............................ . Ce dernier a un réel goût pour le .... et recherche l'............................ .

3 Repérer le type d'organisation

Pour chaque figure, dites si elle correspond à une organisation où les décisions sont centralisées ou décentralisées.

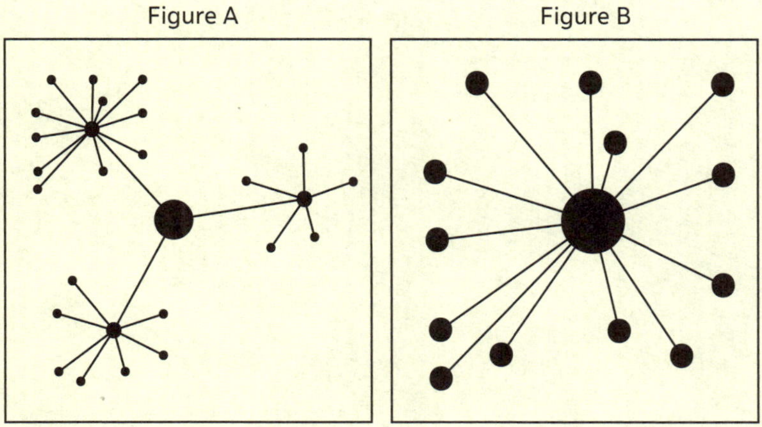

④ Évolution du nombre de créations d'entreprises

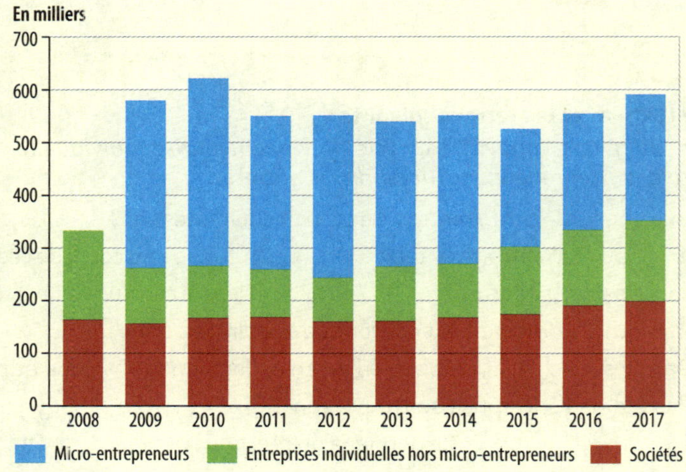

Lecture : en 2017, le nombre de créations de sociétés s'élève à 197 900.
Champ : ensemble des activités marchandes non agricoles.

D'après Insee, 2017.

1. Présentez le document.
2. Comment a évolué le nombre de créations d'entreprises entre 2008 et 2017 ?
3. En 2017, quelle est la part des entreprises individuelles dans la création d'entreprises ?

Fiche test Ce que je sais

1 **1.** **c.** **2.** **a.** **3.** **a.** **4.** **b.** **5.** **a.** **6.** **b.** E. Musk, comme S. Jobs (Apple), J. Bezos (Amazon), X. Niel (Free) sont des figures d'entrepreneurs innovateurs. **7.** **b.** Les défaillances d'entreprises les plus fréquentes sont lors des premières années. **8.** **a.** Les syndicats interviennent lors des négociations entre salariés et dirigeants. **9.** **b.** Il existe d'autres manières d'exprimer un conflit comme les boycotts, les pétitions… **10.** **a.** À ce titre, ils perçoivent des dividendes et participent aux décisions. **11.** **a.** **12.** **b.** Les actionnaires sont les propriétaires du capital social de l'entreprise alors que les managers ont pour rôle de la diriger. Un manager peut aussi être un actionnaire s'il possède des actions. **13.** **c.** Les dividendes sont les revenus versés aux détenteurs des actions, les augmenter est donc un but pour les actionnaires. **14.** **b.** Les actionnaires et managers n'ont pas nécessairement les mêmes objectifs. Les actionnaires recherchent généralement la rentabilité, donc le profit à court terme. Ils peuvent ainsi s'opposer à des dépenses d'investissement souhaitées par les managers.

EXERCICES D'ENTRAÎNEMENT

2 Texte à trous

Au cours de son **cycle de vie** l'entreprise connaît différentes phases : **création**, **croissance** puis sa maturité avant le **déclin**. Au cours de ces différentes phases, l'entreprise peut changer de **statut juridique**. Dans le cas d'une **entreprise individuelle**, la personne physique du dirigeant est confondue avec la personne **morale** de l'entreprise. Dans les **sociétés**, à l'inverse, personnes physique et morale sont distinctes. À la tête de l'entreprise se trouve son **dirigeant**, que Schumpeter distingue de l'**entrepreneur**. Ce dernier a un réel goût pour le **risque** et recherche l'**innovation**.

3 Repérer le type d'organisation

Figure A

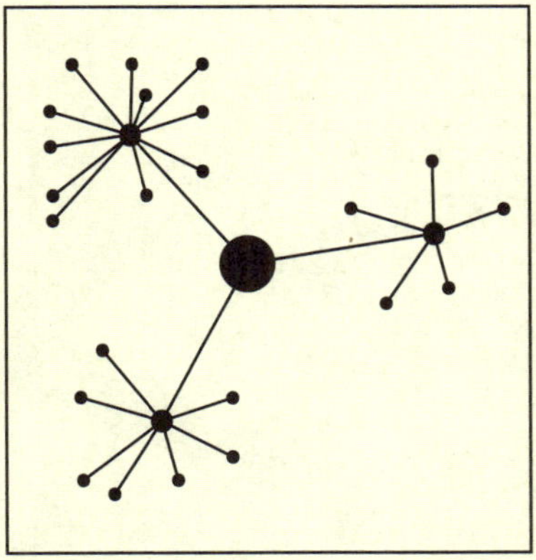

Les décisions sont décentralisées.

Figure B

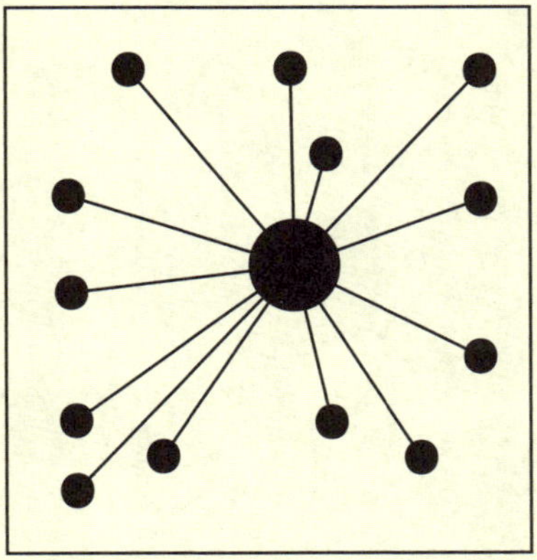

Les décisions sont centralisées.

4 Évolution du nombre de créations d'entreprises

1. Ce document est un graphique et plus particulièrement un diagramme en bâtons élaboré par l'Insee en 2017.
   Il nous présente l'évolution de la création d'entreprises selon leur statut juridique entre 2008 et 2017.
2. En 2008, il y avait 325 000 entreprises contre près de 590 000 en 2017, soit 265 000 entreprises en plus, ce qui correspond à une augmentation d'environ 81,5 %. Il est aussi possible d'utiliser le coefficient multiplicateur et de dire que le nombre de créations d'entreprises a été multiplié par 1,85.
3. Création d'entreprises individuelles en 2017 : 340 000 – 200 000 = 140 000.
   Calcul de part : $\frac{140\ 000}{590\ 000} = 23{,}7\ \%$.
   Ainsi 23,7 % des entreprises créées étaient des entreprises individuelles.

Crédits iconographiques :

61. CONDE NAST LICENSING / Christopher Weyant / The new Yorker / The Cartoon Bank ; **119.** C. Fumat, M. Hopsie, Toute la socio en BD, LA BOITE A BULLES , Belin Education 2018 ; **137 d** MAXPPP / Ouest France / Ph. RENAULT ; **137 g.** MAXPPP / Ouest France / Marc OLLIVIER ; **159.** MAGNUM Photos / David Hurn ; **161.** AFP ; **173.** BIS / Ph. Hubert Josse © Archives Larbor ; **175** KHARBINE-TAPABOR ; **195.** Ministère de l'intérieur, 2017 ; **233 g.** ROGER-VIOLLET / Albert Harlingue ; **233 d.** Droits Réservés. Les autres photos proviennent de Shutterstock.

MIXTE
Papier issu de sources responsables
FSC® C022030
www.fsc.org

N° de projet : 10278745 - Depôt légal : juin 2022
Achevé d'imprimer en mai 2022 par Estimprim 25110 Autechaux